本书获江苏省教育科学"十三五"规划2018年度高等教育青年专项、扬州大学教改课题、扬州大学人文社会科学基金项目、扬州大学出版基金项目资助

《红楼梦》版本异文修辞诗学研究

郑昀 著

山东教育出版社

图书在版编目（CIP）数据

《红楼梦》版本异文修辞诗学研究 / 郑昀著 . — 济南：
山东教育出版社，2019. 12
ISBN 978-7-5701-0866-4

I.①红… Ⅱ.①郑… Ⅲ.①《红楼梦》-修辞-诗学-
研究 Ⅳ.①I207. 411

中国版本图书馆CIP数据核字（2019）第260693号

《HONGLOUMENG》BANBEN YIWEN XIUCI SHIXUE YANJIU

《红楼梦》版本异文修辞诗学研究

郑　昀　著

主管单位：山东出版传媒股份有限公司
出版发行：山东教育出版社
　　　　　地址：济南市纬一路 321 号　　邮编：250001
　　　　　电话：（0531）82092660　　网址：www.sjs.com.cn
印　　刷：山东德州新华印务有限责任公司
版　　次：2019 年 12 月第 1 版
印　　次：2019 年 12 月第 1 次印刷
开　　本：880 毫米×1230 毫米　　1/32
印　　张：9
印　　数：1－3000
字　　数：190 千
定　　价：32.00 元

（如印装质量有问题，请与印刷厂联系调换）印厂电话：0534-2671218

序

徐林祥

《红楼梦》自清乾隆年间问世以来，其作者、版本、人物、结构、思想、语言，乃至服饰、饮食、建筑等，一直是人们热议的话题，以至于研究《红楼梦》成为一门专门的学问。据徐珂《清稗类钞》和均耀《慈竹居零墨》记载，晚清即有"红学"之名。

我不是红学家。说来惭愧，印象中《红楼梦》只读过两三遍。

初读《红楼梦》，还是青春少年。当时主流观点认为，《红楼梦》是一部政治小说，读它就是读历史。曹雪芹借写贾、史、王、薛四大家族的兴衰，反映了封建社会的阶级压迫和阶级斗争，揭露了封建贵族阶级和封建制度的腐朽与黑暗，展示其必然崩溃的历史趋势。但作为中学生，最关心的是小说中情节的发展和人物的命运。

再读《红楼梦》，已是人到中年。其时是作为苏教版高中语文教材编写组成员，参与丁帆、杨九俊两位先生主编的普通高中语文课程标准教科书的编写，与单世联先生合编了高中语文选修教科书《〈红楼梦〉选读》，以及配套的《读本》

《教学参考书》和《学习与评价》。我们根据高中生选修课的特点和要求，将《〈红楼梦〉选读》的内容结构设计为"红楼概观""红楼品鉴""红楼研讨"三个部分。"红楼概观"引导学生初步阅读《红楼梦》，通读原著，复述小说的故事梗概。"红楼品鉴"通过《红楼梦》有关章回的品评鉴赏，了解作品的思想倾向、情节结构、主要人物形象、语言特色，掌握鉴赏小说的基本方法。"红楼研讨"在研讨《红楼梦》的结构、人物、环境、主题、语言、文化的同时，学会研究性学习。我们设想，通过对《红楼梦》的阅读、赏析和探究，提高学生的阅读能力、审美能力和研究性学习的能力。为编写教科书和配套读物，我们不仅通读了原著，还参读了许多研究《红楼梦》的著作。

最近一次读《红楼梦》，竟已年过花甲。这次我作为郑昀的博士后合作导师，审阅她的博士后出站报告《〈红楼梦〉版本异文修辞诗学研究》，又将《红楼梦》研读了一遍。本书即是郑昀在她的博士后出站报告基础上修改而成的。其内容当然不是从阶级斗争的视角对《红楼梦》作政治学的阐释，也不是从语文教科书编者的视角做语文学习的范本，而是从修辞诗学的视角对《红楼梦》语言艺术的研究。

《易传·乾·文言》说"修辞立其诚"。"修辞"指建立言辞，"诚"指思想诚正。这句话是就表达者而言的，指说或写的人要有美好的品德，并且还要能够用言辞将自己的美好品德表达出来。既要说真诚的话，表达真情实感，还要说恰当的话，准确地表达真情实感。虽然言未必尽意，但要力求尽意。这不仅涉及人品修养，而且涉及用词造句、布局谋篇的推敲。其实，"修辞立其诚"，也可以看作是对接受者的要求。听或读的人也需要辨析说或写的人用词造句、布局谋篇是否准确表达了真情实感。虽然说或写的人言未必尽意，但听和读的人要力求把握言所欲表达之意。这同样涉及用词造句、布局谋篇的问题。

《红楼梦》自问世后，出现了多种版本、若干异文。按理说，其异文的作者都会认为自己的改动最符合作品人物和情节的发展逻辑。众多版本、异文的出现，究竟如何取舍，给读者出了个难题，也给研究者提供了研究的课题和语料。

本书首次以《红楼梦》13个版本中宝玉、黛玉、宝钗、熙凤四个主要人物的形象塑造和"家法惩戒""女性死亡"两大母题的情节建构的异文为研究对象，梳理了《红楼梦》在整个中国古典小说中相关典型人物范型与相关母题情节创作史中的地位，并以此为基础，把相关重要异文视为不同的修辞策略进行系统的比较研究，将《红楼梦》版本异文研究从文献校勘学层次的研究推向了修辞诗学的研究层次。

毫无疑问，这是一部红学研究著作，探讨了《红楼梦》研究中何为优本的问题；同时，这又是一部修辞学研究著作，提供了从修辞诗学视角研究经典文本异文的范例。不过，我以为，本书作为第一部研究《红楼梦》版本异文的专著，其贡献首先是提出了一个研究思路，运用了一种研究方法，呈现了一部研究案例，其次才是红学著作、修辞学著作。

　　可能是由于我长期从事语文教育工作的缘故，我还以为，本书以《红楼梦》异文为语料，论语说文，也是一部可供广大中学生和语文爱好者阅读的书。教育部颁布的《普通高中语文课程标准》（2017年版）将"整本书阅读与研讨"列为高中语文学习18个任务群之首，贯穿高中三年必修、选择性必修、选修三个层次，且将《红楼梦》列为必读书目。中学生语文课外，语文爱好者茶余饭后，品析红楼异文，探讨其中奥秘，不仅对提升语文素养大有裨益，而且真的很有趣。

2019年8月18日于北京

（徐林祥，扬州大学文学院教授、博士生导师，扬州大学中国语文教育研究所所长）

目 录

前　言

　　《红楼梦》流传下来且为学界公认的抄本、刻本有13种之多，这在中国古代小说当中实属罕见。版本众多，带来了复杂的异文问题。从20世纪20年代胡适创立《红楼梦》版本学至今，在文字学、训诂学等传统语言学领域进行的异文研究，主要指向判定版本年代与梳理版本间的传承关系。红学界从这一研究路径出发，已取得累累硕果。相比之下，在传统语言学之外，针对13种版本异文文字本身审美价值层面的比较研究，却一直未得到充分关注。

　　笔者于2012年至2015年写作博士毕业论文的过程中发现，《红楼梦》各版本在审美价值方面存在重大差异的异文众多。这些异文，会对《红楼梦》的阐释及其在中国古代小说创作进程中的地位带来影响，对其进行比较研究的重要性并不亚于考据版本源流。2015年博士毕业后，我成为扬州大学文学院语文教学法教研室的一名教师，同时进入扬州大学中国语言文学博士后科研流动站语言学及应用语言学专业，开始在博士毕业论文《〈红楼梦〉各版本异文比较解读》的基础上开展进一步研究，并试图作出一些新的突破。

所谓"新",主要表现在以下三个方面:

第一,研究视角新。本书从修辞诗学研究视角出发,把13个版本《红楼梦》前80回有关"才子佳人""女管家"人物范型（主要是宝黛钗与王熙凤形象）与"家法惩戒""女性死亡"母题情节的重要异文视为不同的修辞策略,进行创作史还原。在梳理、探索汉代以降相关人物范型塑造与母题情节建构的发展规律过程中,提炼出《红楼梦》的创新修辞策略,据此归纳出《红楼梦》版本异文审美价值评判标准,有效避免了研究结论的琐碎化、主观化。

第二,引入文献新。引入文献新不是指其创作或出现的时间晚,而是指引入了以往《红楼梦》异文研究中未予充分关注的文献。本书第一章建立了包括《红楼梦》在内的15篇（部）中国古代小说"才子佳人""女强人"人物范型修辞策略创作史还原坐标系,关注到以往从未在《红楼梦》版本异文研究中出现过的《情史·王娇》《好逑传》《金云翘传》等小说文本。通过引入上述文本,笔者得以发现《红楼梦》王熙凤形象塑造及"女性死亡"母题情节建构与2009年入藏北京大学的西汉竹简《妄稽》之间的创作呼应,揭示出《红楼梦》超越性的小说审美规范。

第三,研究方法新。本书除却研究视角与研究框架借鉴了修辞诗学理论方法之外,在第二、三、四章选取了13个版本《红楼梦》445处异文进行了比较研究。在此过程中综合运用了多种研究方法,有文学文本解读学、现代汉语词彩学、狭义修辞学等。当然，上述方法的引入都以异文实际情况为关注焦点，目的都是辨析出更能彰显《红楼梦》审美价值的文字。

《〈红楼梦〉版本异文修辞诗学研究》的出版，标志着《红楼梦》版本异文研究从文献校勘学领域步入修辞诗学领域。它同时又是一种召唤，召唤着红学研究者、有语言学及应用语言学专业背景的读者、中国古典小说名著爱好者，从新的视角重新审视《红楼梦》。

山东教育出版社对于本书的出版给予了大力的支持和帮助，在此表示衷心感谢。

本书舛误之处，敬请读者批评指正。

郑　昀

2019年7月

凡 例

　　冯其庸主编的《脂砚斋重评石头记汇校》（下文简称《汇校》），以回目为纲，汇集12种版本的异文，但并未对异文进行比较分析。本书除参考《汇校》之外，把2011年中国书店出版的乾隆五十七年活字本《新镌全部绣像红楼梦》影印版——《程乙本红楼梦》（下文简称"乙"）作为第13个版本，纳入研究范围。在本书绪论部分，保留不同学者对《红楼梦》诸版本的不同简称。以下列举《汇校》以影印形式汇集的12个版本及简称，在一、二、三、四章及结语中，将会运用《汇校》罗列的各版本的简称来指代各个版本。它们分别是：

　　① 北京大学图书馆藏抄本《脂砚斋重评石头记》（庚辰秋月定本）（《汇校》作"庚辰"，简称"庚"）；

　　② 北京图书馆和中国历史博物馆分藏的抄本《脂砚斋重评石头记》（己卯冬月定本）（《汇校》作"己卯"，简称"卯"）；

　　③ 中国社会科学院文学研究所藏抄本《乾隆抄本百廿回红楼梦稿》（《汇校》作"梦稿"，简称"杨"）；

　　④ 胡适藏抄本《脂砚斋重评石头记》（甲戌抄阅再评本）

（《汇校》作"甲戌"，简称"戌"）；

⑤ 北京图书馆藏蒙古王府旧藏抄本《石头记》（《汇校》作"蒙府"，简称"府"）；

⑥ 有正书局石印戚蓼生序本《石头记》（《汇校》作"戚序"）与南京图书馆藏戚蓼生序抄本《石头记》（《汇校》作"戚宁"），此两种版本仅有细微差异，当有异文时，分别简称"戚序""戚宁"以示区别，若没有异文，则2本合以"戚"称之；

⑦ 郑振铎藏抄本《红楼梦》，该本仅存二十三、二十四两回（《汇校》作"郑藏"，简称"郑"）；

⑧ 吴晓玲藏舒元炜序抄本《红楼梦》（《汇校》作"舒序"，简称"舒"）；

⑨ 北京图书馆藏梦觉主人序抄本《红楼梦》（《汇校》作"甲辰"，简称"觉"）；

⑩ 中国社会科学院文学研究所藏乾隆五十六年辛亥萃文书屋木活字本《新镌全部绣像红楼梦》（《汇校》作"程甲"，简称"程"）；

⑪ 苏联科学院东方学研究所列宁格勒分所藏抄本《石头记》（《汇校》作"列藏"，简称"列"）。

当书中行文无须区分版本时，一律统称为《红楼梦》。

为突出区别，方便读者阅读，在大段引用异文语料时，以楷体字的形式完整列出庚本文字；在存在重要异文处，则以着重号标示，并以括号注出其他版本该处文字，以示突显。当庚本因缺文而不便作为例文时，再酌情选择他本文字进行替换。若某版本着重号处文字与庚本文字相同，则不再单独列出。具体论证过程中援引例文文字时，不再重复作注。

　　因《汇校》和2011年中国书店版《程乙本红楼梦》未对文字断句，故本书中大段引用的异文在断句时参照人民文学出版社以庚本为底本的2008年版《红楼梦》以及以乙本为底本的1957年版《红楼梦》。逢异体字、通假字，以人民文学出版社以庚本为底本的2008年版《红楼梦》的使用为准。

绪 论

清乾隆年间，裕瑞①《枣窗闲笔》一文谈及诸家所藏的80回抄本文字有歧异，是因为"雪芹改《风月宝鉴》数次，始成此书，抄家各于其所改前后第几次者，分得不同，故今所藏诸稿未能画一耳。此书由来非世间完物也"②。有趣的是，同一时期的程伟元为得全璧，极力搜求。乾隆五十六年（1791年）冬，苏州萃文书屋木活字本《新镌全部绣像红楼梦》刊行。次年春，《新镌全部绣像红楼梦》第二种印本刊出。二者皆为一百二十回完本，学界称之为"程甲本""程乙本"。在程乙本引言里，程、高二人表示，针对前八十回各家互异现象，"广集核勘，准情酌理，补遗订讹。其间或有增损数字处，意在便于批阅，非敢争胜前人也"③，至于后四十回，仅是"略为修葺""未敢臆改"④。二人难掩全本诞生的兴奋，认为此事

① 裕瑞，号思元盫、思元主人，爱新觉罗氏，清乾隆至道光年间人士。
② 裕瑞：《枣窗闲笔》，见郭豫适编著《〈红楼梦〉研究文选》，华东师范大学出版社1988年版，第25页。
③ 程伟元、高鹗：《红楼梦引言》，见郭豫适编著《〈红楼梦〉研究文选》，华东师范大学出版社1988年版，第13页。
④ 程伟元、高鹗：《红楼梦引言》，见郭豫适编著《〈红楼梦〉研究文选》，华东师范大学出版社1988年版，第13页。

"大快人心"①。

　　裕瑞对程、高二人的话并不买账,质疑后四十回实则伪续之作,并直斥后四十回诸多煞风景之处,"无若前八十回中佳趣"②。裕瑞透露,在程、高二人刻《红楼梦》之前,曾见抄本一部,年代不详,但措辞与刻本前八十回多有不同,且多处异文较刻本更为恰当。再看刻本前八十回,发现其细腻处不及抄本之处实多。③由此看来,程、高二人对前八十回的修订工作似不像二人形容的那样"低调"。裕瑞的一番论述,无疑为本已复杂的《红楼梦》版本异文问题,增添了一丝神秘色彩。

　　《红楼梦》抄本、刻本数量如此之多,这在中国古代小说史中实属罕见。学界除了对其进行考证、校勘之外,围绕各个版本究竟孰优孰劣的论争也一直不绝于耳,并延续至今。

第一节　《红楼梦》优本之辨

　　自20世纪20年代胡适创立《红楼梦》版本学以来,学界对《红楼梦》诸版本的优劣高下多有探讨,评判标准呈现出多样化的特征,可大致分为以下三类。

---

　　① 程伟元、高鹗:《红楼梦引言》,见郭豫适编著《〈红楼梦〉研究文选》,华东师范大学出版社1988年版,第14页。
　　② 裕瑞:《枣窗闲笔》,见郭豫适编著《〈红楼梦〉研究文选》,华东师范大学出版社1988年版,第26页。
　　③ 裕瑞:《后红楼梦书后》,见郭豫适编著《〈红楼梦〉研究文选》,华东师范大学出版社1988年版,第27页。

一、以更近真本者为优本

何为《红楼梦》真本，是《红楼梦》版本学领域广泛争论的问题。学界有两种不同说法：鲁迅、周汝昌、刘心武、冯其庸、郑庆山等学者推崇抄本为真本；而欧阳健推崇刻本，认为刻本方为真本。上述学者都通过深入细致的版本校勘研究，试图还原曹雪芹的原笔原意，并流露出自己对不同版本的评价态度。总体而言，他们更强调考据，更强调《红楼梦》真本的价值。其中，周汝昌、刘心武、冯其庸、郑庆山的版本研究，对异文文字艺术效果的评价都有所涉及，但多为简短论述；欧阳健在高扬程高本价值的同时，也涉及对版本异文的评价。在涉及异文的分析论述时，各派学者都倾向于阐述所谓"真本"《红楼梦》文字的优长之处。

（一）以抄本为优本

学者周汝昌在《红楼梦新证》一书中，以"拆烂污"三字评价程甲本，且统计程乙本添改程甲本达到15537字之多，在情节方面多有歪曲改窜，是最要不得的本子；还强调，程甲本、程乙本多以白话文体风格改造曹雪芹原笔体现出的半文半白的文体风格，尤为不妥。① 2004年，周汝昌与周祜昌、周伦玲历时56年编著的《红楼梦》异文汇校本《石头记会真》，视程甲本为"伪本"，只因其底本是古抄本，故间有可取，而程

---

① 周汝昌：《红楼梦新证》（简体本），译林出版社1998年版，第2—3页。

乙本则"窜乱益酷，已超出一般异文范围"①，故不予入校。

作家刘心武将程乙本称为"通行本"，尤为推崇手抄古本《红楼梦》。他认为，基本可信的古本即为周汝昌等在《石头记会真》中列举的诸版本。刘心武对程甲本、程乙本评价不高。他认为，程伟元和高鹗为了让前八十回将就后四十回，程甲本已经对前八十回的文字有所改动，只是改动之处相对较少，而程乙本的改造却是伤筋动骨，许多地方的改动已经不是为了文字前后一致，而是出于政治上的考虑，是为了削弱前八十回的批判性。程、高二人为了自身安全，自然不顾原作者的思想境界和审美追求。②

2005年，冯其庸在其重校评批的《瓜饭楼重校评批红楼梦》中指出，早期抄本都是"未经后人篡改过的稿本。因为只有这样的稿本，才是纯真的曹雪芹思想的原貌"③。早在1978年，冯其庸就十分关注抄本的校勘，他曾在著作《论庚辰本》中，通过细致考证己卯本与庚辰本的关系，提出庚辰本为"《红楼梦》抄本中举世无双的最珍贵最重要的一个本子"④，并在《重论庚辰本——〈校订庚辰本脂评汇校〉序》一文中再次指出庚辰本的珍贵价值，认为庚辰本是"仅次于作

---

① 曹雪芹著，脂砚斋重评，周祜昌、周汝昌、周伦玲校订：《石头记会真》，海燕出版社2004年版，第2—4页。

② 刘心武：《刘心武揭秘古本〈红楼梦〉》，人民出版社2006年版，第5—7页。

③ 曹雪芹著，冯其庸重校评批：《瓜饭楼重校评批红楼梦》，辽宁人民出版社2005年版，第6页。

④ 冯其庸：《论庚辰本》，上海文艺出版社1978年版，第3页。

者手稿的一个本子"①。对于程甲本，他认为"其前八十回属于脂本系统的文字是完全可靠的，但它与早期抄本的文字，已有差异了"②，其后四十回无论是思想还是文笔，皆逊色于曹雪芹的前八十回。

郑庆山在《红楼梦的版本及其校勘》一书的"自序"里提出，《红楼梦》的校勘是为了产生更加接近曹雪芹原著的版本，应聚焦于去伪存真。对于异文现象，应当"存真"，也应当"择善"，但择善而从并非普遍性原则，根本原则仍是分真假、辨是非。③与清代裕瑞的观点类似，郑庆山同样认为程伟元广泛搜求终得百二十回本的说法过于巧合，并不可信，同时一并批评了裕瑞，认为其声称看到过另一抄本，也是在跟着瞎说。

以上学者在谈到异文分析时，都围绕部分版本的个别异文进行，且结论与学者对不同版本的态度紧密相关。进行异文分析的目的是探寻曹雪芹原笔原意，或为某版本出现早晚提供例证。如针对林黛玉的眉眼描写，周汝昌在《石头记会真》中作按语，指出甲戌、己卯、杨藏、在苏四本作"胃烟眉"，舒序本无此三字，蒙府、戚序二本作"罩烟眉"，梦觉、程甲二本

① 冯其庸：《重论庚辰本——〈校订庚辰脂评汇校〉序》，见冯其庸《石头记脂本研究》，人民文学出版社1998年版，第7页。

② 冯其庸：《论程甲本问世的历史意义——为纪念程甲本问世二百周年而作》，见冯其庸《石头记脂本研究》，人民文学出版社1998年版，第292页。

③ 郑庆山：《红楼梦的版本及其校勘》，北京图书馆出版社2002年版，第15页。

作"笼烟眉",庚辰本作"蛾眉",所注按语道:"罥烟,形容柳色之词,雪芹好友敦敏咏柳五言诗即首用之。凡改他字者皆妄笔。"① 刘心武赞同周汝昌取俄藏本文字,认为俄藏本"这两句已经显示出曹雪芹最后的定夺,明明白白地写着:'两湾似蹙非蹙罥烟眉,一双似泣非泣含露目。'……曹雪芹生前好友敦敏在《懋斋诗钞》里有一首《晓雨即事》,其中一句就是'遥看丝丝罥烟柳',拿这样如烟飘挂的柳叶来形容林黛玉的眉毛,既有出处,又新颖脱俗。'含露'形容眼里有泪光泪影,却一时又并没有流泪,很恰切地形容出了在那种情境下林黛玉眼睛的特殊形态"②。

再如针对元春与宝玉的年龄差距问题,冯其庸认为庚辰、甲戌、己卯、蒙府、列藏、程甲等版本作"不想次年"为是,戚序、舒序、宁本作"不想后来"和程乙本作"不想隔了十几年"都是没有参透"雪芹的作意",没有感知曹雪芹写冷子兴是"信口乱说",而《梦觉主人序本〈红楼梦〉》此处与庚辰本等早期抄本一样,都保留了脂本原文。从这一句来看,虽然这段文字会造成前后矛盾,但仍然胜过其他版本文字。③

---

① 曹雪芹原著,脂砚斋重评,周祜昌、周汝昌、周伦玲校订:《石头记会真》,海燕出版社2004年版,第372页。

② 刘心武:《刘心武揭秘古本〈红楼梦〉》,人民出版社2006年版,第43页。

③ 冯其庸:《论梦序本——影印梦觉主人序本〈红楼梦〉序》,见冯其庸《石头记脂本研究》,人民文学出版社1998年版,第266—267页。

（二）以刻本为优本

尽管抄本在《红楼梦》所有版本中占据多数，且红学界认为抄本优于刻本的学者众多，但仍然有学者对其持保留意见，甚至反其道而行之，认为刻本才是"真本"，刻本优于抄本。

1992年，欧阳健在其撰写发表的《程甲本为〈红楼梦〉真本考》一文中提出，抄本与印本只是古籍版本形态不同，二者并没有不可逾越的界限。对于被部分红学家视为作伪者的程伟元和高鹗，欧阳健相信程甲本是他二人根据当时收集到的《红楼梦》抄本校勘整理而成的。他不仅认为程伟元、高鹗所说的话确实可信，并且指出，在当时的历史背景下，也只有他二人具备收集诸多《红楼梦》原始抄本的条件。基于这一视角，欧阳健提出，程甲本不仅是《红楼梦》的定本，也是《红楼梦》的真本。[1] 欧阳健在其发表于1991年的《脂本辨证》一文中，从根本上质疑红学界关于脂本是真本、程本是伪本的说法，尤其强调程甲本才是《红楼梦》的真本和定本，认为"脂本所标'甲戌''己卯''庚辰'等干支所代表的年代，是靠不住的，它们出现的时间，比程本要晚"[2]。

欧阳健在《脂本辨证》一文中，对甲戌、庚辰、己卯、程甲四个版本前八回的几处异文用表格进行列举。一方面，他指

---

[1] 欧阳健：《程甲本为〈红楼梦〉真本考》，载《淮阴师专学报》1992年第4期。

[2] 欧阳健：《脂本辨证》，载《贵州大学学报》（哲学社会科学版）1991年第1期。

出脂本与程本的差别只是"微有异同"，另一方面，他认为异文对比是为了探寻异文产生的原因，并进一步考证脂本与程本出现的早晚问题。他指出："遣词的不当与语句的脱漏，也可以判明不同本子的先后。第六回程甲本写'贾蓉忙转回来，听何指示'，甲戌本同。己卯本改为'听阿凤指示'，庚辰本改为'听阿凤指示'。'阿凤'是批书人的油滑口吻，后出可不证自明。"再如，他认为："第七回程甲本写刘姥姥的话：'你老拔一根寒毛，比我们的腰还壮哩。'甲戌本减为'拔根寒毛'，己卯、庚辰本又减为'拔根毛'，且把'壮'改为'粗'，都是后出的证据。"尽管欧阳健在文中未对版本异文艺术效果进行深入辨析，但他认为："比较起来，几乎一律是程甲本文字精当而脂本却相形见绌。"①

二、以文字艺术效果更优者为优本

以异文文字本身的艺术效果优劣作为优本评价标准，并给予此种评判以独立的研究空间，最早出现于20世纪90年代。陈炳熙、刘督宽在1993年的《论〈红楼梦〉的文字究竟何本优》一文中尖锐地指出，并没有证据证明所有抄本中的任何一本是依据作者的最后一稿过录的。既然如此，也就不能证明程本中前八十回与他本相比的异文不是出自原作者之手。陈、刘二人还针对《红楼梦》前八十回脂本优于程本的观点进行反驳。通

---

① 欧阳健：《脂本辨证》，载《贵州大学学报》（哲学社会科学版）1991年第1期。

过将庚本与程伟元乾隆壬子活字本（即乙本）中关于晴雯、尤
二姐人物形象塑造的部分异文进行对比，二人提出："在两本
间的众多异文中，片言只语处二本互有长短，而大段异文（尤
其是关乎对人物性格的塑造方面）则皆以程本为优。与庚本相
比，程本在格调上更高，在艺术上更圆熟，在语言上更生动、
传神、有表现力，在某些人物形象的塑造上，更完美、合理、
光彩照人。"[1]两位论者还强调，这些对比分析都基于对《红
楼梦》是一部文学作品，具体说是一部小说的这一认识，是从
小说艺术的标准来判断的。先明确文体类别，再进行比较分
析，这可以称得上是为《红楼梦》版本异文研究打开了一扇新
的窗户。

在具体分析过程中，陈、刘二人对程本的推崇十分明显，
认为《红楼梦》前八十回异文，程本"胜多败少"[2]。他们认
为，晴雯这一光辉形象的最后完成，完全依赖于程本文字的塑
造之功。他们还强调，小说描写晴雯之死的一大段重要文字，
在两版本之中的优劣之差十分惊人。以其中晴雯断甲、赠袄
一节异文为例，认为庚本中宝玉为晴雯摘下镯子后所说"可
惜这两个指甲……这一病好了，又损好些"，感叹的是晴雯的
指甲，而程本中宝玉感叹"这一病好了，又伤好些"，叹的是
人。程本中晴雯为报知己宝玉，情重心急地把自己的指甲奋

---

① 陈炳熙、刘督宽：《论〈红楼梦〉的文字究竟何本优》，载《文艺理
论研究》1993 年第 5 期。

② 陈炳熙、刘督宽：《论〈红楼梦〉的文字究竟何本优》，载《文艺理
论研究》1993 年第 5 期。

力咬下，庚本中的晴雯则轻轻便便地用剪子铰下。不仅二者表现的感情程度不同，而且也让人惊异剪子的现成。两本相较，显然程本比庚本更好。庚本后文"快把你的袄儿脱下来我穿……"一段话，也显得感情庸俗，用词鄙陋，不但与清风朗月般的晴雯性格不合，而且也不像一个纯洁少女所能说得出口的话。另外，庚本主要用对话来刻画人物形象，程本则兼用像"好容易欠起半身，晴雯伸手把宝玉的袄儿往自己身上拉"这样细腻的动作描写来展示人物的内心世界。二人认为程本在此处的艺术效果，相比庚本，是不可同日而语的。①

2009年，孙柏录在《〈红楼梦〉版本异文考》一文中提出，今存各本都已经不是原作者创作出的第一代抄本。在原作者传世稿与今存各本之间，曾经存在的抄本或许数量十分庞大，难以计数。中间还存在世代相传杂错配抄的具体过程，就学界目前所已经掌握的文献资料，是无法描画出来的，且也许永远难以描画出来。今存《红楼梦》各本没有一个版本完全呈现原笔原貌，也没有一个版本完全没有保存任何原笔原貌。基于此，孙柏录主张突破版本与版本之间的界限，应逐处研究各本异文，探求异文形成的原因，进而定出优文，把优文视为原作者曹雪芹的文字。

这一研究视角堪称《红楼梦》版本异文研究的重大突破。孙柏录在文中借助冯其庸主编的《脂砚斋重评石头记汇校》，

① 陈炳熙、刘督宽：《论〈红楼梦〉的文字究竟何本优》，载《文艺理论研究》1993 年第 5 期。

将除乙本之外的12个本子的"共同异文版本群"①的数量进行了统计，列出了第1回至第80回的共同异文版本群统计表。立足版本异文实际情况，孙柏录认为，历史上《红楼梦》的传抄是以"回"为基本单位进行的，从而打破了《红楼梦》以"本"为单位的版本界限，不再延续文献校勘研究给《红楼梦》各版本排座次的传统做法，确立了逐条比对各本异文，择取优文而非青睐某本的研究策略，并认为这才是获取优本的正确途径。他立足异文字词细微差异，从艺术效果出发，认为各本皆有优异处，同时诸本也存在瑕疵之处。通过分析，孙柏录将共同异文分为非重要异文和重要异文两类。针对大量存在的重要异文，其主要有两个选取优文的标准：其一是文意是否通顺、正确；其二，对于意义上有明显差异的异文，评价标准是文字本身的艺术效果。②

无论是从研究视角还是研究方法，孙柏录打破版本界限的优文研究无疑为《红楼梦》版本异文研究提供了全新的思维方式。也许是因为论文篇幅所限，孙柏录的《〈红楼梦〉版本异文考》一文的确罗列出多处异文差异，并通过细致分析，提高了相关人物或情节描写的准确度和审美价值，但这些案例仍停留在微观字词句方面，比较分析的过程较为简单概括。这篇论文的诞生，标志着《红楼梦》版本学领域长期存在的"重脂轻

---

① 几个本子的某一回有同样的异于其余本子的共同异文，这几个本子就是这一回的一个共同异文版本群。

② 孙柏录：《〈红楼梦〉版本异文考》，载《文史哲》2009年第3期。

程""重程轻脂"的派别观念遭遇到了前所未有的挑战。

　　自《红楼梦》版本藩篱打破之后,尤其是2014年以来,着眼于《红楼梦》版本异文艺术效果优劣的优本研究逐渐受到学界关注。2014年,郑昀在《从王熙凤形象审美价值谈〈红楼梦〉第68回版本异文优劣》一文中,首次引入现代汉语词彩学相关理论,针对该回王熙凤的大量对白语段,进行了指向人物形象审美价值最大化的比较分析。2015年起,有多篇专门探讨《红楼梦》版本异文的论文发表在《红楼梦学刊》杂志。其中,朱萍、麻永玲运用《红楼梦》版本数字化系统(论者并未具体说明该系统所收版本情况,仅在文后注出文中例句来自冯其庸《瓜饭楼手批己卯本〈石头记〉》等版本),整理出"听"戏与"看"戏的异文,经过细致的文本分析,发现"听"戏与"看"戏是提示南北方戏曲文化背景差异的标志词。相比其他版本,程乙本多用"听"戏。除了能够体现《红楼梦》版本嬗变,"听"戏与"看"戏在刻画人物性格方面的功能也不同。论者以《红楼梦》第二十二回宝玉让黛玉点戏时黛玉的回应为例,认为庚本的"拣我爱听的唱给我看"相比其他版本"拣我爱的唱给我看"相比,更能体现参加宝钗庆生宴时黛玉内心的敏感复杂。[①]学者洪涛引入语言学家韩礼德的语域观,重点分析《红楼梦》中自称词"侬俺奴娣"在林黛玉、刘姥姥、尤二姐等人物形象立体化塑造方面发挥的功能,最终

---

　　① 朱萍、麻永玲:《红楼梦中的"听"戏与看"戏"及其异文考辨》,载《红楼梦学刊》2015年第2期。

认为后期抄本、刻本（主要指戚本、程本）的整理人对部分自称词的删改（如程本在"王熙凤计赚尤二姐"一节改凤姐自称词"奴"为"我"），是弊大于利的选择，损害了文本的艺术效果。[①] 曹明聚焦《红楼梦》第五十回《芦雪广即景联句》和第七十六回《中秋夜大观园即景联句三十五韵》两首连句在8种版本中出现的108处异文，判断其中有21处异文的出现并非疏漏所致，而是有意修订的结果。这些异文渗透了修订者在诗律平仄、对仗、炼词炼字方面的文学思考。[②]

2015年，郑昀在福建师范大学博士学位论文《〈红楼梦〉各版本异文比较解读》中，以宝黛钗凤人物形象的塑造，以及"家法惩戒""女性死亡"母题故事的营构为线索，参照《汇校》及1957年人民文学出版社以程乙本为底本出版的《红楼梦》，将与上述类别相关的有代表性的异文材料进行了较为全面的梳理整合，并综合运用文艺理论、现代汉语词彩学、修辞学对其进行文本比较解读。此为学界首例对《红楼梦》现存全部13种版本重要异文的审美价值进行的全面、系统的解读研究。

三、以更近真本和文字艺术效果更优者为优本

1928年，胡适作《考证红楼梦的新材料》一文，把当时

[①] 洪涛:《〈红楼梦〉的语域、"立体感"与"平常化"——从"侬俺奴婢"和异文看小说的艺术效果》，载《红楼梦学刊》2015年第3期。

[②] 曹明:《从〈红楼梦〉联句异文看修订者文学思考》，载《明清小说研究》2016年第1期。

新发现的甲戌本称为脂本，认为其文字胜于各本。他对比了甲戌本、戚本、程甲本、程乙本，高度评价甲戌本，认为甲戌本是《红楼梦》的最古本，是一部最近于原稿的本子。在文字上，脂本有"无数地方"远胜于其他一切版本。胡适举例形容林黛玉的步态的诸本异文，其中，甲戌本作"话犹未了，林黛玉已摇摇的走了进来"，戚本作"话犹未了，林黛玉已走了进来"，程甲本作"话犹未了，林黛玉已摇摇摆摆地进来了"，程乙本作"话犹未完，林黛玉已摇摇摆摆的进来"。胡适认为："原文'摇摇的'是形容黛玉的瘦弱病躯。戚本删了这三字，已是不该的了。高鹗竟改为'摇摇摆摆的'，这竟是形容詹光、单聘仁的丑态了，未免太唐突林妹妹了！"[1] 除这一例子，胡适还列举多个例子，以证明甲戌本文学价值远在各本之上。

作为文学家的胡适，对抄本的肯定又显得十分理性。他通过考证，提出高鹗并无意隐瞒续作后四十回一事，其作伪是善意的，是可以理解的。[2] 他认为曹雪芹是最不幸的一位作家，因为其在世时处境困苦，同时曹氏本人又缺乏文学训练，导致《红楼梦》残稿未经作者本人最后的修改，也没有经过长时间的流传，便被程、高二人续补、排印出来。这就与曾在几百年时间内历经多位一流文人大力删削与修改的《水浒传》不同。

---

[1] 胡适：《考证〈红楼梦〉的新材料》，见宋广波编校《胡适红学研究资料全编》，北京图书馆出版社 2005 年版，第 242—244 页。

[2] 胡适：《从旧小说到新红学》，见宋广波编校《胡适红学研究资料全编》，北京图书馆出版社 2005 年版，第 364—365 页。

胡适还兴奋地指出，正是经过有极高文学见地的天才批评家之手，七十一回本《水浒传》才格外出彩。他还指出，纵抄本有不理想之处，对于考据家而言也是用以对勘的资料，而不必从文学批评的角度进行批判。①

俞平伯主张在比较异文的过程中，尊重作者原意与追求文字情理及艺术效果要兼顾。1923年，俞平伯在《高本戚本大体的比较》一文中指出，若以接近真相为标准，戚本胜于高本，但针对前八十回高本和戚本的部分异文，有的文字以戚本为佳，有的以高本为佳，有的情节各本各有可取之处。②在1952年初版的《红楼梦研究》中，俞平伯针对甲戌、庚辰、戚序、程甲、程乙几个版本，提出："假如采用近真的观点，钞本当然比较对；用完美的观点呢，话就很难说了，各人有主观的不同，但我们也不妨说大体钞本好些。现存的三个钞本那个最好，也很难说，假如都是作者的底稿，那我们就不能说愈早愈好。"③而在个别案例中，俞平伯又主要以求真为导向。比如在其撰写的《红楼梦脂本（甲戌）戚本程乙本文字上的一点比较》一文中，俞平伯举出脂本、戚本、程乙本在描写元春、宝玉年龄差距时的异文，分析认为程甲本比程乙本更

① 胡适：《与苏雪林、高阳书》，见宋广波编校《胡适红学研究资料全编》，北京图书馆出版社 2005 年版，第 407—409 页。

② 俞平伯：《高本戚本大体的比较》，见俞平伯《红楼梦辨》，岳麓书社 2010 年版，第 47 页。

③ 俞平伯：《红楼梦研究》，人民文学出版社 1988 年版，第 172 页。

"近真"。①

一方面，曲沐推崇程甲本，质疑脂本的"真本"身份。在《庚辰本〈石头记〉抄自程甲本〈红楼梦〉实证录》一文中，曲沐通过考证，认为程甲本的出现早于脂本，脂本是程甲本的改本、伪本。另一方面，曲沐又试图从文字效果层面肯定程甲本的价值，提出："作者对小说的语言文字是有严格要求的，是有其自身的美学原则的。"②曲沐在对比了程甲本和1982年人民文学出版社出版的以庚辰本为底本的《红楼梦》（曲沐在文中称其为"艺院本"）中的个别异文后，发表《从文字差异中辨真伪见高低——与蔡义江先生讨论脂本程本文字问题》及其续篇两篇论文，进一步论证了程甲本优于艺院本。

曲沐还从小说艺术性的视角评价了艺院本写茗烟代宝玉祝告晴雯芳魂的对白，认为这段在程甲本中不存在的对白过于文雅，并不符合茗烟这样一个小厮的身份。所谓"芳魂有感，香魄多情"，只有宝玉在悼念晴雯时才有如此句式，艺院本让它出自茗烟之口，不伦不类。③又以第二十五回贾环故作失手烫伤宝玉后众人的反应为例：

其中程甲本作：

> 王夫人又气又急，一面命人替宝玉擦洗，一面骂贾

---

① 俞平伯：《红楼梦研究》，人民文学出版社1988年版，第177页。
② 曲沐：《从文字差异中辨真伪见高低——与蔡义江先生讨论脂本程本文字问题》，载《明清小说研究》1994年第2期。
③ 曲沐：《从文字差异中辨真伪见高低——与蔡义江先生讨论脂本程本文字问题》，载《明清小说研究》1994年第2期。

环，凤姐三步两步上炕去替宝玉收拾着，一面说道："老三还是这么'毛脚鸡'似的，我说你上不得台盘！"

艺院本作：

> 王夫人又气又急，一面命人来替宝玉擦洗，一面骂贾环，凤姐三步两步的上炕去替宝玉收拾着，一面笑道："老三还是这么慌脚鸡似的，我说你上不得高台盘。"

曲沐指出，"笑"字一字之差，"破坏了整个情绪，使凤姐的形象失去统一。凤姐是一贯会'笑'的，'丹唇未启笑先闻'。但在这种场合，凤姐是绝对不会'笑'的，作者也不会让她'笑'。在这种场合'笑'，就不符合凤姐的性格"[1]。

曲沐除了指出艺院本文字在人物形象塑造方面的不足，还强调"程甲本漂亮之极，既传神又能表现出人物的性格和心理"[2]，而艺院本的文字是经过改手改动的，并且"改得混乱、低俗……可以说没有一个地方是改得好的"[3]。曲沐甚至尖锐地批判道："改手为标新立异，办法很多，往往在一些关键词语上改动一两个字，不是使句子的语气走样，就是使感情的分量减低。"[4]

---

[1] 曲沐：《从文字差异中辨真伪见高低——与蔡义江先生讨论脂本程本文字问题》，载《明清小说研究》1994 年第 2 期。

[2] 曲沐：《从文字差异中辨真伪见高低——与蔡义江先生讨论脂本程本文字问题》，载《明清小说研究》1994 年第 2 期。

[3] 曲沐：《从文字差异中辨真伪见高低——与蔡义江先生讨论脂本程本文字问题》，载《明清小说研究》1994 年第 2 期。

[4] 曲沐：《从文字差异中辨真伪见高低——与蔡义江先生讨论脂本程本文字问题》，载《明清小说研究》1994 年第 2 期。

胡适、俞平伯、曲沐三人的研究都重视实证，能深入文本，对个别异文艺术效果层面的差异作出评价。在异文评价标准方面，能够着眼于小说这一特定文体的美学原则。和孙柏录等取得的推动异文研究向文字艺术效果转移的成果类似，这些研究也可看作是把《红楼梦》版本异文研究从文献校勘学推向全新空间的可贵探索。

第二节　《红楼梦》优本研究的贡献与空白

通过上文的梳理能够发现，20世纪20年代以来，以是否贴近曹雪芹原笔原意，是否真本作为优本评判标准的观点占多数。胡适、俞平伯在重视考证真本的同时，也同时兼顾优本的另一评判标准——文字审美价值高下。直至20世纪90年代，单纯针对版本异文审美效果的比较研究才获得独立空间。其中，孙柏录提倡打破文本界限，指出各本文字皆有优异与不足之处，为《红楼梦》版本研究指出新路。孙氏的研究成果发表之后，《红楼梦》版本异文在审美效果层面的对比研究，得到了学界越来越多的关注。总之，《红楼梦》优本评价标准的多样化，不仅体现学者们的研究背景的不同，更折射出研究视角和研究路径的差异。

红学界对"真本""原笔"的推崇，可追溯至胡适提出的实证与实录的"新红学"学术理念。20世纪20年代，胡适以搜集到的文献为依据，运用实证的方法，提出若干与《红楼梦》作者、版本有关的考证意见，其中就包括《红楼梦》的作者是曹雪芹、《红楼梦》是曹雪芹的"自叙传"、贾宝玉与甄宝玉就是作者的化身等说法。在相当漫长的历史时期中，对《红楼梦》真本的追寻，成为《红楼梦》优本主流评判标准。基于这一标准进行的优本研究，其贡献可以总结为以下两个方面：

一是有助于《红楼梦》版本的发掘与校勘。在探寻《红楼梦》真本并以之作为优本的过程中，胡适、俞平伯、周汝昌等红学家对重要文献资料进行了搜集、整理，为《红楼梦》版本研究的进行，以及更为全面、深入地认识《红楼梦》作者生平、《红楼梦》产生的历史文化背景及版本源流，都提供了重要的借鉴意义。

二是丰富了《红楼梦》文学评论成果。尽管优本评价标准多元化，但学者在判断优本的过程中，都不同程度地涉及版本异文审美价值的对比，如探讨异文在文理上通顺与否、异文是否有助于人物形象的塑造等。其中不乏深入文本内部的、微观细致的异文对比，也得出了很多精当、独到的观点，无形中为基于审美价值进行的《红楼梦》版本异文研究提供了丰富的例证。

同时，不得不承认，目前学界尚未找到能直接证实曹雪芹就是《红楼梦》作者的文献材料。由于《红楼梦》作者的真实身份仍然成谜，历来都不乏试图推翻曹雪芹作者身份的声音，故探寻《红楼梦》所谓"真本"，并以其作为最优版本这一目的，更难以实现。同时，前人对《红楼梦》版本异文文字本身的审美价值进行的比较研究更多停留在感性认识与主观论述层面，尚缺乏更具学理性的成果。郑昀在2015年的博士学位论文《〈红楼梦〉各版本异文比较解读》中，曾尝试对前80回关于宝黛钗凤人物形象塑造、"家法惩戒""女性死亡"母题相关的大量重要异文进行比较解读。研究发现，《红楼梦》13种版本异文各有优异处，选择"优文"而非以特定版本为底本的"优本"，将有助于产生一部相对具有更高审美价值的《红楼梦》版本。对异文进行对比解读的同时，该文还将"家法惩戒""女性死亡"母题情节异文作为能够影响文本建构的不同修辞策略（形式可以是语段、语篇），置入明清小说同类母题情节创作的历时链条之上，以此为基础进行异文的对比，从而超出了狭义修辞学层面字词句的修辞技巧分析范畴，推进《红楼梦》异文研究走向更为宏观的广义修辞学研究范畴，但该论文在研究视野与学理性层面仍有不少欠缺。本书则明确从修辞诗学的研究视角，重新梳理《红楼梦》在中国古代小说审美规范演进历程中，尤其是"才子佳人""女管家"人物范型塑造史和"家法惩戒""女性死亡"母题情节建构史中的创新修辞策略，以此为基础，为异文研究提供更具学理性的评价标准，对相关重要异文进行系统的比较研究。

第一章　古代小说失范／规范坐标系中的《红楼梦》

　　本章标题中"失范""规范"的"范"，指小说这一特定文体的审美规范。

　　鲁迅在《中国小说史略》中提出，小说文体化进程的关键点在唐代。六朝时期还只是"粗陈梗概"的小说，在唐代的演进渐趋鲜明，原因在于"是时则始有意为小说"①。这一观点被学界广为接受。然而，近年有学者依据新出文献，指出班固《汉书·艺文志·诸子略》单列的"小说家"所含著述，虽都未流传下来，但细考其依托历史人物的命名方式，结合相关文献，推测其内容实与黄老、方术类文本有所重叠，之所以未将其归为一类，在于"小说家"著述在价值取向上属"小道"，背离以宗经为本位的儒家传统及历史真实的"大道"。②

　　"小说家"价值取向的发掘，给我们提供了一个重新审视鲁迅观点的机会。"小说家"著述善用的以想象与对话营造夸饰与琐碎的艺术形式，说明这些文本并不满足于对代表儒家

---

　　① 鲁迅：《中国小说史略》，上海古籍出版社 1998 年版，第 44 页。
　　② 陈民镇：《中国早期"小说"的文体特征与发生途径——来自简帛文献的启示》，载《中国文化研究》2017 年第 4 期。

正统的"道"进行理性、客观的呈现，而是试图激化美感，超越"大道"所释放的普遍性。二者之间的所谓的背离，并不是完全割裂，而应理解为一种误差、一种"错位"。对小说创作来说，想象、对话等艺术形式，帮助作者在塑造个性化人物、建构具备美感的情节时，生成了与代表客观真实、理性认知的"真"，代表功利、实用、道德的"善"拉开距离的价值取向，即审美价值取向，审美情感由此萌生。[①] "错位"，在今天也仍是小说人物形象审美价值和艺术感染力的重要来源。"小说家"著述与现今成熟的小说文体之间的差距并非难以弥合，而是有着非同寻常的关联。或许可以认为，"小说家"著述埋藏着小说文体审美规范的萌芽。

这一价值取向并非"小说家"著述独有。学者何晋通过对2009年入藏北京大学的西汉竹简《妄稽》进行整理、校勘与研究，认为该篇虽然是俗赋，但因其具有明显的世俗与叙事的特征，又因原文多达3400字，所以才一度被视为"中国最早、篇幅最长的'古小说'"[②]。尽管《妄稽》已缺损约五分之一的篇幅，但完整的故事脉络依然可辨。该篇围绕一个汉代俗世家庭娶美妾的前后经过，生动刻画了青年才子周春的软弱卑微与其妻妄稽的丑陋狠毒。女主人公妄稽一病而亡的结局固然有劝善惩恶的意味，但从整篇故事来看，推动情节发展的不是道

---

① 孙绍振：《美的结构》，人民文学出版社1988年版，第48页。

② 北京大学出土文献研究所编：《北京大学藏西汉竹书》第四册，上海古籍出版社2015年版，第57页。

德理性逻辑。丑陋的妄稽不被婆家看重又无法接受丈夫纳妾，她争宠时的矫揉造作、虐打美妾时的歇斯底里，以及周春及其小妾虞士的恐惧与绝望，三人各不相同的行为逻辑与话语模块的纵横交织，赋予了情节发展以独特而又多彩的情感因果逻辑。何晋认为，《妄稽》通篇不见丈夫周春对家庭悲剧有反省之意，可见，在该文本创作与流传的历史时期，男人对美色的追求称不上违反道德规范。作者正是运用审美修辞策略改造了传统道德语境，用虚构、夸张的话语，刻画出一个连丈夫与公婆也奈何不得的毒妇形象，为读者提供了充分的想象空间。虽然这篇汉俗赋句式固定，严格押韵，但已经蕴含着小说创作的审美特征。

若将鲁迅笔下"有意为小说"理解为完整的"小说"叙事文本的成形，则小说的源头自然是唐代；而若将"有意为小说"理解为小说文本建构审美规范的萌芽，则小说的源头就应上推至《妄稽》所处的西汉。虽然此时的小说形式尚处于草创阶段，但已经显示出对情感逻辑的关注，其审美功能已存在积极与消极两面。以《妄稽》为例，运用韵律虽然便于夸饰与铺叙，也利于传播，但也不免让情节失去深刻性。基于现代意识审视传统资源，"有意为小说"的时间节点上推，小说文体审美规范进化史坐标系的原点得以基本确定。但要基于修辞诗学视角，为中国古典小说巅峰之作《红楼梦》建立起真正有研究价值的坐标系，就还需要为其寻找适切的参照物。

对修辞诗学研究而言，单篇文本作为完整的修辞产品被纳入研究视野，就要通过研究各类修辞元素，探讨其如何促成更具经典意义的文体建构。具体到中国古代小说这一特定的研究对象，自其审美规范萌芽之时起，一代又一代作者运用不同的修辞策略，通过调配文本中各种语言单位的配置，对传统、现实语境进行顺应或改造，最终实现小说积极审美功能不断提升的追求。抑或被固化的审美规范逐渐僵化，从而期待下一次革新。然而，"语境"具体涵盖哪些内容在学界仍无定论，作者对语境的改造更是一个复杂的过程。要在失范/规范坐标系中观察《红楼梦》的价值定位，最为简便的方法便是从人物范型的维度确定观察角度，对《红楼梦》进行创作史的还原。我们从《红楼梦》13种版本前80回对主要人物贾宝玉、林黛玉、薛宝钗、王熙凤的塑造中，提炼出"才子佳人"与"女管家"两种人物范型，以此为基础，试图梳理出一条清晰的创作链条，为《红楼梦》的价值进行重新定位，从而为版本异文研究提供依据。

第一节 "才子佳人"范型的修辞策略：性格逻辑超越偶然际遇

《红楼梦》作者在小说第一回，通过石头之言痛陈前代才子佳人之书情节模式化之严重："至若佳人才子等书，则又千部共出一套，且其中终不能不涉于淫滥，以致满纸潘安、子建、西子、文君，不过作者要写出自己的那两首情诗艳赋来，故假拟出男女二人名姓，又必旁出一小人其间拨乱，亦如剧中之小丑然。"①鲁迅也曾在《中国小说史略》中谈到明代《玉娇梨》《平山冷燕》《好逑传》三部才子佳人作品，指出三部作品"大率才子佳人之事，而以文雅风流缀其间，功名遇合为之主，始或乖违，终多如意，故当时亦或称为'佳话'。查其意旨，每有与唐人传奇近似者，而又不相关，盖缘所述人物，多为才人，故时代虽殊，事迹辄类，因而偶合，非必出于仿效矣"②，显然也有"共出一套"之嫌。可是，才子佳人早期雏形究竟如何？西汉竹书《妄稽》中的女主人公妄稽，在规劝其夫周春勿要纳妾时，其言谈不仅条理清楚，还能引经据典，而周春自始至终处于弱势。学者何晋判断妄稽应该是受过教育的富贵大族的女子，对身为世家子的周春来说，家世般配。可惜其外貌不佳，周春对其似乎并无爱慕。强势的妄稽与弱势的周春，实难堪称"才子佳人"最初的雏形。

　　"才子佳人"范型真正的起点，应当是唐传奇《飞烟传》。另外，要探究《红楼梦》才子佳人范型塑造修辞策略的独特价值，还应当关注创作时间早于《红楼梦》的《张浩》《江情》《莺莺》《王娇》《连城》《合影楼》《金云翘传》《好逑传》等其他才子佳人爱情故事中的交际参与者，并进行包括角色设置、角色性格、角色话语模式等方面的对比研

---

　　① 曹雪芹著，无名氏续，程伟元、高鹗整理，中国艺术研究院红楼梦研究所校注：《红楼梦》，人民文学出版社 2008 年版，第 5 页。
　　② 鲁迅：《中国小说史略》，上海古籍出版社 1998 年版，第 132 页。

究。英国文学批评家艾略特（Thomas Stearns Eliot）[1]谈到对诗人的评价时曾经说："他的作品中，不仅最好的部分，就是最个人的部分，也是他的前辈诗人最有力地表明他们的不朽的地方。"[2]修辞策略创新的艰难，也正是冲击稳固的文本审美规范的艰难。下文我们将对一系列典型才子佳人故事进行细致的对比研究，从中梳理出修辞策略演讲趋势。

一、"才子佳人"范型作品的内容交代与角色设置

皇甫枚所作的唐传奇《飞烟传》，描写的是唐咸通年间临淮汝州官宦之家公子赵象与河南府功曹参军武公业的爱妾步飞烟之间的爱情故事。赵象透过自家墙缝意外窥见步飞烟的美貌进而迷恋，后买通了守门人，写诗与飞烟传情达意，并在守门人的帮助下，翻墙与飞烟私会，得尽缱绻之意。一年后，二人之事被步飞烟的女奴告发，武公业殴打飞烟致死，赵象更名远逃。

表1-1　《飞烟传》情节语境中的交际参与者

角色设置	天水官宦之家公子赵象，河南府功曹参军武公业爱妾步飞烟，武府守门人，女奴，为飞烟作诗的崔姓、李姓二书生等

---

① 艾略特，诗人、剧作家和文学批评家，诗歌现代派运动领袖。出生于美国密苏里州，后迁居英国伦敦。诗集《四个四重奏》使其获得1948年诺贝尔文学奖。

② [英] T.S.艾略特：《传统与个人才能：艾略特文集·论文》，卞之琳、李赋宁等译，上海译文出版社2012年版，第2页。

角色性格	（1）赵象"秀端有文"，在与飞烟相恋的过程中并没有鲜明的性格刻画，事发后显得薄情、胆小 （2）飞烟的性格相比赵象，刻画更细致。她认为武公业非良配，一心倾慕赵象才貌，主动邀约私会。她在私会后表白自己并非无贞洁之志，是因为赵象有"风调"，才不能自顾，展现出自尊的一面。即便被武公业拷打，飞烟也毫无屈服之意，并以"生得相亲，死亦何恨"一语表达反抗，视情感价值超越生命价值
角色话语模式	（1）主人公赵象与飞烟在感情发展过程中心心相印，话语不构成冲突 （2）武府守门人作为帮助二人跨越话语阻碍的协助者出现 （3）话语模块具备多样化特征。如描写步飞烟死后，崔姓书生作诗赞美步飞烟，而李姓书生则作诗贬低她。文章结尾三水人评论道："噫，艳冶之貌，则代有之矣；诘朗之操，则人鲜闻乎。故士矜才则德薄，女炫色则情私。若能如执盈，如临深，则皆为端士淑女矣。飞烟之罪虽不可逭，察其心，亦可悲矣。"作者认为飞烟虽有罪，但仍值得同情

　　《张浩》为短篇文言小说，收录在北宋刘斧编撰的笔记小说集《青锁高议》中。小说描写西洛人张浩偶遇邻家李氏女，即上前表白，赠诗作为信物，二人以为终身之志。随后，张、

李二人在常出入张家的尼姑的帮助下，传递书信，并在轩中私会。随后，李氏女随其父赴官，张浩之叔要为张浩订另一门婚事，张浩不敢拒绝，与孙氏女订婚。李氏女得知后，为以死明志自裁被救下，最终由府尹判定张浩绝后婚复娶李氏，获得了圆满结局。

表1-2　《张浩》情节语境中的交际参与者

角色设置	西洛人张浩，张浩东邻李氏女，经常出入张宅的女尼，府尹等
角色性格	（1）张浩家境富裕，好学有才，对李氏女专情 （2）李氏女有出世美貌，对张浩专情，且能以计谋促成二人团圆
角色话语模式	（1）主人公张浩与李氏女在感情发展过程中心心相印，话语不构成冲突 （2）经常出入张宅的女尼作为帮助二人跨越话语阻碍的协助者出现 （3）话语模块欠多样化

《江情》《莺莺》《王娇》皆为明代冯梦龙编撰的短篇小说集《情史》中的作品。《情史》收录了历朝历代有关男女之情的小说800余篇，冯梦龙按照篇目传达的感情性质的不同，将它们分为"情贞""情缘""情私"等24种类型。其中，属于"情私"类的《江情》写了福州守吴君之女与太原江商之子江情在江中相邻而望，彼此有情。江情夜间登舟与吴氏女相会。后因遇风吹散二舟，江情不能返回，只得匿于吴氏女船舱内，后被吴君发现。吴君得知女儿已被玷污清白，同意了二人婚

事。后江情在吴家的帮助下登进士第。而同属于"情仇"类的《莺莺》《王娇》则以悲剧收场。《莺莺》描写唐贞元年间书生张生在普救寺居住时,解救了崔氏母女,在宴席之上与崔莺莺一见钟情,后通过婢女红娘传诗,二人在西厢私会。然而,待张生进京博取功名后,崔莺莺便惨遭抛弃。《王娇》将书生申纯与自己的表妹王娇的爱情写得跌宕起伏。二人经历相遇、相识、试探、拒亲等波折,最终博得双方高堂认可,遣媒行聘;但是王娇之父王通判日后遭到帅府以权势、贿赂逼婚,遂毁婚,改约。这一变故使得王娇在嫁入帅府前忧郁致死,申纯之后亦陷入昏迷,奄奄而亡。最后在双方高堂的操办下,情侣二人得以合葬。

表1-3 《江情》情节语境中的交际参与者

角色设置	太原江商之子江情,福州守吴君之女,吴氏女的婢女,吴君等
角色性格	(1)江情"雅泰可绘,敏辨无双" (2)吴氏女有美貌,"甚敏慧"
角色话语模式	(1)主人公江情与吴氏女在感情发展过程中心心相印,话语不构成冲突 (2)吴氏女的婢女作为帮助二人跨越话语阻碍的协助者出现 (3)吴君发现江情藏匿于女儿舱内后,先是大怒,后因吴女已有辱清白,答应了二人的婚事。作者在文末也认为"风便舟开,天所以成美事也",角色话语模块的设置趋向一致

表1-4 《莺莺》情节语境中的交际参与者

角色设置	张生,崔氏孀妇之女崔莺莺,红娘
角色性格	(1)张生"性温茂,美风荣,内秉坚孤,非礼不可入",十分守礼,已23岁却不近女色。张生与莺莺相识相恋,往长安博取功名后,始乱终弃,视莺莺为妖孽 (2)崔莺莺虽然也有重礼的一面(写诗密约张生相会,及至见面又怒斥而返),但最终还是情感超越了理性,在红娘的帮助下主动前来与张生私会 (3)崔莺莺婢女红娘尽管是中间协助者,却因机智的个性也成为具有独特魅力的女性形象
角色话语模式	(1)崔莺莺受礼教思想所限,心口不一,虽爱慕张生却又在第一次私会时对其斥责,其话语模式呈现出内心的矛盾。后来,二人坦诚以对,心心相印。张生始乱终弃,莺莺纵有不舍却只能为之悲伤遗憾。其后张生另娶,莺莺别嫁,张生欲求见莺莺,莺莺以两首词坚定回绝。 (2)婢女红娘作为帮助二人跨越话语阻碍的协助者出现,虽不是主要人物,但其话语充满趣味性。如护送莺莺前往张生独寝的房间时,红娘先将张生惊醒并对其说道:"至矣!至矣!睡何为哉!" (3)小说结尾,张生在友人面前评价莺莺为妖孽,并表明自己的德行不足以战胜妖孽,所以要忍情,引发时人"深叹",又以张生为"善补过者"。作者又援引李绅所作《莺莺歌》,也认为张生的绝情是一种补救。小说虽有多个人物,但话语模块较为单一,共同指向个体情感应顺应封建礼教的价值取向

表1-5 《王娇》情节语境中的交际参与者

角色设置	申纯，王娇（为申纯之舅女），成都府角妓丁怜怜，申纯之母舅，侍女飞红等
角色性格	（1）申纯"天资卓越，杰出世表"，落第之际郁郁寡欢。在母舅王通判家中与表妹王娇相遇。王娇"天然殊莹"，申纯"功名之心顿释，日夕惟慕娇娘而已"。申纯主要性格特征表现为对王娇的痴情，但也有多情的一面，如曾在与王娇分别期间，与成都府角妓丁怜怜共寝 （2）与以往小说中的佳人形象不同，娇娘对申纯的情意有曲折的发展过程。开始时，娇娘"乍眠乍违，莫测其意"，彼此经一番猜疑，方剪发盟誓 （3）二人的感情在数次风波中逐渐发展。曲折的情节包括申纯遣人说媒被王通判拒绝、王娇误以为飞红与申纯有私情、王娇与申纯的关系被发现、王娇被迫与帅府之子订婚等，最终王娇以忧卒，申纯病故，二人合葬 （4）侍女飞红"尤喜谑浪，善应对，快谈论"，性格鲜明的同时也更加立体化：她因嫉妒王娇而告密，又逼迫王娇屈事自己，最终被申纯、王娇的真情所感，对王娇表达了同情
角色话语模式	（1）申纯与王娇的话语并非从始至终心心相印，而是因受阻而有所冲突、误会 （2）婢女飞红不再作为协助二人跨越话语阻碍的平面化人物出现，而是利用话语充分展示出个性化魅力 （3）作家从文本中完全退场，文中申纯与王娇互相猜疑而又执着于感情、王娇之父从阻挠到同意、王娇迫于无奈嫁与帅府之子、飞红的骄矜自负，共同构成曲折的情节中多彩的话语模块

章回体短篇小说《合影楼》出自清初李渔著拟话本短篇小说集《十二楼》。顾名思义，《十二楼》收录的12篇小说各自围绕一座楼阁展开故事情节，每篇文末附有李渔好友杜濬的简短评论。《合影楼》中屠观察与管提举是入赘的一门之婿，屠观察之子珍生与管提举之女玉娟为姨表亲，二人自幼便对自己的容貌颇为自负。只因管提举是古板的道学先生，二人相邻却从未见面。一个偶然的机会，珍、玉容貌映在水中，两人对影钟情。因管提举与屠观察不合已久，无法接受亲上加亲，最后由管提举的乡贡同年路子由巧设妙计，将自己的干女儿锦云与玉娟都配给了屠珍生，管提举无奈接受了事实。小说以大团圆结尾：屠珍生一夫二妻，连登二榜。

表1-6   《合影楼》情节语境中的交际参与者

角色设置	屠观察与其子屠珍生，管提举与其女管玉娟，路子由与其义女锦云等
角色性格	（1）小说强调家庭环境对男女主人公性格形成的影响。风流才子屠观察之子屠珍生与道学先生管提举之女管玉娟，为同胞姊妹所生，只因管提举遵循男女授受不亲的规矩，怜爱对方容貌的珍生、玉娟不得相见。因偶遇对方在水中的倒影，风流自负的屠珍生表达欲作夫妻之意。但屠珍生的感情并不专一：当种种因素导致与玉娟及锦云的姻缘两相受阻时，屠珍生得知管提举的同年路子由可施巧计帮助自己二美兼收，珍生欣喜异常

续表

角色性格	（2）玉娟与珍生仅通过和诗交流，而锦云与珍生则是媒妁之言，二人都对珍生表现得十分专一，当与珍生姻缘受阻时，都忧郁成病。玉娟即便听闻锦云要与自己一起嫁给珍生，也欣然接受。情节趣味性凌驾于人物性格塑造之上，没有给读者留下充分想象空间
角色话语模式	（1）屠珍生与管玉娟在被隔绝的状态下，主要通过影中问答完成话语交际 （2）"二美"之一的锦云是珍生与玉娟跨越话语阻隔的协助者 （3）角色话语模块欠缺多样与变化

　　《连城》为短篇文言小说，出自成书于清康熙年间的《聊斋志异》。男主人公乔生与女主人公史孝廉之女连城素昧平生，史父征诗择婿，乔生题的诗得到连城赏识，彼此引为知己，相互思慕。无奈史孝廉嫌贫爱富，违背自己的承诺，要将女儿嫁给盐商之子王化成。连城患病后，一西域僧侣声称男子胸口之肉可以治愈其病。王化成拒绝为连城割肉，而乔生却义无反顾割肉相救。史孝廉虽承诺招能为女儿割胸前肉入药者为婿，却在王化成的胁迫下，未能如愿。后乔生、连城俱亡，在阴间才有夫妻之实。最终，在乔生已经亡故的好友顾生的帮助下，二人还阳，虽王化成再次阻拦，但乔生与连城终得双方家人的认可，获得圆满结局。

表1-7　《连城》情节语境中的交际参与者

角色设置	乔生，史孝廉之女连城，顾生，宾娘，盐商之子王化成等

角色性格	（1）与其他才子佳人小说不同，《连城》不仅突出乔生与连城生死相随的深厚感情，也强调这种感情是建立在相知的基础上，是精神层面的共通。小说未着墨于二人的外貌，也未出现二人私订终身的桥段。当乔生献出胸口肉却无法如愿时，仍动情地表白，说自己是为知己者死而并非为了美色。当听闻连城病故，乔生前往吊唁时，竟因悲痛而亡。后乔生、连城复活，再次以死抗争，才终得团圆。二人对爱情的执着追求突现其鲜明的性格特征 （2）其他人物如顾生、王化成、宾娘等的性格，作者未给予详细刻画
角色话语模式	（1）在世时的乔生与连城话语受阻，仅以题字相通，直至去世后阴间重逢才打破话语阻隔 （2）顾生作为帮助男女主人公跨越话语阻隔的协助者出现 （3）小说结尾自称"异史氏"的作者感慨知己的珍贵，构成与男女主人公价值观一致的话语模块

　　《金云翘传》成书于明末清初，只署编次者为"青心才人"，作者真实身份不详。这部共计20回的小说根据明代海盗首领徐海及其妻王翠翘的故事改编而成，写的是出身书香门第的王翠翘与书生金重的故事。二人私订终身，不料金重奔丧期间，翠翘家中突发变故，为救父翠翘受骗被卖青楼。沦为娼妓之后的翠翘百般挣扎却无法脱身，在数次被骗、屡遭凌辱后被江洋好汉徐海搭救，并在其帮助下一雪前耻。徐海败亡后，王

翠翘投钱塘江自尽却被神力所救，最终与妹妹王翠云都嫁给了金榜题名的金重。同样为长篇章回体小说的《好逑传》则面世于17世纪中叶至18世纪初的清代顺治、康熙年间。小说作者署名为"名教中人"，真实身份不详。作品主要讲述有侠义气概的男主人公铁中玉因搭救被恶霸逼婚的女主人公水冰心而被害生病，水冰心毅然前往铁家对其照顾。尽管二人相爱，水冰心却始终保持贞洁之身，几经周折，最终铁中玉高中翰林，二人成婚。

这两部小说相比之前介绍的作品，叙事篇幅更长，时间与空间的跨度更大，语义更为丰富，在角色设置、角色性格与角色话语模式层面的修辞策略更为复杂。笔者将提取其中关键内容，在下文分析"才子佳人"范型作品修辞策略变动倾向的过程中进行论述。

二、"才子佳人"范型作品修辞策略变动倾向

修辞策略的演进是一个漫长的过程。结合上文的表格，探寻前述"才子佳人"故事作者在爱情语境中的修辞策略，笔者发现有以下两个明显的变动倾向：

（一）"才子佳人"性格逻辑必然性挑战时空语境偶然性与历史文化语境普遍性

在上文提到的《飞烟传》《张浩》《江情》《莺莺》《王娇》《连城》《合影楼》，以及篇幅更长的《金云翘传》《好逑传》等文本中，"巧合"与"天意"都在情节的转折与递进过程中发挥重要的作用。其中，《飞烟传》《张浩》《江情》《莺莺》《连城》《合影楼》情节的建构方式都较为模式化，可以置入下文这一张图表之中。

表1-8 《飞烟传》等小说的情节模块

作品名	相遇	相思	私会	受阻	结局
《飞烟传》	赵象忽一日于南垣隙中窥见武公业的小妾飞烟	赵象"神气俱丧，废食忘寐"	在武府守门人的帮助下，赵象夜晚翻墙进入武府	飞烟因小过失惩罚婢女，婢女告密，二人恋情被武公业发现	飞烟死亡，赵象出逃
《青锁高议·张浩》	张浩与邻家李氏女偶遇，赠诗	张浩"忽忽如有所失"，"寝食俱废"	在尼姑的协助下，李氏女翻墙而来与张浩相会	李氏女随父上任，张浩被迫约婚孙氏女	府尹判张浩与李氏女二人成婚，夫妇偕老，二子登科
《情史·江情》	福州守吴君之女与太原江商之子江情乘舟相邻，隔窗相望	赠诗达意	在婢女协助下江情登舟与吴氏女私会	两舟遇风解缆失散，匿于吴氏女船中的江情被吴父发现	吴君同意二人婚事，江情登进士第
《情史·莺莺》	张生暂居普救寺时解救崔氏母女，在宴席上与崔莺莺相遇	婢女红娘传词	在红娘的帮助下传诗，张生与莺莺在西厢私会	张生进京博取功名，与莺莺分别	张生"志绝"莺莺

作品名	相遇	相思	私会	受阻	结局
《十二楼·合影楼》	偶然有一日，屠观察之子珍生与管提举之女玉娟水阁纳凉，倒影相遇	借影问答，赠诗	珍生涉水而来欲亲近玉娟，被对方拒绝	管提举古板，阻挠珍生、玉娟的姻缘	珍生、玉娟、锦云一男二女凑成三美，珍生连登二榜
《聊斋志异·连城》	史孝廉征求题诗为女连城择婿	连城赞赏乔生，乔生以连城为知己		连城被许配给商人之子王化成，连城与乔生经历死亡、还阳	二人还阳后得到认可，成为夫妻。阴间太守之女宾娘还阳后也嫁给了连城

综合前文表1-1至表1-8，只有《飞烟传》《张浩》《王娇》的结局是悲剧性的，其余文本都以大团圆收束。男女主人公的相遇、私会、受阻都由极具偶然性的时间语境与空间语境促成，或在某一地某一刻偶遇，或恰逢其他人物的协助，都充满意外与巧合。《王娇》虽因情节较为曲折，不符合以上文本模式化的特征，但偶然性的时空语境的作用仍十分突出。如佳人王娇恰为才子申纯母舅之女，且两家所在郡相邻；申纯不第，得以前去母舅家中拜访，并与王娇相识相恋；申纯渴求王

娇之鞋，偷得后恰被婢女飞红察觉，又将鞋收回，而王娇却因此误以为二人有了私情而怀疑申纯；等等。尽管《金云翘传》《好逑传》中才子与佳人的形象都更为丰满，但也同样无法避免颇具偶然性的时空语境的制约，如历经磨难的女主人公王翠翘落水后被神力所救，才女水冰心抗婚途中巧遇侠义的铁中玉。

各时代的"才子佳人"爱情故事创作者逐渐认识到，通过刻画人物性格逻辑必然性对偶然时空语境进行改造的重要性。这一尝试多通过女性形象的性格塑造来实现。如作品中的佳人虽都以对男主角的迷恋为情感起点，但又有独特的性格特征。如《飞烟传》中步飞烟对赵象的爱恋有超越生死的执着，在遭受鞭打生命垂危时也不肯屈服；但这种执着又是基于自尊，表现在与赵象私会时，有意提醒赵象，自己并非放荡女子，只是面对赵象无法自顾。《张浩》中李氏女主动翻墙与张浩幽会，可谓佳人中少有的主动者。《江情》中的吴氏女在得到江情赠诗时显得顽皮聪敏：先是扬言责罚送诗的婢女，转而笑称要写诗骂江情，但写出的诗表达的又是对江情的渴望，引得江情甘愿冒险与之一聚。《莺莺》中的崔莺莺面对感情，从内心矛盾到献身并专情于张生，及至被弃，委身于他人的莺莺听闻张生求以外兄身份相见，终不为所动，表现出决绝的一面。尽管上述女性角色的性格并不十分丰满，却都不同程度地影响到情节的走向，改造着偶然时空语境。

在上述作品中性格并不突出的"才子"形象，在《王娇》

与《连城》两篇小说中得到了明显的修辞改造。《连城》打破了才子佳人一见钟情以及思慕之后必然私会的情节模式，甚至不再描写女主人公外貌，而是强化二人建立在知己之情基础之上的爱恋之情。连城在并没有见过乔生的情况下，得到乔生献诗即为之欣喜。连城之父不满乔生家贫，不允许二人结合，连城依然暗中赠金相助。文中乔生三次称连城为"知己"，并在吊唁病故的连城之后也一痛而亡。这样的修辞设计，让乔生成为同类爱情故事中罕见的因情而亡的男主人公。

可见，同样是"才子佳人"爱情故事，也并非"千部共出一套"。即便运用的是高度相似的情节模块，作者也往往谨慎地疏离儒家传统规范，以人物性格逻辑改造偶然性时空语境，超越传统道德理性的价值取向。但这种改造并不彻底，纵观表1-1至表1-7，作者在场的道德话语仍随处可见，似乎在提醒读者：所有对偶然时空语境和传统历史文化语境的修辞改造，仍服从于道德训诫或法律规范（《张浩》女主人公借助府尹代表的法律，最终促成才子与佳人的团圆）。

从表1-8来看，小说情节的雷同使得附着于情节的人物性格逻辑缺乏创新性与动态生成性，从而缺乏对客观、理性、道德的语境的冲击力。当然也有特例，比如出现于明代的《王娇》与同样被收录于《情史》中的《江情》《莺莺》不同。王娇与申纯虽然被设置为亲属关系，二人的情感发展也起源于一见钟情，但小说作者却打破了简单的相遇、相思、私会、受阻的情节模式，强化甚至极化男女主人公对对方的专情。比如，申纯初见王娇便功名之心顿释；二人经过多次互相猜疑、试探之后，王娇主动邀约申纯夜晚至寝所相会，申纯首先意识到此举的危险，但王娇却十分坚定并予以鼓励；及至申纯及第被授予官职，二人多番努力，即将行聘之际，王娇却被帅府之子逼婚；面对荣华富贵，王娇依然执着于与申纯的爱，最终忧伤而亡；申纯也一病不起，最终小说以二人合葬结束。该篇小说并非"才子佳人"爱情故事中唯一以悲剧结局的作品，但其对男女主人公独特性格逻辑的刻画力度却是少见的。

《王娇》的作者在情感因果推动情节、以人物性格逻辑必然性取代时空语境的偶然性层面作出了大胆尝试，其后"才子佳人"爱情故事的修辞策略中人物性格逻辑的独特性与发展性趋势不可阻挡。不仅是时空语境的偶然性，甚至是历史文化语境的普遍性，也在逐渐被超越。这一点主要表现在长篇章回体小说《金云翘传》与《好逑传》中。两部小说的男女主人公虽为偶然相识，却已不再像过去的"才子佳人"那样有亲属关系。青心才人在《金云翘传》序言中说，王翠翘乃"以淫为贞"①。她年少时与书生金重相爱，却并不贪恋肉体之欢，依然守身。不幸卖身救父被骗入娼家，不久后寄情于另一男子楚卿，意欲在其帮助下逃脱，却再次被骗，又被卖入青楼。自知难以逃脱的王翠翘忍辱卖身，后从良成为束守的小妾，后又被其正妻宦氏迫害，陷身无锡宦府。直到几经波折后被好汉徐海

---

① 青心才人、佚名：《金云翘传·定情人》，黑龙江美术出版社2015年版，第3页。

营救，终得脱身。与金重重逢的王翠翘，对忠贞节烈的向往发展到了顶点：与金重知己相称，虽完婚却不再有夫妻之实。王翠翘先淫而后贞，且这一贞洁指向的是自己的丈夫金重，这样的女性形象可谓"才子佳人"范型创作历程中的离奇个案。虽然小说首回以贵妃貂蝉、飞燕合德等历史人物为例，有大段评判"红颜薄命"的道德修辞，以及在第二回写了王翠翘在梦境中得到《断肠册》十题（包括《惜多才》《怜薄命》《悲歧路》等），似在向作者暗示王翠翘将同样遭遇"红颜薄命"的结局。但作者仍然有意让王翠翘在复杂情节中冲破历史文化语境所暗示的普遍性，如她跟随徐海时展现出的军事才能与政治理念，以及终于与意中人团聚却再不与丈夫有肌肤之亲的怪异行为，都在表明她有独立的性格演变轨迹，即便是在相似的情境下，也不会原样复制贵妃、貂蝉等女性的选择。相比之下，成书更早的《合影楼》以一首强调防范男女私情的词开篇，并接以大段文字阐发主旨，强调小说的写作目的并非描述风情，而是提醒读者治家需防微杜渐，以防发生男女私情。男女主人公也只是以影相伴，在结合之前并未越轨，其行为完全合乎道德规范，反而影响人物获得与王翠翘同等的审美价值。

更为怪诞以至于将文本抛出小说审美"失范/规范"坐标系的例子出现在《好逑传》。不同于"以淫为贞"的王翠翘，智慧佳人水冰心感念铁中玉因营救自己被害生病，不避嫌疑将其带到自己家中照料，但二人自始至终守身如玉。专情于男主角铁中玉的女主角水冰心，面对可以与对方成亲的机会，坚定地认为婚姻为人伦之首，绝不容亵渎，所以拒绝权宜成亲。可是她"不与丈夫同床以保其'贞洁'，实在是过于怪诞，难以成为社会公认的常经"①。甚至最后的大团圆结局，也是凭借皇帝圣旨才最终促成的。不同于《金云翘传》中的王翠翘，水冰心与铁中玉二人性格及其选择如此特殊，虽然成功地与偶然时空语境与儒家传统文化语境拉开了距离，但已经到了与上述语境完全对立，以至于读者难以理解的程度，对作品审美价值的获得产生了消极作用。

（二）人物群逐渐形成，作者逐步探索角色话语模块差异性与冲突性

在清代之前，多数"才子佳人"小说由于篇幅所限，主要围绕才子与佳人两个人物形象进行创作，其他人物性格特征并不明显。比如《飞烟传》《张浩》《江情》《莺莺》《连城》《合影楼》中才子与佳人的协助者以及其他人物，性格逻辑话语都较简单。其中，《飞烟传》《张浩》《江情》《莺莺》《连城》《合影楼》中的才子与佳人的话语多呈现对感情的一致，缺乏角色话语模块的差异性与冲突性。《莺莺》的结局张生与莺莺分道扬镳，角色的完全决裂，使得能够充分展现话语冲突的共同语境难以建构。

对小说创作而言，只有作者完全退场，人物方能够更好地按照自己的性格逻辑进行话语交际。《合影楼》作者以说书

---

① 曹虹等编著：《清代文学研究集刊》第四辑，人民文学出版社 2011 年版，第 43 页。

人的口吻，赞赏管公家法森严，才使得玉娟拒绝与珍生亲昵，未有奸情发生。类似的创作手法也出现在《飞烟传》《江情》《莺莺》《连城》《金云翘传》中，作者或托名他人，或本人亲自出场，对情节进行预示，或对人物进行评价。借助较长的篇幅，《金云翘传》作者得以设置人物群，并更为充分地展现个性。非主要人物如奸诈狡猾的老鸨秀妈、善妒狠毒的束守之妻宦氏等，都具备令读者印象深刻的独特性格逻辑，构成了丰富多彩的话语模块。多处存在于小说中的激烈的话语冲突，呈现出超越偶然时空语境话语与历史文化语境话语的审美效果。如写束守在外私娶王翠翘，宦氏早已获知，后趁其不备设计将王翠翘绑架入府充为刺绣女奴，又营造王翠翘已在火灾中丧生的假象。以为王翠翘已死的束守回府后，认出面前的女奴正是翠翘，只能暗自叫苦，二人又不敢彼此相认；宦氏越发有意让王翠翘服侍饮酒，演奏胡琴，刻意言语羞辱，眼见二人越发难堪，宦氏"冷眼觑了，又可怜，又可笑"①。宦氏绑架、欺骗王翠翘的情节，不能不让读者联想到《红楼梦》中的王熙凤计赚尤二姐。同样作为管家，二人形象塑造的修辞策略的确有很多相似之处，留待后文进一步分析。

《金云翘传》中的王翠翘与男主人公金重早年订婚，但因王翠翘卖身救父，二人一直分离，翠翘的人生际遇成为小说重点展现的对象，角色话语冲突多是王翠翘与他人的冲突。相比

---

① 青心才人、佚名：《金云翘传·定情人》，黑龙江美术出版社2015年版，第82页。

之下，虽然《王娇》出现时间更早、篇幅更短，但与同类短篇小说不同，《王娇》的作者完全退场，将男女主人公置于角色话语冲突中，巧妙营造展现二人性格逻辑话语与情感演进的共同语境。申纯与王娇初遇，就发现王娇"言笑举止如有猜疑不定之状，知其赋性特甚也"①。小说描写王娇误会婢女飞红与申纯有私，与飞红产生冲突。后王娇之母去世，飞红得宠，王娇又努力讨好飞红。飞红被其真诚所感，终于劝说王通判同意王娇与申纯结合。王娇已失贞洁的秘密被另一婢女告发，又兼帅府之子意欲逼婚，申纯此时流露出软弱的一面。王娇怒斥申纯："兄丈夫也，堂堂六尺之躯，乃不能谋一妇人。"②申纯方才顿悟，彼此更加信任，这就让最后二人忧愤而亡的结局更具备性格逻辑必然性。

三、"才子佳人"范型创作进程中的《红楼梦》宝黛钗性格逻辑修辞策略

《红楼梦》除卯本外的12个版本，在第一回都著有说明，该小说经过了曹雪芹"批阅十载，增删五次"的复杂修改过程。有学者依据《红楼梦》内容本身提供的信息考证，《红楼梦》开笔时间大致在清朝开国将近百年之时的乾隆年间，推断为1737年。③和很多"才子佳人"故事类似，《红楼梦》的男

---

① 冯梦龙评辑：《情史》，凤凰出版社2011年版，第325页。
② 冯梦龙评辑：《情史》，凤凰出版社2011年版，第341页。
③ 沈新林：《〈红楼梦〉原作者非曹雪芹论》，载《明清小说研究》2018年第1期。

主人公贾宝玉身边也有"二美"，就是林黛玉与薛宝钗。贾宝玉与林黛玉、薛宝钗角色设置为表兄妹、表姐弟。宝黛二人也像《王娇》中的申纯、王娇一样，一度彼此猜疑、试探甚至争吵，甚至《金云翘传》中的王翠翘梦中看过暗示自己命运的《断肠册》，《红楼梦》中的宝玉就在梦里看到了暗示十二钗命运的《金陵十二钗正副册》。尽管如此，《红楼梦》作者还是在小说第一回，便借石头之口，自信地谈到这部小说相比前代"才子佳人"爱情故事的创新："令世人换新眼目，不比那些胡牵乱扯忽离忽遇，满纸才子淑女、子建文君红娘小玉等通共熟套之旧稿。"[①] 基于上文的分析，我们可以将《红楼梦》创新的修辞策略分为以下几个方面：

（一）前所未有的"才子佳人"：宝黛性格逻辑话语的强大冲击力

《红楼梦》诞生之前的"才子佳人"爱情故事的作者，试图以才子与佳人性格逻辑的必然性挑战时空语境的偶然性与历史文化语境的普遍性，然而作品仍不同程度地受到偶然性时空语境的制约，才子与佳人性格逻辑话语也难以避免历史文化语境中的道德话语遮蔽，或出现才子佳人的情感关系与人性过度疏离，被抛出小说人物塑造审美规范坐标系之外的极端情况。《红楼梦》的作者采取的修辞策略，则是以贾宝玉与林黛玉各自的性格逻辑与独特的话语交际模式，深度冲击偶然时空语境

---

① 曹雪芹著，无名氏续，程伟元、高鹗整理，中国艺术研究院红楼梦研究所校注：《红楼梦》，人民文学出版社 2008 年版，第 6 页。

与必然历史文化语境笼罩下的小说情节因果关系。宝黛因此成为一对前所未有的才子佳人形象。虽然《红楼梦》中也有宝黛初见时暗示宝玉性格特征的《西江月》二词，以及宝玉梦中所见、暗示黛玉和宝钗两位佳人结局的正册判词，但这些描写与叙述都无法掩盖宝黛性格逻辑的独特性与丰富性及其带来的情节审美效果。

以往，"才子佳人"故事中的才子皆为书生，或因文采风流、天赋过人，或以一朝高中、谋得官职，从而取得吸引佳人爱慕并最终与佳人终成眷属的资本。贾宝玉人物形象之所以会让读者产生"今古未有"的审美感受，主要在于存在"美"与"善"的错位：被贾府宁、荣二公寄予期望的贾宝玉，却厌恶仕途经济之说，不喜与为官作宰之人谈会交接，反而与家境贫寒的秦钟交好，甚至仰慕在当时社会地位卑贱的戏子蒋玉菡。相比《王娇》中一见佳人顿释功名之心，但还是一举高中的申纯相比，贾宝玉的形象与封建社会传统世俗规范之间的错位关系更为明显。更与众不同的是，透过脂砚斋本人在戊本《红楼梦》第八回的眉批，可以知道《红楼梦》佚稿中的"情榜"赋予贾宝玉性格的评语为"情不情"。脂砚斋本人对"情不情"的解释为："凡世间之无知无识，彼俱有一痴情去体贴。"[1] 宝玉之情，有对黛玉的痴情——甚至到了"下流痴病"[2] 的程

---

① 曹雪芹原著，脂砚斋重评，周祜昌、周汝昌、周伦玲校订：《石头记会真》，海燕出版社 2004 年版，第 980 页。

② 曹雪芹著，无名氏续，程伟元、高鹗整理，中国艺术研究院红楼梦研究所校注：《红楼梦》，人民文学出版社 2008 年版，第 401 页。

度。所谓"下流痴病"，是说宝玉的痴是不入流的，是常人难以理解的。但贾宝玉又并非铁中玉式的不近女色，只是并未耽于与袭人或其他任何女性的肉欲吸引与欢乐，而是在情感层面拥有令人意外的"快感形式"[①]——比如与黛玉基于共同思想基础的专一的爱情，以及对女孩们超越阶级甚至超越时空的怜爱。这也使得贾宝玉与贾瑞这样的好色之徒产生区别。

贾宝玉对女性的泛爱，并非出于功利占有的目的，但这种泛爱也不排斥肉体欲望的吸引。比如小说描写宝玉曾对王夫人的丫鬟金钏表示出喜爱之情，也因钟情宝钗容貌之美而痴看其手臂。这些出于欲望的暧昧举止，并无损于人物的审美价值。正如脂砚斋在庚本《红楼梦》第43回批评野史塑造人物性格单一化倾向时所说："最恨近之野史中，恶则无往不恶，美则无一不美，何不近情理之如是耶？"[②] 正是这些体现性格丰富性的描写，让宝玉形象更符合小说创作中"错位"的规律，即真、善、美有矛盾的一面，更有统一的一面。

可见，所谓"情不情"应理解为："情"以至于"不近情"[③]。这里的"不近情"，并非不合情理以至于读者难以理解，而是强调宝玉形象为读者带来的惊异之感。也就是说，贾

---

① 曹虹等编著：《清代文学研究集刊》第四辑，人民文学出版社 2011 年版，第 53 页。

② 孙逊、孙菊园编著：《中国古典小说美学资料汇粹》，上海古籍出版社 1991 年版，第 111 页。

③ 曹虹等编著：《清代文学研究集刊》第四辑，人民文学出版社 2011 年版，第 54—55 页。

宝玉形象的魅力，不依靠《好逑传》中铁中玉式的与人之常情完全相左进而产生怪异之感获得，而是充分调动小说审美规范，依靠性格独特逻辑的强化与丰富，并为情节建构与转折赋予必然性而获得。

总之，《红楼梦》的作者在古代小说"失范/规范"的坐标系中找到了让真、善、美发生巧妙错位，同时又能实现审美价值最大化的微妙定位。

在以往的"才子佳人"小说中，相比才子的形象，作者往往极言佳人之美、才艺之精。才子往往仅与佳人见了一面，便无法自拔，山盟海誓。作者为了深入表现才子的痴情，时常让才子患上"相思病"。但是在《红楼梦》中，贾宝玉对林黛玉的爱是逐渐发展并渐趋成熟的动态过程，且这一爱情主线的构建也制约着宝玉对其他女子的态度。以小说前80回为例，自宝黛初会，宝玉发起"痴狂病"进而摔玉起，至宝玉目睹黛玉葬花，宝黛二人因张道士提亲发生口角冲突，宝玉"诉肺腑"，二人感情逐渐明朗、成熟；宝玉"识分定"后，小说不再通过宝黛争吵展现宝玉"情极之毒"；至"慧紫鹃情辞试忙玉"，二人感情的真挚与外部环境的压抑更为明显。此外，"识分定"之后，宝玉对其他女儿们由体贴、亲昵，逐渐发展为对其身世命运的同情。宝玉的性格之美并非单一，"而是性格的变化、差异、丰富性、复杂性的对立统一"。性格的审美价值，是一种"复杂的价值"。①

---

① 刘再复：《性格组合论》，安徽文艺出版社1999年版，第115页。

若把宝玉的"情不情"理解为"情"以至于"不近情"，则林黛玉在佚稿情榜中的批语"情情"[1]，就应该为"情"而"近情"。首先，黛玉对宝玉有极度专一的痴情。戚本《红楼梦》第23回夹批有"黛玉又胜宝玉十倍痴情"[2]一语。正如小说所言，同贾宝玉一样，黛玉同样"有些痴病"[3]，其与宝玉在相处过程中出现的话语试探与情感折磨是情节发展的重要节点。其次，黛玉之痴非宝玉式的不入流，而是近乎人情，可以理解，因为其痴情的存在与强化并没有完全依靠"还泪之说"驱动，而主要是由人物性格特征决定的。

黛玉自幼丧母，寄居在贾府这样一个封建大家族，更加剧了敏感、谨慎、自卑的性格，也就是史湘云、薛宝钗口中的"小性儿"。如第二十二回，宝钗过生日，看戏过程中，史湘云直言一个小旦的扮相像黛玉，黛玉误解宝玉使眼色的好意，宝玉便赌咒发誓，湘云道："这些没要紧的恶誓……说给那些小性儿、行动爱恼的人、会辖治你的人听去！"[4]第二十七回，宝钗去找黛玉，当看到宝玉进了潇湘馆时，心想："林黛

---

① 曹雪芹原著，脂砚斋重评，周祜昌、周汝昌、周伦玲校订：《石头记会真》，海燕出版社2004年版，第57页。

② 曹雪芹原著，脂砚斋重评，周祜昌、周汝昌、周伦玲校订：《石头记会真》，海燕出版社2004年版，第442页。

③ 曹雪芹著，无名氏续，程伟元、高鹗整理，中国艺术研究院红楼梦研究所校注：《红楼梦》，人民文学出版社2008年版，第401页。

④ 曹雪芹著，无名氏续，程伟元、高鹗整理，中国艺术研究院红楼梦研究所校注：《红楼梦》，人民文学出版社2008年版，第296页。

玉素习猜忌，好弄小性儿的。"① 黛玉的"小性儿"虽然特别，但又是能引发读者同情、感叹的，或可为"近情"的另一层含义。

（二）难以言说的微妙语境：才子佳人"心心错位"

如果说《王娇》的作者初步尝试让申纯与王娇彼此试探心意，以展现才子与佳人相爱之前所经历的波折，那么到了《红楼梦》的作者这里，从宝黛初会直到黛玉因情而亡，作者一直在努力营造二人话语"交流阻隔与信息不足"的微妙语境。学者朱玲认为，宝黛二人话语冲突的主要原因在于"对话受阻"。但这里的受阻又并非如过去的才子佳人一样，是由空间距离或者其他非主观因素造成，而是亲极反疏，弄巧成拙，造成沟通信息错位的尴尬。另一个主要原因是欲言而难言及话语有效长度不足。如宝玉"诉肺腑"，可以说是一段只有诉说、没有倾听的零交际。② 可是，如果此处交际通畅地进行，宝玉与黛玉如过去的才子佳人一样成功地互通心意，虽满足了读者的期待，却也削弱了宝黛爱情悲剧的审美价值。实际上，这种交流的阻隔带来的对话冲突，正能构成小说对话中人物形象"心心相错"③ 的奇观，亦属"错位"美范畴。

《红楼梦》作者对"心心相错"的有意识的运用，赋予人

① 曹雪芹著，无名氏续，程伟元、高鹗整理，中国艺术研究院红楼梦研究所校注：《红楼梦》，人民文学出版社 2008 年版，第 363 页。

② 朱玲：《中国古代小说修辞诗学论稿》，人民出版社 2016 年版，第 192 页。

③ 孙绍振：《文学性讲演录》，广西师范大学出版社 2006 年版，第 60 页。

物形象以生动性，使宝黛二人在紧密的情感联系中拉开距离。"在情感不破裂（不完全分离）的前提下，距离越大，形象越生动。"①如此类难以言说的微妙语境的营造，其创新之处还体现在不仅利用话语受阻的方式进行，还运用了除对话描写之外的其他形象化手法，如动作描写、神态描写，从而更为直观地呈现宝黛二人的内心活动。

我们可以通过比较《王娇》中申纯对王娇的表白与宝玉"诉肺腑"一节，来发现《红楼梦》"心心错位"式话语模块的经典价值。在《王娇》中，申纯与王娇并坐烤火，申纯对王娇诉说了自己的相思之情，还直白地请求王娇不要再戏弄自己。此时作者描写王娇的反应，是怃然良久，又长吁感叹，表明自己同样有坚定的心志，并赌咒发誓。于是，才子与佳人经过短暂的猜疑，仍然迅速陷入爱河——尽管这种陷入因为缺乏性格逻辑的充分展现而显得突兀，但毫无疑问满足了读者从中获得美满感情的期待心理。从"才子佳人"小说创作发展史的角度来审视，作者的创作有此从众心理也无可厚非。到了《红楼梦》中宝黛二人诉肺腑这里，从诉肺腑话语传递出去后，意外代替黛玉成为话语接受者的袭人的反应来看，宝玉的"欲言而难言"暗藏着宝玉所处社会历史文化语境的限制，"难言"之中还有"不敢言"的成分，心迹的表露可谓一波三折。可以说，在这些与读者期待有意产生距离的审美修辞背后，是《红

---

① 徐泽春：《小说欣赏基础：小说分析的钥匙——孙绍振教授访谈之一》，载《语文学习》2012 年第 5 期。

楼梦》作者对创作层面从众心理的自觉逆反。

（三）角色话语模块多重奏：剧场性语境的营造

"剧场性"概念最开始用来概括明清社会的新表征，即强调"情感经验的间接性与他者性：情感在空间上游离于主体，主体并非直接体验自己的感受，而是作为旁观者试图认同本来就不属于自己的情感"①。反映在明清小说中，比如《好逑传》中县令派小偷去偷窥共处一室而仍保持贞洁的男女主人公后，听闻此情景深受感化的情节，便充分体现了剧场性情感结构的特征。但这里仍强调同一语境下人物彼此间的认同而非冲突。

贾文昭、徐召勋在《中国古典小说艺术欣赏》一书中提到，矛盾冲突的存在有助于人物性格的塑造："矛盾愈尖锐、愈复杂，人物性格就愈深厚、愈丰富、愈有光彩。"②实际上，在早于《红楼梦》的《金云翘传》中，作者就已经尝试建构剧场性语境来营造不同人物之间的情感冲突。遗憾的是，由于《金云翘传》中的才子形象并没有得到详细刻画，其在诸多剧场性语境中是明显缺失的，更早的《王娇》限于篇幅，也未能有充足的建构空间。而《红楼梦》作者则进行了全新的剧场性实验：一方面，为佳人林黛玉设置了对立修辞人物薛宝钗；另一方面，与常规剧场性情感结构不同，包括薛宝钗在内的大

---

① 曹虹等编著：《清代文学研究集刊》第四辑，人民文学出版社 2011 年版，第44—45页。

② 贾文昭、徐召勋：《中国古典小说艺术欣赏》，上海古籍出版社 1991 年版，第62页。

观园其他人物，都不再被动地与宝黛的话语修辞及价值取向达成一致，而是在更为曲折的情节中，在充分展现个人性格逻辑的基础上，实现共同的剧场空间中角色话语模块的多重奏。

在这里还要提到，以往的一些"才子佳人"故事，如《合影楼》《连城》《金云翘传》等，都以两位佳人配一位才子的大团圆结局收束。两位佳人当中，除了女主人公之外的另一佳人，是作为给爱情故事锦上添花的角色出现的，并没有独立、鲜明的性格逻辑。但在《红楼梦》中，薛宝钗这一佳人形象却同样是主要人物，有独特的性格逻辑。相比能与叛逆的贾宝玉成为知己的林黛玉，薛宝钗是一位完全遵循儒家传统价值取向的佳人。在第五回中，作者形容薛宝钗不仅"品格端方，容貌丰美，人多谓黛玉所不及"，而且"行为豁达，随分从时"；在第二十二回又写道贾母喜爱宝钗"稳重和平"；在第三十二回，袭人赞美她"真真有涵养，心地宽大"；在第六十七回，就连贾府中存在感极低的赵姨娘，都认为宝钗"会做人，很大方"。[①] 为人处世稳重得体，是薛宝钗性格逻辑的出发点。她不仅劝谏宝玉走仕途经济之路，对湘云、黛玉等姐妹也都进行劝导；不仅在表达情感方面含蓄内敛，在人际交往过程中，也表现出对他人的体贴和宽慰；当她协助探春处理大观园事务时，又显现出理家之才。这些特点体现在语用心理方面，使得

---

① 曹雪芹著，无名氏续，程伟元、高鹗整理，中国艺术研究院红楼梦研究所校注：《红楼梦》，人民文学出版社 2008 年版，第 68、292、432、931 页。

宝钗的言语特征有别于林黛玉的"小性儿"支配下的尖酸、刻薄，而是从"委婉心理"出发，根据不同的情境和不同的交流对象，"在委婉，避免粗俗、刺激的心理状态中调配色彩意义，其结果形成语言交际的含蓄语用效果"①。即便是发怒，也加以克制。作者在小说中营造了诸多剧场性语境，充分展示宝黛钗三人的情感交织，尤其是突出黛玉、宝钗性格差异。

《红楼梦》的作者不仅善于营造有着剧烈冲突的剧场性空间语境，而且自己完全从这一语境中退场。在场的所有旁观者，得以更充分地展现自己的情感特征，并构成话语模块，从而激起读者更深层次的审美情感，如写宝玉两次在痴狂的状态之下摔玉时旁观者的不同反应，宝玉挨打时贾政、贾母、王夫人等不同人物的反应，以及挨打之后包括黛玉、宝钗在内的诸姊妹前来探望时的反应等。可以说，相比同样采取退场策略的《王娇》的作者，《红楼梦》的作者对于剧场性的空间语境的营造带有更为明显的主动性与目的性，这使得作品获得更高的审美价值。这一点在后文论及《红楼梦》"家法惩戒""女性死亡"母题的修辞策略时还会深入论述。

---

① 杨振兰：《动态词彩研究》，山东人民出版社2003年版，第124页。

第二节 "女管家"范型的修辞策略：从道德 教化到"恶"与"美"错位

"男主外，女主内"这一中国古代家庭价值观，至今仍有影响。虽然女性多掌管家庭内部事务，但封建社会男女的经济与社会地位，注定二者尊卑有别。古人多以服从丈夫、温柔贤惠作为对女性的要求。本节标题中的"女管家"，并不是普遍意义上主内的家庭妇女，而是古代小说修辞设计中的独特类型。她们因种种原因，能够在家庭事务中得到话语权，或飞扬跋扈，嫉妒而又凶悍，让丈夫都恐惧不已；或以忠烈的操守与智慧的头脑，兴旺家业。"女管家"范型最早可以追溯到本章开头提到的西汉竹简《妄稽》中的妄稽。

《妄稽》的作者在开篇中极言周春在家世、容貌、品行、性格等方面的优越条件。但周母为周春娶来的妄稽，容貌十分丑陋，周春难以忍受，遂使其父母决定为子买妾。妄稽虽有公婆丈夫，却敢直言对买妾一事的反感，并举例纣王与妲己，意在说明不可贪图美色。上文曾提到，学者何晋认为妄稽的家世或许与周春家世相当，这也符合汉代婚姻实际。[①] 当周母终于为周春娶到了容貌艳丽的虞士后，妄稽一开始对此悲伤哭泣，

---

① 北京大学出土文献研究所编：《北京大学藏西汉竹书》第四册，上海古籍出版社 2015 年版，第 158 页。

其后态度陡然一变。作者此处连用七个"笑"字：先是妄稽笑着要周春把虞士带来让自己看看相貌，后有意修饰自己，换上新衣，笑问周春自己与虞士谁更美。周春对她稍稍显厌恶或逃避时，妄稽就又勃然大怒，最后发展到偷偷虐待虞士——"昏笞虞士，至旦不已"，并诬蔑虞士与他人有私情，会谋害周春，还威胁要杀死虞士。面对这一切，周春表现得唯唯诺诺，不敢正面反抗。结尾处，妄稽突然一病不起，并对虞士深表忏悔。[①]妄稽的死是否恶有恶报，作者隐去不提，而多个人物激烈的情感冲突，已经为读者提供了想象空间与审美感受，可以看作是"女管家"范型最早尝试营造"恶"与"美"错位的价值取向语境以改造道德语境。

下文首先分析王熙凤形象出现前的"女管家"形象主要的修辞类型，进而探讨王熙凤形象的修辞创新。

一、凶悍善妒的"女管家"

此类"女管家"范型，皆围绕"妒"这一性格中心展开，都被设置为不贤且无德的恶人。虽然她们的家庭物质条件富足，但总是心生贪念，其姣好的外貌与邪恶丑陋的内心形成鲜明对比，且多因自己的丈夫纳妾产生嫉妒心理，展现出性格中强势凶悍的一面。此类悍妇往往作为其他忠贞、善良的女主角的反衬出现，甚至是被情节建构边缘化的人物，她们最终结局

---

① 北京大学出土文献研究所编：《北京大学藏西汉竹书》第四册，上海古籍出版社 2015 年版，第 63—76 页。

或"恶有恶报"，或只能引发读者的痛恨。作者塑造此类人物的修辞话语带有明显的道德训诫意味。

在冯梦龙的"三言"中，出现了诸多凶悍善妒的"女管家"。如《警世通言·玉堂春落难逢夫》中商人沈洪之妻皮氏，"有几分颜色，虽然三十余岁，比二八少年，也还风骚"①。其丈夫常年在外，皮氏与人通奸。当沈洪买来名妓玉堂春为妾后，皮氏便与奸夫合谋意图毒害亲夫并嫁祸给玉堂春。最终，玉堂春的钟情之人王三官作为御史重审冤案，皮氏被凌迟处死。《醒世恒言·李玉英狱中公冤》中的李雄之妻焦氏，十五六岁时已为人继室，"生得有六七分颜色，女工针指，却也百般伶俐"②，心思却极为狠毒，一心要谋害李雄亡妻留下的四个子女。李雄战死，焦氏与其兄合谋，杀死李雄之子后，又诬陷长女玉英奸淫忤逆，玉英屈打成招。最终玉英得以将自己的冤情上奏天子，焦氏被重刑惩治。

皮氏与焦氏形象特征较为单一，《金云翘传》的作者则用了整整七回的篇幅，塑造出了更为立体的"女管家"宦氏的形象。女主角王翠翘一语道破宦氏的主要特征："一肚皮不合时宜，满脸上堆着春风和气。"③宦氏家世显赫，为吏部天官之女，因婆婆已死，便掌管家业。作者写道，她"既美且慧，只是有些性酸，却是酸得有体面，不似人家妒妇一味欺压丈夫。

---

① 冯梦龙：《三言二拍·警世通言》，线装书局 2007 年版，第 244 页。

② 冯梦龙：《三言二拍·醒世恒言》，线装书局 2007 年版，第 283 页。

③ 青心才人、佚名：《金云翘传·定情人》，黑龙江美术出版社 2015 年版，第 89 页。

她却要存丈夫体面，又要率自己性情"[1]。作者善于将宦氏的狠毒隐藏在无处不在的笑容之下：她笑着策划如何绑架丈夫束守私娶在外的王翠翘；她拷问王翠翘时，被束守撞见，也是笑着迎上去，装作不知二人关系；宦氏听闻王翠翘已逃离，点头暗笑，不再追究。宦氏计赚王翠翘的狠毒程度不亚于王熙凤计赚尤二姐，但宦氏的形象带给读者的感受更多是厌恶，其所谓的"美且慧"并未得到呈现，美感较为有限。

二、忠烈贤良的"女管家"

凶悍善妒的"女管家"，往往伴随惧内的丈夫一起出现，除了凶狠用计之外，并无治家之才，甚至言行不雅。与此形成鲜明对比的是贤良淑德、符合封建社会传统规范的"女管家"形象。

《青琐高议·谭意歌》的女主角谭意歌，早年父母双亡，被卖入娼家，因容貌美丽，擅音律与诗文，名噪一时。脱籍后与风调才学皆中其意的张生相遇，就认定其为自己的夫婿。张生调任，临行前，怀有身孕的谭意歌自知贵贱有别，与张生诀别，张生却发誓不会辜负谭意歌。从此，谭意歌闭门不出，而张生迫于压力，与殿丞之女成婚。得知此事的谭意歌心志愈发坚定，选择独自抚养二人之子。张生妻子谢世，又来寻找谭意歌，并从他人口中获知谭意歌"买郭外田百亩以自给，治家清

---

① 青心才人、佚名：《金云翘传·定情人》，黑龙江美术出版社2015年版，第58页。

肃，异议纤毫不可入"①，还亲自教导孩子。张生寻得谭意歌并再次求娶。谭意歌对此十分慎重，要求张生经过纳采、问名等礼仪，方才重新接纳了张生。其后，谭意歌治家"深有礼法，处亲族皆有恩意。内外和睦，家道已成"②。与谭意歌的出身相似，《警世通言·赵春儿重旺曹家庄》中的女主角赵春儿也是名妓出身。她被庄上大户人家之子曹可成赎身，成为其妻子后，眼见曹可成败尽家财，又气死双亲，无奈将自己从良前积累的财物拿出以接济家用。曹可成对悲惨的境况毫无主见，唯有终日哭泣，却又心有不甘，想要谋个官职。赵春儿一面苦心劝说曹可成走上正途，一面将自己一直暗藏于矮凳之下的千金钱财挖出，协助丈夫入京师投递文书。后来，曹可成果然谋到官职。三任官职之后，赵春儿又劝说丈夫急流勇退，夫妻衣锦还乡，成为当地的宦门巨室。

同样体现节烈观的女性还有《聊斋志异·乔女》中的女主角乔女。乔女又黑又丑且身有残疾，已过25岁尚未婚配。穆生续弦娶来乔女，生子后穆生亡故，贫困的乔女母子被婆婆嫌弃，通过纺织自给自足。丧偶的孟生想娶乔女，但乔女认为不可事二夫，拒绝了孟生。孟生十分仰慕乔女的贤良，暴卒而亡后，乔女以一己之力，开始抚养孟生前妻留下的儿子乌头。乔女决不贪图孟家财物，仅会在旁人监督下，开启孟家门户取乌

① 刘斧撰，施林良校点：《青琐高议》，上海古籍出版社2012年版，第140页。

② 刘斧撰，施林良校点：《青琐高议》，上海古籍出版社2012年版，第141页。

头日用所需以及读书费用，而自己和自己的亲生儿子仍过得像往常一般贫困。乔女凭借自己的辛劳，为乌头积累谷物达数百石，又聘于名族。每当乌头夫妻有过失时，乔女就严厉惩戒。乔女重病中要求乌头将其与穆生合葬，而乌头却打算将其与自己的生父孟生合葬。乔女死后魂魄附在自己亲生儿子身上，责怪亲生儿子收了乌头钱财答应了他的要求。乌头恐惧，最终只得将乔女与穆生合葬。文末作者蒲松龄借异史氏之口，称赞乔女比烈男子更加奇伟。

可见，忠烈贤良的"女管家"多出身微贱贫苦，且多在丈夫负心、亡故或无才能等客观条件的逼迫下，承担起维持家庭生计的重任，同时又对丈夫十分忠贞。虽然她们在故事开始时会经受旁人的误会与生活的磨难，但在故事的结尾，包括作者本人在内的所有旁观者都会对其呈现赞许的态度。作者修辞策略的道德训诫意味明显。而凶悍善妒的"女管家"中，除了最早的强势女性形象妄稽等之外，其他女性都有出众的外貌、良好的出身，作者似乎在有意营造这些特征与角色的狠毒、自私之间巨大的反差，并主要通过描写其对丈夫的妾室进行残酷的虐待，来体现被虐待女性人生际遇的曲折坎坷。除妄稽以外，这些"女管家"都作为非主要人物出场。最终，她们或走向死亡结局，或者如《金云翘传》中的宦氏一样，考虑到夫妻情义，停止了对女主的残忍报复。

上述两个极端的"女管家"形象没有摆脱道德叙事的话语模式，都顺应了封建社会传统价值观语境：凶狠的妒妇以悲剧收场，忠贞的贤妻则被世人称赞。

三、"恶"与"美"错位的"女管家"王熙凤形象的创新

虽然王熙凤的出现晚于上述"女管家",然而其形象的魅力却丝毫没有被妄稽或宦氏所掩盖。《红楼梦》的作者完全颠覆了以往"女管家"范型创作价值观,把王熙凤写得"嘴甜心苦,两面三刀;上头一脸笑,脚下使绊子;明是一盆火,暗是一把刀"[①],读者因此"恨凤姐,骂凤姐,不见凤姐想凤姐"[②]。作者以"恶"与"美"错位的审美话语,最终完成了对传统道德语境的审美改造。

王熙凤之狠毒不亚于妄稽、宦氏:她谋财害命,弄权铁槛寺;用计间接导致垂涎自己的贾瑞死亡;假意劝诱尤二姐入府并将其迫害致死等。但她的"美"同样令人震撼:身量苗条,体格风骚,能言善辩——每逢剧场性语境,其善于机变逢迎的话语技巧无人能及。凤姐又有出众的治家之才,是贾府实际的掌权者。正如《红楼梦》第六回周瑞家的所言:"如今出挑的美人一样的模样儿,少说些有一万个心眼子。再要赌口齿,十个会说话的男人也说他不过。"[③]最终,凤姐之死又令读者唏嘘同情。性格逻辑话语的独特性与多面性,让王熙凤堪称史上最具魅力"女管家"。

---

① 曹雪芹著,无名氏续,程伟元、高鹗整理,中国艺术研究院红楼梦研究所校注:《红楼梦》,人民文学出版社 2008 年版,第 913 页。

② 刘梦溪编著:《红学三十年论文选编》中卷,百花文艺出版社 1985 年版,第 446 页。

③ 曹雪芹著,无名氏续,程伟元、高鹗整理,中国艺术研究院红楼梦研究所校注:《红楼梦》,人民文学出版社 2008 年版,第 96 页。

第三节 "才子佳人""女管家"修辞策略沿革 对《红楼梦》异文比较研究的规约

笔者认为，应当立足以下几个方面比较《红楼梦》13个版本前八十回主要异文的优劣，以期获得在中国古典小说创作进程中审美价值最大化的《红楼梦》版本。

基于对《红楼梦》在"才子佳人"范型创作历程中创新修辞策略的分析，首先，应以凸显宝黛钗这一最重要的"才子佳人"角色群各自性格逻辑特异性的文字为优。其中应包括更能体现贾宝玉性格的统一性与丰富性的文字，以及更能突出其极端化的情感逻辑与儒家传统道德规范"错位"的文字。其次，应以在共同语境中更好地表现宝黛钗三人"心心错位"程度的文字为优，尤其是其中能够强化宝黛二人之间的"心心错位"的程度，并对人物性格的塑造以及二人爱情故事的营构起到重大影响的文字。最后，应以能够在剧场性语境中营造不同角色话语模块交织，且有效突出人物独特性格逻辑的文字为优。

基于对《红楼梦》在"女管家"范型创作历程中创新修辞策略的分析，应主要择取版本异文中能够更好地体现王熙凤形象性格特征丰富性的文字，重点应通过对异文的比较，找到能够更好地体现王熙凤这一角色修辞设置引发"美"与

"恶""错位"的文字。

另外，因为《红楼梦》两大母题"家法惩戒"与"女性死亡"共同的剧场性语境，其主要创新修辞策略皆在于充分展示不同人物"心心错位"的审美奇观，这在本章也已经有所涉及，故不予赘述。本书第三章对与上述两大母题相关的情节异文进行比较研究时，将结合具体的异文语料展开详细论述。

第二章 宝黛钗"才子佳人"范型审美修辞话语重构

基于第一章的论述，本章通过对《红楼梦》13种版本前八十回与宝黛钗这一人物群相关的重要异文进行比较研究，通过选取更好的文字，使得《红楼梦》"才子佳人"修辞策略的优化成为可能。

第一节　增写："情不情"——贾宝玉性格的独特审美话语

一、宝玉对仕途经济的反感

不同于以往的才子形象，贾宝玉从幼时起的言行就与遵循儒家道德规范的贾政相违背。他对儒家传统道德语境中的为官作宰之论并不认同，当身边的宝钗、湘云对其进行规劝时，他又表现得十分反感。在表现宝玉这一性格特征的文字中，各个版本存在差异。

小说第二回，冷子兴与贾雨村偶遇，冷子兴遂演说起荣国府之事。在此过程中，他着重谈到了"奇人"贾宝玉抓周一事。据冷子兴的口头描述，宝玉面对贾政准备的诸多物品，只抓取脂粉钗环，贾政的反应是：

> "政老爹便大怒了（觉程乙3本作'不喜欢'），说：'将来酒色之徒耳！'因此便大不喜悦（杨本作'便大不喜欢'，觉本作'便不甚爱之'，程本作'便不甚爱惜'，乙本作'不甚爱惜'）。" 庚[①]

"大怒"相比"不喜欢"词义程度更深。虽然贾宝玉抓周的结果令贾政失望、愤怒，但贾宝玉毕竟是贾政在长子贾珠去世后过了十几年才有的儿子，对此时的贾宝玉的举动，贾政的态度是"不喜悦""不喜欢"，都比较合理，但"不甚爱之""不甚爱惜"就过于夸大了父子之间的隔阂，影响"错位"的审美效果。

第三回，林黛玉初进贾府，在王夫人处，黛玉听到王夫人对宝玉的介绍，回忆起其母也曾经对自己描述过表兄贾宝玉的顽劣。此处异文作：

> 乃衔玉而诞，顽劣异常，极恶（觉程乙3本作"不喜"）读书…… 庚[②]

"极恶"相比"不喜"程度更深，故"极恶"为好。

第五回，贾宝玉随贾母等去宁国府赴宴，秦可卿为宝玉

① 冯其庸主编，红楼梦研究所汇校：《脂砚斋重评石头记汇校》，文化艺术出版社1987年版，第90页38.3—38.4栏；曹雪芹：《程乙本红楼梦》上册，中国书店2011年影印本，第10页。

② 冯其庸主编，红楼梦研究所汇校：《脂砚斋重评石头记汇校》，文化艺术出版社1987年版，第145页63.3栏；曹雪芹：《程乙本红楼梦》上册，中国书店2011年影印本，第18页。

准备了睡午觉的房间。当宝玉看到房间内贴有劝人勤学苦读的《燃藜图》时，反应十分激烈：

> 也不看系何人所画（觉程乙3本无此7字），心中便有些不快。　庚[1]

"不看系何人所画"更能突出贾宝玉对《燃藜图》的反感，也就是对读书的反感，故有此7字的庚卯杨府戚舒列8本为好。

随后，贾宝玉又看到了写着"世事洞明皆学问，人情练达即文章"的对联：

> 纵然室宇精美，铺陈华丽，亦断断不肯在这里了，忙说："快去（卯杨戌舒觉列程乙8本作'快出去'，府戚3本作'出去'）！快去（卯戌舒觉列程乙7本作'快出去'，府戚3本作'出去'）！"　庚[2]

此时贾宝玉想要马上离开房间，"快去""出去"两个词都表义不明，杨本作"快出去！快去！"也不如卯戌舒觉列程乙7本"快出去！快出去！"显得急促而又明确。

第十九回，袭人假意对贾宝玉说自己要赎身离开贾府，宝玉信以为真，袭人趁机试图劝谏宝玉。宝玉一心以为只要答应了袭人，袭人便不会离开，十分急切地问是哪几个条件。袭

---

[1] 冯其庸主编，红楼梦研究所汇校：《脂砚斋重评石头记汇校》，文化艺术出版社1987年版，第223页99.5栏；曹雪芹：《程乙本红楼梦》上册，中国书店2011年影印本，第27页。

[2] 冯其庸主编，红楼梦研究所汇校：《脂砚斋重评石头记汇校》，文化艺术出版社1987年版，第224页99.7栏；曹雪芹：《程乙本红楼梦》上册，中国书店2011年影印本，第27页。

人提出要让宝玉平时在贾政面前作出喜欢读书的样子。从她的话语中，不难看出贾政与贾宝玉在儒家传统规范价值观上的冲突。袭人说道：

> "他心里想着，我家代代念书，只（舒本作'自'）从有了你，不承望你不喜读书（杨舒觉列程5本作'你不但不喜读书'，乙本作'不但不爱读书'），已经他心里有气又愧（觉程乙3本作'恼了'）。而且背前背后乱（列本无此字）说那些混话，凡（府戚3本无此字）读书上进的人，你就起个名字叫作'禄蠹'；又说只除'明明德'外无书，都（戚2本作'却'）是前人自己不能解圣人之书，便另出己意，混编纂出来的。"　庚[1]

"自从"只是强调时间起点，"只从"的"只"不仅强调时间起点，更突出了贾宝玉在贾政眼中的另类程度。

"你不但不喜读书"与后面的"而且……"，可构成语法搭配，并且"不但"这一连词的使用，对于"不喜读书"起到了强调的作用。

"恼"和"气"语义重复，"愧"能够强调作为父亲的贾政面对贾宝玉的挫败感，故"愧"更好。

"乱""凡""都"三个词都有助于暗示出贾宝玉爱说"混话"的程度，以及对"禄蠹"和圣贤之书的反感。

---

[1]　冯其庸主编，红楼梦研究所汇校：《脂砚斋重评石头记汇校》，文化艺术出版社1987年版，第988—989页424.10-425.4栏；曹雪芹：《程乙本红楼梦》上册，中国书店2011年影印本，第115页。

第三十二回，来到荣府的贾雨村要见贾宝玉，正与史湘云说话的贾宝玉心中不悦，称自己是俗中又俗的一个俗人，表示不愿与贾雨村一类人交接。吴组缃认为，该回后文贾宝玉"诉肺腑"一节是宝黛情感关系的转折，而"诉肺腑"正是建立在宝玉"明确地辨认出薛宝钗、史湘云两人和林黛玉的思想有本质的不同"①之上。贾宝玉与湘云、宝钗、袭人的世俗功利观念差距得以拉大，与黛玉相知的程度加深，才能为"诉肺腑"的发生提供更为充分的条件。先来看湘云对贾宝玉进行规劝时宝玉的反应。湘云劝道："你就不愿读书去考举人进士的，也该常常的会会这些为官做宰的人们，谈谈讲讲些仕途经济的学问，也好将来应酬世务，日后也有个朋友。没见你成年家只在我们队里搅些什么！"②贾宝玉对湘云此番话的反应是：

> 宝玉听了道："姑娘请别的姊妹屋里坐坐，我这里仔细污（卯杨蒙戚舒觉列8本作'脏'，程乙2本作'腌臜'）了你知经济学问的。"　庚③

"污""脏"和"腌臜"都可构成反语辞格：表面上宝玉是说自己的言谈达不到湘云所说的仕途经济学问的标准，实则是对湘云的讽刺。其中的"腌臜"具有方言色彩，并不符合宝

---

① 刘梦溪编著：《红学三十年论文选编》中卷，百花文艺出版社 1985 年版，第 266 页。

② 曹雪芹著，无名氏续，程伟元、高鹗整理，中国艺术研究院红楼梦研究所校注：《红楼梦》，人民文学出版社 2008 年版，第 432 页。

③ 冯其庸主编，红楼梦研究所汇校：《脂砚斋重评石头记汇校》，文化艺术出版社 1987 年版，第 1688 页 738.4—738.5 栏；曹雪芹：《程乙本红楼梦》上册，中国书店 2011 年影印本，第 198 页。

玉的用语习惯。"污"相比"脏"程度更深，故此处以庚本的"污"字为好。

其后，袭人对湘云转述宝钗规劝宝玉，却反遭宝玉冷落一事，进而拿宝钗的宽容与林黛玉作比，说林姑娘若见到宝玉赌气不理她，不知要赔多少不是。对此，宝玉反驳道：

> "林姑娘从来说过这些混账话？（卯府戚程5本作'从来说过这些混账话不曾？若他也说过这些混账话'；杨本作'从来说过这些混账话不曾？若他也说过这些混账话'；舒本作'从来说过这些混账话不曾？若他也说过这些混话'，觉本作'从来说过这些混账话没有？若他也说过这些混账话'）我早合他生分了。" 庚①

"从来说过这些混账话不曾"与"从来说过这些混账话没有"语义相近，都比庚本"从来说过这些混账话"语势更强。舒本"混话"不及他本"混账话"表义准确。此外，在卯府戚杨舒觉程8本中，都另有表假设的短句。此处用假设语气，能够强调黛玉从未说过"混账话"，使得宝玉对黛玉的欣赏更加明显。

第三十六回写道，宝玉挨打之后，因有贾母庇护，不仅不必与士大夫交接，还"日日只在园中游卧……每每甘心为诸丫鬟充役"②。此时，面对宝钗等人的导劝，宝玉的反应是：

---

① 冯其庸主编，红楼梦研究所汇校：《脂砚斋重评石头记汇校》，文化艺术出版社1987年版，第1690页739.1—739.2栏；曹雪芹：《程乙本红楼梦》上册，中国书店2011年影印本，第198页。

② 曹雪芹著，无名氏续，程伟元、高鹗整理，中国艺术研究院红楼梦研究所校注：《红楼梦》，人民文学出版社2008年版，第473页。

反生起气来，只说："好好的一个清净洁白女儿，也学的钓名沽誉，入了国贼禄儿之流……不想我生不幸，亦且（杨本无此6字）琼闺绣阁中亦染（杨本作'有'）此风，真真有（舒本作'真有'）负天地钟灵毓秀之德！"因此祸延古人，除四书外，竟将别的书焚了。（觉本作"因此讨厌延及古人"，程本无此句）众人见他如此疯颠（乙本无此2字），也都（杨本作"也多"）不向他说这些正经话（杨本作"这些话"）了。独有林黛玉自幼不曾劝他去立身扬名等语，所以深敬黛玉。（杨本无该句）　庚[①]

"不想"强化了宝玉不满的情绪，"不幸"则带有愤怒的感情色彩，能够凸显贾宝玉对宝钗等人导劝之举的反感。"亦且"在此处受整个语境的影响，带上了无奈色彩。在贾宝玉心中，女儿的"清净洁白"就是远离世俗名利，自己的不幸尚不能接受，连女儿们也未幸免，才触动其心中"痴病"，故"亦且"还流露出贾宝玉对女儿的怜惜之情。

"染"较"有"的词义程度更深。

"真真有"通过副词"真"的重叠构形，较"真有"更具备强烈的贬斥、不满的色彩。

"因此祸延古人"一句保留为好。在贾宝玉的性格逻辑中，焚书之举是对闺阁染上沽名钓誉之风的愤怒抗争。而在众

---

① 冯其庸主编，红楼梦研究所汇校：《脂砚斋重评石头记汇校》，文化艺术出版社1987年版，第1876—1877页814.3—814.8栏；曹雪芹：《程乙本红楼梦》上册，中国书店2011年影印本，第222页。

人看来，宝钗等人的劝导才是"正经话"，而宝玉的言行则是"疯癫"之举。该句中的副词"竟"，后文的"也都"，强化了众人与贾宝玉价值观念的差异。在此基础上，最后一句亦有保留的必要。一方面，黛玉从未像宝钗等人那般劝导宝玉，这一方面拉开了黛玉与宝钗等其他女性在价值观上的差距，另一方面，通过强调宝玉对黛玉由亲近而至敬重，体现二人以共同价值观念为基础的感情的深化，从而为后文宝玉"诉肺腑""识分定"起到铺垫作用。

此处情节与宝黛情感关系的发展密切相关。该回后文写道，宝玉竟"在梦中喊骂说：'……什么是金玉姻缘，我偏说是木石姻缘！'"[1]，此语被宝钗听到；宝玉想听龄官为自己唱《牡丹亭》曲却遭冷遇，又眼见贾蔷与龄官相互折磨而又难舍难分的真情，进而"识分定"。自此，宝玉对黛玉之情开始走向专一的爱情。

贾宝玉对贾雨村这类为官者的排斥，与之对家境贫寒的秦钟和社会地位低下的蒋玉菡的亲近形成鲜明对比。作者写贾宝玉与钟、蒋二人的初会，各本文字在反映宝玉对其二人的亲密程度上存在差异。

小说第七回这样写贾宝玉与秦钟初会：

那宝玉自见了（府戚3本作"自一见了"，舒程列乙4本作"自一见"，戌觉2本作"只一见"）秦钟的人品出众

① 曹雪芹著，无名氏续，程伟元、高鹗整理，中国艺术研究院红楼梦研究所校注：《红楼梦》，人民文学出版社2008年版，第478页。

（戚府戚舒觉程列8本无"出众"2字，乙本无此5字），心中似有所失，痴了半日，自己心中又呆意起了（卯杨戚府戚觉程列9本作"起了呆意"，舒本作"起来呆意"，乙本作"起了个呆想"），乃自思道："天下竟有这等的人物！如今看来，我竟（舒列2本作'就'）成了泥猪癞狗了……可知锦绣纱罗，也不过裹了我这根死木头（觉程乙3本作'这枯株朽木'）；美酒羊羔，也不过填了我这粪窟泥沟。'富贵'二字，不料遭我荼毒了！" 庚①

"只一见"较"自一见""自见了""自一见了"语势更强，极言秦钟出众的人品给宝玉内心带来的冲击之强。"人品出众"较"出众"更好。

"呆意"较"呆想"更准确，而"起了呆意"较"起来呆意"更通顺，且重音落在"呆意"二字，较"呆意起了"更能突出宝玉见到秦钟时又"痴"又"呆"的神态。

"竟"较"就"更能强调宝玉对秦钟的欣赏之意。宝玉用来自贬的"泥猪癞狗""粪窟泥沟"，以及"锦绣纱罗""美酒羊羔"，都是四字格词语，此类对偶辞格在后文贾宝玉的话语中也有体现。如第三十六回，宝玉批评武官与文官时使用了对仗结构："仗血气之勇""邀忠烈之名"②。此处应以觉程乙3本

---

① 冯其庸主编，红楼梦研究所汇校：《脂砚斋重评石头记汇校》，文化艺术出版社1987年版，第374—376页165.3—165.7栏；曹雪芹：《程乙本红楼梦》上册，中国书店2011年影印本，第46页。

② 曹雪芹著，无名氏续，程伟元、高鹗整理，中国艺术研究院红楼梦研究所校注：《红楼梦》，人民文学出版社2008年版，第480页。

的"这枯株朽木"而非他本的"这根死木头"为佳，也更符合贾宝玉的话语风格。

第二十八回，贾宝玉与蒋玉菡初会时的反应：

> 宝玉见他妩媚温柔，心中十分留恋（舒本作"留意"）……叫他："……也是你们贵班中，有一个叫琪官的，他在那里（程乙2本无此3字）？如今名驰天下，我（程乙2本前接'可惜'2字）独无缘一见。"蒋玉菡笑道："就是我的小名儿。"宝玉听说，不觉欣然跌足笑道："有幸，有幸（杨本中作'有幸'）！果然名不虚传。"　　庚①

"留恋"较"留意"带有更强烈的敬慕感情色彩。

"在那里"保留为佳，更能显出宝玉希望见到琪官的急切心情。

程乙2本"可惜"一词，相比他本，使得宝玉一直不得与琪官相见而产生的惋惜、无奈的心理活动更传神。

当宝玉得知蒋玉菡即是自己仰慕的"琪官"时，不禁重复感叹"有幸"，反复辞格的运用，更能反映出宝玉对琪官的敬慕、喜爱之情。

二、宝玉对黛玉的痴情

上文已经提到，之所以说宝黛爱情模式打破了以往才子佳

---

① 冯其庸主编，红楼梦研究所汇校：《脂砚斋重评石头记汇校》，文化艺术出版社1987年版，第1501页649.6—649.9栏；曹雪芹：《程乙本红楼梦》上册，中国书店2011年影印本，第173页。

人遇合故事俗套，除了贾宝玉这一具有独特魅力的"才子"的出现，还因为作者不再让才子与佳人迅速走向私订终身，而是让二人之间的爱情经历了从萌芽到成熟的动态发展过程。第三回宝黛初会，宝玉摔玉，第二十八回宝玉因黛玉葬花恸倒，第二十九回宝黛争吵，宝玉第二次摔玉，至第三十二回宝玉"诉肺腑"，在此过程中，越是能体现作者充分运用"心心错位"的修辞策略、表现角色话语冲突或话语信息的表达不足、突出宝玉对黛玉的痴情的文字，就越是审美价值高的文字。"识分定"是宝黛爱情发展过程中的关键点，自此二人感情趋于成熟，话语冲突也不再发生。到了"慧紫鹃情辞试忙玉"一节，作者主要通过贾母、袭人、薛姨妈等人物话语，突出宝玉与黛玉之间深厚感情并不被外界所理解，故该节异文中能更好地凸显宝玉"痴病"凶险程度的文字，以及能突出宝玉的痴情与其他并不知情的旁观者心理差距幅度的文字，即为优文。

（一）宝黛二人因"心心错位"引发交流困难

在"识分定"发生之前，宝黛二人因话语交流不畅，时常处于口角冲突的状态，形成难以言说的微妙语境。但这些冲突与难以言说并没有带来二人关系的疏远，反而推动了二人感情的发展，也为读者带来了以往才子佳人心心相印情节难以实现的审美享受。因为欲言而难言或不敢言，宝玉与黛玉在冲突发生时往往又急又怒。如宝玉曾经两次摔玉，其中第一次发生在《红楼梦》第三回与黛玉初会之时。此处情节中，黛玉与贾母等其他人一样，都认为通灵宝玉十分珍奇。但当宝玉得知黛玉没有玉时，他爆发了让所有人都难以理解的剧烈反应：

> 宝玉听了，登时发作起痴狂病（觉程乙3本作"狂病"）来，摘下那玉，就狠命摔（府戚3本作"狠摔"，杨本作"狠命的摔"）去，骂道："什么罕物，连人之高低不择（觉程2本作'人之高下不识'，乙本作'人的高下不识'），还说'通灵'不'通灵'呢！我也不要这劳什子了！"……宝玉满面（卯杨列3本作"满眼"）泪痕泣道："家里姐姐妹妹都没有，单我有，我说没趣，如今来了这们一个（府戚3本作'一个'，舒本作'这一个'，觉程乙3本作'这个'）神仙似的妹妹也没有，可知这不是个好东西（舒本作'这是个什么好东西'）。" 庚①

"痴狂病"较"狂病"，侧重因痴而狂，并非单纯的"狂"，而痴情正是贾宝玉性格的逻辑起点，故此处以"痴狂病"为佳。

"狠命"较"狠"更能反映宝玉因得知黛玉无玉而引发的对通灵宝玉的憎恨，且较"狠命的"语势更强，故为佳。

"人之高低不择"与"人之高下不识"都是针对通灵宝玉采取的拟人的说法，但"人之高下不识"对通灵玉的贬义程度更深——连高下都辨识不了，更谈不上选择。由此也就相应流露出较多对黛玉的赞美之情。在贾宝玉看来，自己虽然带着通

① 冯其庸主编，红楼梦研究所汇校：《脂砚斋重评石头记汇校》，文化艺术出版社1987年版，第161—162页69.5—69.9栏；曹雪芹：《程乙本红楼梦》上册，中国书店2011年影印本，第20页。

灵宝玉降生，此玉在黛玉看来也是稀罕物，但宝玉视黛玉比这块玉甚至自己更为重要。神仙似的林黛玉却无玉，那么自己这块玉自然不配称为"通灵"。

"满面"相比"满眼"，与"泪痕"搭配更为合理，且更能体现此时宝玉的伤感程度。

"这们一个"相比"一个""这一个""这个"，能更好地突出宝玉对黛玉这样一个"神仙似的妹妹"的赞美之情。

因句首已有表判断的"可知"，故后接表否定的"这不是个好东西"，相比表反问的"这是个什么好东西"，不仅通顺，且越是直接的判断和强烈的语气，越能凸显宝玉此时萌发出的对黛玉的欣赏喜爱之情。

贾宝玉第二次摔玉，发生在小说第二十九回。因张道士提亲一事不悦的宝玉去探望病中的黛玉时，宝玉将黛玉的关心误解为奚落，二人发生口角。黛玉又以"金玉姻缘"试探，宝玉再次摔玉。二人初会时，宝玉内心深处有所触动，引发痴狂病进而摔玉；而同样是摔玉，此处是在宝玉"存了一段心事"[①]的前提之下，二人话语难以顺畅交流造成的"心心错位"。版本异文如下：

> 宝玉的心内想的是："……你不能为我烦恼，反来以这话奚落堵我（杨府戚舒觉程列8本作'奚落堵噎我'，乙本作'堵噎我'）。可见我心里一时一刻白有你，你竟

---

① 曹雪芹著，无名氏续，程伟元、高鹗整理，中国艺术研究院红楼梦研究所校注：《红楼梦》，人民文学出版社2008年版，第401页。

心里没我。"心里这意思，只是口里说不出来（杨列2本
无此13字）。……那宝玉心中又想着："我不管怎么样都
好，只要你随意，我便立刻因（杨府戚列5本作'同'，
舒本作'应'）你死了也情愿……" 庚①

"奚落堵噎"词义程度较"奚落""堵"更深，更强化了
宝玉此时对黛玉的误会。

此时宝玉尽管对黛玉怀有真情，但通过小说上下文宝黛
二人的对白和潜台词，我们会发现宝黛二人都在以假意试探对
方，表达出的信息自然无法实现交流的有效性。故"心里这意
思，只是口里说不出来"强调了宝玉的难以言说，从这一点来
说，此句有保留的必要。但保留的同时是否又封闭了文本留白
的营造，也是值得商榷的。

情急之中，宝玉试图以赌咒发誓求得黛玉对自己的理解。
"因你死了"一语，强调的是黛玉对宝玉的重要程度；而"同
你死了"似暗示殉情之意，过于直白，也难以打动对方；"应
你死了"搭配不当。故"因你死了也情愿"相比其他话语，更
能显出宝玉对黛玉感情的强烈与不被黛玉理解的悲伤情绪。

那宝玉又听见他说 "好姻缘"三个字，越发逆了己
意，心里干噎，口里说不出话来，便赌气向颈上抓下（杨
程乙3本作"摘下"）通灵宝玉，咬牙（程乙2本作"咬咬

---

① 冯其庸主编，红楼梦研究所汇校：《脂砚斋重评石头记汇校》，文化
艺术出版社1987年版，第1564页676.8—677.6栏；曹雪芹：《程乙本红楼梦》
上册，中国书店2011年影印本，第181页。

牙")狠命往地下一摔……　　　庚①

"抓下"较"摘下"动作幅度更大，更能体现此时贾宝玉因林黛玉不能理解自己的焦急和对"金玉姻缘"之说的反感。

"咬咬牙"隐含犹豫情态，而"咬牙"显得动作果断干脆，效果更好。

第十七至十八回，黛玉误以为宝玉将自己所赠荷包送人，一气之下将未做完的香袋剪了。当发现误会宝玉时，黛玉此时的反应，各本作：

黛玉见如此，越发气起来，声咽气堵，又汪汪的滚下泪来（觉程乙3本作"越发气得哭了"）。　　庚②

卯杨府戚舒列7本与庚本略同，其中的"声咽气堵""汪汪的滚下泪来"等语，较觉程乙3本"越发气得哭了"传递的伤感、委屈之程度更深，也更为形象生动。越是突出黛玉此时的伤感，越能突出黛玉虽然身体状况不佳，但对情感执着到了自我折磨的程度，更显二人误解之深。

第二十三回，宝黛偷偷共读《会真记》，宝玉有意用"多愁多病身"自比，又说黛玉如书中女主人公一般是"倾国倾城貌"，又触怒了黛玉。此时黛玉的神态，庚杨戚觉程乙7本

---

① 冯其庸主编，红楼梦研究所汇校：《脂砚斋重评石头记汇校》，文化艺术出版社1987年版，第1567页677.10—678.2栏；曹雪芹：《程乙本红楼梦》上册，中国书店2011年影印本，第181页。

② 冯其庸主编，红楼梦研究所汇校：《脂砚斋重评石头记汇校》，文化艺术出版社1987年版，第862页374.7栏；曹雪芹：《程乙本红楼梦》上册，中国书店2011年影印本，第102页。

作"薄面含嗔"，府本作"粉面含嗔"，郑本作"娇面含嗔"，舒本作"杏面含春"，列本作"满面含嗔"。[①]结合上文语境可知，黛玉开始看《会真记》时，"越看越爱看，不到一顿饭工夫，将十六出俱已看完，自觉词藻警人，馀香满口。虽看完了书，却只管出神，心内还默默记诵"[②]。读《会真记》使得黛玉春心萌动，此时她表面恼怒，实则是在掩饰羞涩和心动。从词汇意义来看，"薄面""粉面""娇面""杏面""满面"都可以与"含嗔"搭配，"粉面""娇面""杏面"又较"薄面""满面"多出面容姣好、惹人怜爱之义。细致比较，所有搭配之中，"杏面含春"一语只见春心而无愠怒，独"娇面含嗔"能更好地传达自尊心极强的黛玉心中萌动着恼怒而又羞涩的复杂情绪，故郑本"娇面含嗔"为好。

宝黛二人时常假意试探，误会频发，因此宝玉才要时常通过赌咒发誓的方法表达情绪。第二十八回，林黛玉错怪宝玉不给自己开门而伤心，独自一人一边吟诗一边葬花，宝玉听闻诗句，"不觉恸倒山坡之上"[③]，自思：

> 既黛玉终归无可寻觅之时，推之于他人，如宝钗、香菱、袭人等，亦可到无可寻觅之时矣。宝钗终归无可

① 冯其庸主编，红楼梦研究所汇校：《脂砚斋重评石头记汇校》，文化艺术出版社 1987 年版，第 1212 页 524.6 栏；曹雪芹：《程乙本红楼梦》上册，中国书店 2011 年影印本，第 140 页。

② 曹雪芹著，无名氏续，程伟元、高鹗整理，中国艺术研究院红楼梦研究所校注：《红楼梦》，人民文学出版社 2008 年版，第 315 页。

③ 曹雪芹著，无名氏续，程伟元、高鹗整理，中国艺术研究院红楼梦研究所校注：《红楼梦》，人民文学出版社 2008 年版，第 373 页。

寻觅之时（列本无此节文字，杨戌府戚舒觉程乙9本中的"宝钗"作"宝钗等"），则自己又安在哉？　庚①

正如前文所分析的，此时的宝玉尚未"识分定"，着重号文字以及下文宝玉对黛玉赔礼道歉时讲起的二人一起成长的经历，都能说明此时宝玉对黛玉的欣赏、好感，与其对宝钗等人（不单单是宝钗一人）的情谊仍有共同之处。故"宝钗等"更加贴切，该节文字的保留能与后文宝玉对黛玉感情的逐渐专一、加深形成反差，有利于表现宝玉性格的纵深发展。

下文中，黛玉因宝玉没有给自己开门而生气，宝玉连忙以过去自己对黛玉的种种体贴之举为例，试图向黛玉解释：

> 宝玉叹道："当初姑娘来了……凭我心爱的，姑娘要，就拿去（杨列2本作'拿了去'）；我爱吃的，听见姑娘也爱吃，连忙干干净净收着等姑娘吃（觉本作'连忙急急的加了烹调，收拾精致，干干净净，各样鲜菜时物收着等着姑娘到了'）……"　庚②

"拿了去"因"了"的存在，语气得以舒缓，而"拿去"则语气更急切，更显出宝玉对黛玉的重视与慷慨。

觉本文字较为拖沓，而"干干净净收着等姑娘吃"则言简

---

① 冯其庸主编，红楼梦研究所汇校：《脂砚斋重评石头记汇校》，文化艺术出版社1987年版，第1451页629.9—630.1栏；曹雪芹：《程乙本红楼梦》上册，中国书店2011年影印本，第167页。

② 冯其庸主编，红楼梦研究所汇校：《脂砚斋重评石头记汇校》，文化艺术出版社1987年版，第1455页631.4—631.6栏；曹雪芹：《程乙本红楼梦》上册，中国书店2011年影印本，第167页。

意赅，相比强调烹调的精致与食品的丰盛，更符合宝玉此时试图尽快消除误解的言语动机。

第二十九回，贾母一行人前往清虚观打醮，张道士意图给贾宝玉说亲，贾宝玉因此"心中大不受用"[1]。回到贾府后，宝玉听闻黛玉又病了，前去探望。宝玉又误把黛玉的关心当成奚落："因想着：'别人不知道我的心还可恕，连他也奚落起我来。'……立刻沉下脸来，说道：'我白认得了你，罢了，罢了！'"[2]林黛玉也知道提亲一事，回应道：

"白认得了我，那里像人家有什么配的上呢。（杨本作：'我也知道白认得了我，那里有人家有什么配得上呢？'府戚列4本作：'我也知道白认得了我，那里像人家有什么配得上呢？'乙本作：'你白认得了我吗？我那里能够像人家有什么配的上你的呢！'）" 庚[3]

"我也知道白认得了我"较"白认得了我"和"你白认得了我吗"更好。"我也知道白认得了我"中的"我也知道"四字，强化了林黛玉因对贾宝玉情切而引发的激烈的情感动荡。在《红楼梦》第二十一回中，脂砚斋曾批贾宝玉有"情急之

---

[1] 曹雪芹著，无名氏续，程伟元、高鹗整理，中国艺术研究院红楼梦研究所校注：《红楼梦》，人民文学出版社2008年版，第400页。

[2] 曹雪芹著，无名氏续，程伟元、高鹗整理，中国艺术研究院红楼梦研究所校注：《红楼梦》，人民文学出版社2008年版，第400页。

[3] 冯其庸主编，红楼梦研究所汇校：《脂砚斋重评石头记汇校》，文化艺术出版社1987年版，第1561页675.6栏；曹雪芹：《程乙本红楼梦》上册，中国书店2011年影印本，第181页。

毒"①，其实也可用来评价此处黛玉所说"我也知道"：林黛玉用情之极之深，已经到了言语刻薄的程度。而越是极言此时的林黛玉反应之激烈，越是能够拉开宝黛二人"心心错位"的幅度，人物形象也因此更加生动。

难以言说的微妙语境，突出体现在"诉肺腑"一节。第三十二回，宝玉正要向黛玉表露心迹，但黛玉却匆匆离开了，对此并无察觉的宝玉误把赶来送扇子的袭人误作黛玉。此处情节诸本作：

> 宝玉出了神，见袭人和他说话，并未看出是何人来，便一把拉（杨本作"捉"）住，说道（乙本作"只管
> 呆着脸说道"）："好妹妹，我的这心事，从来也不敢说，
> 今儿我大胆说出来，死也甘心！我为你也弄了一身的病了
> （卯戚3本作'这里'，杨府舒觉程列6本作'在这里'），
> 又不敢告诉人，只好掩（杨本作'挨'，舒觉程列4本作
> '捱'）着。只（觉程2本无'只'字）等你的病好了，
> 只怕我的病才得好呢（杨本无'只怕'2字，列本此处独
> 作'只怕你的病难好呢'）。睡里梦里也忘不了你！"袭
> 人听了这话，吓得魄消魂散，只叫"神天菩萨，坑死我
> 了！"（程本作："袭人听了，吓得惊疑不止，只叫'神天
> 菩萨，坑死我了！'"乙本作："袭人听了，惊疑不止，又
> 是怕，又是急，又是臊。'）便推他道："这是那里的话！

---

① 曹雪芹原著，脂砚斋重评，周祜昌、周汝昌、周伦玲校订：《石头记会真》，海燕出版社2004年版，第239页。

敢是中了邪？还不快去？（乙本作：'你是怎么着了？还不快去吗？'）"宝玉一时醒过，方知是袭人送扇子来，羞的满面紫涨（舒本作"满脸红涨"），夺了扇子，便忙忙的抽身跑了（杨本作"便扭身忙忙的跑了"，舒觉列3本作"便抽身忙忙的跑了"，程本作"便抽身的跑了"，乙本作"却仍是呆呆的，接了扇子，一句话也没有，竟自走去"）。　庚①

庚卯府戚舒觉程列9本"一把拉住"较乙本"只管呆着脸"更显出宝玉的急切。

庚乙2本"了"较"这里"通顺，也较"在这里"更简洁。

"挨""捱"同义，较"掩"程度更深，更能体现宝玉内心的痛苦，故"挨""捱"均可。

列本"只怕你的病难好呢"显然不妥，"只等你的病好了，只怕我的病才得好呢"一句中的"只"和"只怕"都起到了加重语气的作用，凸显出宝玉对黛玉用情之深。

此时，作者偏偏让言语直接接受者变为袭人而非黛玉，这一误会之所以产生，又恰恰是因为宝玉与心中同样有千万句言语却头也不回地离开的林黛玉未能顺畅沟通。由此，因二人对彼此的痴情，反而带来贾宝玉将袭人误作黛玉"诉肺腑"这一结果。

描写袭人听完后的反应一节文字，除乙本外的诸本，表现

① 冯其庸主编，红楼梦研究所汇校：《脂砚斋重评石头记汇校》，文化艺术出版社1987年版，第1700—1701页742.10—743.6栏；曹雪芹：《程乙本红楼梦》上册，中国书店2011年影印本，第200页。

83

的只是袭人的"惊疑",但乙本此处文字能体现袭人更为复杂的心理活动,既有"惊疑",也有"怕、急、臊"。这一反应不仅与袭人"将来难免不才之事,令人可惊可畏"、男女之间的感情是"丑祸"的想法更为符合,且更利于拉开袭人与此时正专注于诉说真情的贾宝玉的心理距离,为后文袭人向王夫人进言要宝玉挪出园外一节提供了更为充分的前提条件。

"敢是中了邪? 还不快去?"是疑问句紧接反问句,较乙本稍显委婉的两个疑问句更能强烈地表现出此时袭人心中的惊疑。

"满面紫涨"较"满面红涨",表现出的贾宝玉内心的羞愧更甚。

袭人催促宝玉"还不快去"之后,10本中宝玉的反应显然已经从"诉肺腑"的语境中抽离了出来,而乙本中的宝玉"仍是呆呆的""竟自走去",说明其仍沉浸在向"黛玉"诉说的情感当中,即便袭人与之对话都无法应对,从而更突显出宝玉对黛玉的痴迷。

宝黛二人的话语阻隔,并不总是通过误会或争吵的形式呈现,也有温情脉脉的时刻。第十九回"情切切良宵花解语 意绵绵静日玉生香",写宝黛二人难得没有误会口角,而是同床而卧,互相打趣,黛玉话语带上了幽默风趣的色彩。宝玉来到黛玉住处,唤醒了正在午睡的黛玉。宝玉闻到黛玉袖中有奇香,询问起来,黛玉便问宝玉是否有能和自己的"奇香"相配的"暖香",借此调侃宝钗与宝玉"金玉之配"的说法。宝玉不解——

> 黛玉点头叹笑（舒本作"笑"，觉程列乙4本作"笑
> 叹"）道："蠢才，蠢才（杨本作'蠢才'）！你有玉，人
> 家就有金来配你；人家有'冷香'，你就没有'暖香'去
> 配？"　庚[1]

黛玉边笑边叹，比单纯的"笑"更好，更有讥讽的意味。
同理，"蠢才"反复两次也更佳。上述异文的选择强化了语境
的讽刺色彩。黛玉尽管性格敏感，习惯猜疑宝玉，但有时这种
猜疑也可以用过人的聪慧呈现出来。

与以往才子佳人在私会时便举止亲密不同，宝玉只是拉着
黛玉袖子笼在脸上闻香气，黛玉就——

> 夺了手道："这可该（舒本作'你好'）去了。"宝玉
> 笑道："去（觉程乙3本作'要去'），不能。咱们斯斯文
> 文的躺着说话儿。"　庚[2]

此时房内只有宝黛二人，且二人的爱情尚处于萌芽状态，
未互相表露心迹，故庚卯杨府戚觉程列乙10本中语气更坚定的
"这可该去了"比　"这你好去了"更能表现黛玉在男女交往
时的分寸感。听到此话的宝玉并不想离开，此时庚卯杨戍府

---

[1] 冯其庸主编，红楼梦研究所汇校：《脂砚斋重评石头记汇校》，文
化艺术出版社1987年版，第1003页430.10—431.1栏；曹雪芹：《程乙本
红楼梦》上册，中国书店2011年影印本，第116页。

[2] 冯其庸主编，红楼梦研究所汇校：《脂砚斋重评石头记汇校》，文
化艺术出版社1987年版，第1004页431.4—431.5栏；曹雪芹：《程乙本红
楼梦》上册，中国书店2011年影印本，第116页。

戚舒8本语气缓和的"去，不能"一语，也要比觉程乙3本中的"要去，不能"，更能体现二人温情又不乏纯情的交流，这也正是在以往"才子佳人"小说中很难见到的画面。

（二）宝玉"识分定"

第三十六回，宝玉对袭人说起自己的死亡观，认为武将、文臣的死都是沽名之死，并非知大义之死，有造化的死应该是："趁你们在，我就死了，再能够你们哭我的眼泪流成大河，把我的尸首漂起来，送到那鸦雀不到的幽僻之处，随风化了，自此再不要托生为人，就是我死的得时了。"① 当宝玉窥见龄官和贾蔷对彼此的专情，领会龄官画"蔷"深意后，死亡观也发生了变化。痴痴地回到怡红院后，宝玉对袭人和黛玉说：

> "昨儿说你们的眼泪单葬我，这就错了。我竟不能全得了。从此后只是各人得各人眼泪罢了（卯府戚4本作'各人各得眼泪罢了'，杨本作'各人瞧各人的眼泪罢'，舒本作'各人葬各人的眼泪罢了'，觉本作'各人得各人的人眼泪罢了'，列本作'各人得各人的眼泪罢'，程乙2本作'各人得各人的眼泪罢了'）。" 庚②

杨舒2本文字明显是不通顺和搭配不当的；庚卯府戚觉程列乙9本文字略同，其中庚卯府戚觉程乙8本较列本句尾多了语

---

① 曹雪芹著，无名氏续，程伟元、高鹗整理，中国艺术研究院红楼梦研究所校注：《红楼梦》，人民文学出版社2008年版，第480页。

② 冯其庸主编，红楼梦研究所汇校：《脂砚斋重评石头记汇校》，文化艺术出版社1987年版，第1917页830.5—830.6栏；曹雪芹：《程乙本红楼梦》上册，中国书店2011年影印本，第227页。

气助词"了"。语气的舒缓，更能凸显宝玉此时因领悟自己不能全得女儿们的眼泪而产生的感叹。8本中，又以卯府戚4本的表述较为简洁。

袭人听到宝玉的感叹之后，笑说宝玉又有些疯了。宝玉听到之后的反应是：

> 宝玉默默不对，自此深悟人生情缘，各有分定，只是每每暗伤"不知将来葬我洒泪者为谁？"此皆宝玉心中所怀，也不可十分妄拟（杨本无此节文字）。　庚①

杨本以"宝玉默默不对"作结，读者难以探知宝玉的心理活动。庚卯府戚舒觉程列乙10本则点明宝玉领悟到人生情缘"各有分定"，对宝玉的心理活动进行了描摹，宝玉对专一的男女之情的认识得以深化；并且，最后一句采用第三人称叙述视角进行叙述，会让读者感到作者本人也将宝玉视为有独立性格逻辑的个体。故以保留此处文字的10本为好。

（三）宝玉遭试探

宝玉被紫鹃试探这一情节，是作者精心营造的又一处汇集多个人物的剧场性语境，所有人物共同建构起围绕宝玉的情痴举动产生的多样化话语模块。第五十七回，紫鹃以黛玉要回南方去试探宝玉，导致宝玉再次发作痴狂病。诸本异文如下：

> 宝玉听了，便如头顶上响（杨戚3本作"打"）了一个

---

① 冯其庸主编，红楼梦研究所汇校：《脂砚斋重评石头记汇校》，文化艺术出版社1987年版，第1917—1918页830.7—830.9栏；曹雪芹：《程乙本红楼梦》上册，中国书店2011年影印本，第227页。

焦雷一般。紫鹃看他怎样回答，只不作声（杨戚3本作"只见他总不作声"，府本作"等了半日，见他只不作声"，程乙2本作"等了半天，见他只不作声，才要再问"）。 庚①

"响"较"打"更具形象色彩，更直观地表现出宝玉听闻黛玉要回去时的震惊。

"等了半天"，强调宝玉沉默的时间之长，不仅延长了读者的心理期待，结合此时晴雯眼中宝玉的神态是"呆呆的，一头热汗，满脸紫胀"②，也激活了读者对宝玉内心潜藏的心理活动的想象。同时，程乙2本在写晴雯来找宝玉前，还写紫鹃"才要再问"，增加了此处语境的动态效果。

宝玉回到怡红院后，痴狂病发作。众人越是慌乱恐惧，越与宝玉发病真实的情感原因拉开距离，就越能为宝黛爱情与现实环境的矛盾的纵深发展提供条件。

一时李嬷嬷来了（府本作"来时"，无"一时李嬷嬷"，杨本作"一时才用着老人家呢，李嬷嬷来了"）……"呀"的一声（杨戚3本无此4字）便搂着放声大哭起来。庚③

---

① 冯其庸主编，红楼梦研究所汇校：《脂砚斋重评石头记汇校》，文化艺术出版社1987年版，第3129页1339.5—1339.6栏；曹雪芹：《程乙本红楼梦》上册，中国书店2011年影印本，第372页。

② 曹雪芹著，无名氏续，程伟元、高鹗整理，中国艺术研究院红楼梦研究所校注：《红楼梦》，人民文学出版社2008年版，第780页。

③ 冯其庸主编，红楼梦研究所汇校：《脂砚斋重评石头记汇校》，文化艺术出版社1987年版，第3131—3132页1340.3—1340.5栏；曹雪芹：《程乙本红楼梦》上册，中国书店2011年影印本，第373页。

杨本"一时才用着老人家呢"一语多余，"一时李嬷嬷来了"能够起到吸引读者注意的作用，故庚卯戚觉程列乙8本保留此7字为好。

"'呀'的一声"具备形象色彩，也更符合此时李嬷嬷惊讶、痛苦的情绪。

袭人眼中上了年纪的李嬷嬷尚且大叫大哭，又直言宝玉"可不中用了"[①]，已是增添了一重紧张的氛围。待晴雯告知袭人先前情形，袭人来至黛玉处质问紫鹃。宝玉的情形又经过袭人之口转述，更添新的曲折。袭人说道：

> "那个呆子眼睛也直了，手脚也冷了（杨本作'手也冷了'，戚本作'手脚也凉了'），话也不说了，李妈妈掐着也不疼了，已死了大半个（觉本作'死去大半个'，列本作'死了大半'）了！" 庚[②]

"冷"较"凉"词义程度更深；"死了大半个"中的"了"表完成，而"死去大半个"中的"去"则表持续，"死了大半个"表现宝玉病的程度更为严重。另外，脂砚斋在此处有批语曰："从急怒娇憨口中描出不成话之话来。"[③] "死了大

---

① 曹雪芹著，无名氏续，程伟元、高鹗整理，中国艺术研究院红楼梦研究所校注：《红楼梦》，人民文学出版社2008年版，第781页。

② 冯其庸主编，红楼梦研究所汇校：《脂砚斋重评石头记汇校》，文化艺术出版社1987年版，第3134页1341.3—1341.4栏；曹雪芹：《程乙本红楼梦》上册，中国书店2011年影印本，第373页。

③ 孙逊、孙菊园编著：《中国古典小说美学资料汇粹》，上海古籍出版社1991年版，第266页。

半个"虽是"不成话之话",却更显新颖奇特。此外,越是通过强化宝玉病症之凶险,加重对黛玉心理上的刺激,下文黛玉吐药的情节也就更具冲击力。

> 黛玉一(府乙2本无此字)听此言,李妈妈乃是经过的(杨府戚觉程列乙8本作"久经")老妪,说不中用了,可知必不中用了(戚本无此7字)。哇的一声,将腹中(府觉程乙4本作"所服")之药一概呛出(府本作"一口呕了",觉程乙3本作"一口呕出"),抖肠搜肺,炽胃扇肝的痛声(杨戚3本无此2字,府本作"哑然",觉程乙3本作"哑声")大嗽了几阵。 庚[①]

"一听此言"较"听此言"不仅强调袭人的话对黛玉冲击之大,且更能拉长读者期待。

"久经"和"经过的"都指义不明,"经过的"易造成歧义,"久经"更好。因为李嬷嬷的态度,黛玉才有"必不中用"的判断,才会引起自己吐药,因此戚本无此7字不为佳。

"腹中之药"点明黛玉已吃了药,那么吐药就是把已经吃下去的药吐出来,较"所服之药"更准确;觉程乙3本"一口呕出"相比"一概呛出",不仅更准确,也显得黛玉的反应更加强烈。

"哑然"不合情理,而"哑声"较"痛声"痛苦的感情色

---

① 冯其庸主编,红楼梦研究所汇校:《脂砚斋重评石头记汇校》,文化艺术出版社1987年版,第3135页1341.6—1341.7栏;曹雪芹:《程乙本红楼梦》上册,中国书店2011年影印本,第373页。

彩较弱，"痛声"更好。

贾母、薛姨妈作为长辈，同样是心疼宝玉，又不解病因，但二人的言行与心理活动各不相同。在对异文进行分析时，越是能强化二人的焦急、关切之情，与宝玉内心真实想法的距离越远。

> 贾母一见了紫鹃，眼内出火，骂道："你这（戚本无此2字）小蹄子，和他说了什么？"　庚①

"你这小蹄子"较"小蹄子"贬义色彩更强烈，更能表现贾母爱孙心切及对紫鹃的愤怒。

当贾母得知宝玉的病是因紫鹃一句玩话而起，又对紫鹃说：

> "你这孩子素日最（杨府戚觉程乙7本无此字）是个伶俐聪敏（杨府戚4本无此2字，列本作'聪明伶俐'）的，你又知道他有个呆病（卯杨戚觉程列乙8本作'呆根子'，府本作'呆性子'），平白的哄他作什么？"　庚②

"聪敏"较"聪明"词义程度更深，且赞美的色彩更浓，但在此处审美效果差别不大，故"伶俐聪敏""聪明伶俐"均可。保留"最"可使得赞美的程度更深。贾母不知紫鹃试探宝玉的动机，也不知宝玉的心事，故越是表现贾母眼中紫鹃所作所为的异常，越与宝玉的情感拉开距离。

---

① 冯其庸主编，红楼梦研究所汇校：《脂砚斋重评石头记汇校》，文化艺术出版社1987年版，第3136—3137页 1342.2—1342.3栏；曹雪芹：《程乙本红楼梦》上册，中国书店2011年影印本，第373页。

② 冯其庸主编，红楼梦研究所汇校：《脂砚斋重评石头记汇校》，文化艺术出版社1987年版，第3138页 1342.8—1342.9栏；曹雪芹：《程乙本红楼梦》上册，中国书店2011年影印本，第373页。

"呆根子"一语强调宝玉早已有的对黛玉的痴迷，也较"呆病"更委婉。

在这一紧张的情境下，不同于贾母的焦急与愤怒，薛姨妈表现出的是关切，且试图劝解贾母。她说道：

> "宝玉本来心实，可巧林姑娘又是从小儿来的，他姊妹两个一处长了这么大（府本作'长大'，觉程乙3本作'长得这么大'），比别的姊妹更不同。" 庚①

"长了"较"长得"更准确，突出了宝黛二人共同成长的过程性，且"长了这么大"较"长大"更显感慨之深。不同于贾母对紫鹃的愤怒抱怨，薛姨妈认为宝玉听到一起"长了这么大"的黛玉要走，这才不舍，其病有其合理之处。这一想法同样源于对宝黛之情的不了解。

其后，林之孝家的前来探视，进一步激化了宝玉之痴，还使得整个语境带上了趣味性：

> 宝玉听了一个"林"字（府本作"林家"），便满床闹起来说："了不得了，林家的人接他们来了，快打出去（列本作'打他出去'）罢！" 庚②

"'林'字"较"林家"所指范围更宽，更能表现此时宝

---

① 冯其庸主编，红楼梦研究所汇校：《脂砚斋重评石头记汇校》，文化艺术出版社1987年版，第3138页1342.9—1342.10栏；曹雪芹：《程乙本红楼梦》上册，中国书店2011年影印本，第373页。

② 冯其庸主编，红楼梦研究所汇校：《脂砚斋重评石头记汇校》，文化艺术出版社1987年版，第3139—3140页1343.4—1343.5栏；曹雪芹：《程乙本红楼梦》上册，中国书店2011年影印本，第374页。

玉对黛玉离去一事的极度敏感。

"打出去"较"打他出去"从口气来看更简洁有力。后文贾母听闻也接着重复"打出去",表现出贾母对宝玉的疼爱。

> 宝玉哭（乙本无此字）道："凭（列本无此字）他是谁,除了林妹妹（府本作'除妹妹'）,都不许姓林的!"　庚①

庚卯杨府戚觉程列9本"哭道"较乙本"道",伤感情绪传达得更充沛更传神。

列本独无"凭"字,语意明显不通。

"除了林妹妹"更好,"除了妹妹"显得突兀,缺乏指向性。

最终,宝玉平静下来,紫鹃私下又以定亲之语试探,宝玉再次赌咒发誓：

> "我只愿这会子立刻我死了,把心迸（杨戚3本作'拿'）出来你们瞧见了,然后连皮带骨一概都化成一股灰,——灰还有形迹,不如（府程乙3本无此7字）再化一股烟,——烟还可凝聚,人还看见（府程乙3本无此9字）,须得一阵大乱风（杨府戚程列乙7本作'大风'）吹的四面八方都登时散了,这才好!"　庚②

---

① 冯其庸主编,红楼梦研究所汇校：《脂砚斋重评石头记汇校》,文化艺术出版社1987年版,第3140页1343.6—1343.7栏;曹雪芹：《程乙本红楼梦》上册,中国书店2011年影印本,第374页。

② 冯其庸主编,红楼梦研究所汇校：《脂砚斋重评石头记汇校》,文化艺术出版社1987年版,第3150—3151页1347.7—1347.9栏;曹雪芹：《程乙本红楼梦》上册,中国书店2011年影印本,第375页。

"迸"与"拿"相比较,"迸"表现力度更大,且在语境中临时获得了真挚、急切的感情色彩,较"拿"更能突出宝玉对黛玉感情之深。

庚卯杨戚觉列7本"灰还有形迹,不如,再化一股烟,——烟还可凝聚,人还看见",再以较"大风"程度更深的"大乱风吹的四面八方都登时散了"作结,是宝玉在用层层进逼的方式强化所发毒誓,从修辞格来看,属于"逼语"①。从语用功能来看,这一修辞方式的运用,使得宝玉心中对黛玉的专一显得愈发真切、强烈,故以7本文字为好。

结合小说上文,从第二十八回开始,宝玉就多次赌咒发誓。如在第二十八回,宝玉曾向黛玉赌咒,说若是自己故意不让丫头给黛玉开门,"立刻就死了"②;第二十九回宝玉第二次摔玉,心中想的是只要黛玉随意,自己"死了也情愿"③;第三十二回,宝玉"诉肺腑"后说自己"死也甘心"④。宝玉"识分定"后,说愿让自己的尸首"随风化了"⑤,直至第

---

① 谭学纯、濮侃、沈孟璎编著:《汉语修辞格大辞典》,上海辞书出版社 2010 年版,第 3 页。

② 曹雪芹著,无名氏续,程伟元、高鹗整理,中国艺术研究院红楼梦研究所校注:《红楼梦》,人民文学出版社 2008 年版,第 375 页。

③ 曹雪芹著,无名氏续,程伟元、高鹗整理,中国艺术研究院红楼梦研究所校注:《红楼梦》,人民文学出版社 2008 年版,第 402 页。

④ 曹雪芹著,无名氏续,程伟元、高鹗整理,中国艺术研究院红楼梦研究所校注:《红楼梦》,人民文学出版社 2008 年版,第 434 页。

⑤ 曹雪芹著,无名氏续,程伟元、高鹗整理,中国艺术研究院红楼梦研究所校注:《红楼梦》,人民文学出版社 2008 年版,第 480 页。

五十七回时说要化灰化烟，还要被风吹散。从中可见宝玉对黛玉之爱的逐渐深化，二人虽心意相通却无人主张，两相对比，更增添了悲剧意味。

三、宝玉对其他女性的泛爱之情

贾宝玉这一形象与以往才子形象相比，给读者带来的惊异之感，很大程度上源于他对除黛玉之外的其他女性，也有怜惜甚至泛爱之情，随着语境的变化，这种感情又有多样的表现形式。脂砚斋在庚本《红楼梦》第四十三回批评野史塑造人物性格单一化倾向时说："最恨近之野史中，恶则无往不恶，美则无一不美，何不近情理之如是耶？"[1] 刘再复认为，性格之美正是在于性格丰富性、复杂性的对立统一。[2] 贾宝玉对女性的泛爱，并非出于功利占有的角度，他的关爱远离贾琏、薛蟠之流的恶俗的肉欲之欢，是独属于贾宝玉这一男性形象的快感形式。通过版本异文的比较研究，辨析出兼顾贾宝玉人物形象复杂性、丰富性，且能够突出宝玉在对待大观园内外女性时不带有低俗色情之态的文字，将会提高贾宝玉在古典小说"才子"形象长廊中的审美价值。

小说第六回写宝玉与袭人"初试云雨情"，回目中"情"字的存在，表明贾宝玉并不单纯为满足肉欲而与袭人发生男女

---

[1] 孙逊、孙菊园编著：《中国古典小说美学资料汇粹》，上海古籍出版社1991年版，第111页。

[2] 刘再复：《性格组合论》，安徽文艺出版社1999年版，第115页。

关系，但这种"情"又区别于宝黛二人之间缓慢发展出的爱情。"云雨情"的产生，除了宝玉对袭人的喜爱之情，也因为宝玉梦境中与警幻共游后对男女之情萌发了好奇。

> 宝玉亦素喜袭人柔媚娇俏，遂强（程本作"与"，乙本作"强拉"）袭人同领警幻所训云雨之事。袭人素知贾母已将自己与了宝玉的，今便如此，亦不为越理，遂和宝玉偷试一番，幸得无人撞见（乙本作"袭人素知贾母曾将他给了宝玉，也无可推脱的，扭捏了半日，无奈何，只得和宝玉温存了一番"）。自此宝玉视袭人更比别个不同，袭人待宝玉更为尽心（戌府戚舒觉程乙8本作"尽职"）。　庚①

宝玉在"初试云雨情"的过程中占据主动，而袭人作为举止规矩的女孩，是被动的。乙本"强拉"和庚卯杨戌府戚舒觉9本的"强"都可表强迫，"强拉"这一动作描写显得粗暴，与宝玉一贯疼惜女性的性格相违背，故"强"为好。

"袭人素知"一节文字，乙本与庚卯杨戌府戚舒觉程10本各有优点。乙本中袭人的心理活动细腻感性，更符合一个女孩的情感特点。袭人觉得"无可推脱""无奈何"，但却又"温存了一番"，似有所矛盾。据诸本此处前文交代，袭人较宝玉年长，渐通人事，故10本中袭人的反应亦有合理之处，且文意更为通顺。

---

① 冯其庸主编，红楼梦研究所汇校：《脂砚斋重评石头记汇校》，文化艺术出版社1987年版，第287—288页128.4—128.6栏；曹雪芹：《程乙本红楼梦》上册，中国书店2011年影印本，第35页。

"尽心"较"尽职"具备更鲜明的亲切感情色彩，表明袭人经历此事之后，服侍宝玉已不仅仅是职责所在，更有发自内心的情感的驱动。

第十三回，贾宝玉睡梦中听闻秦可卿去世，连忙爬起来——

> 只觉心中似戳了一刀的不忍（舒列2本作"忍不住"，程乙2本作"不觉"），哇的一声，直奔（戌本作"喷"）出一口血来。 庚[①]

舒列2本"忍不住"和程乙2本的"不觉"，在断句时都无法与其后"哇的一声"构成搭配，"不忍"和"忍不住"都比"不觉"更能表现宝玉悲痛的程度之深。

"奔"字更能生动地印证"忍不住"，较"喷"更好。

袭人等看到宝玉吐血，十分惊慌，要回禀贾母请大夫，这时宝玉的反应是——

> 宝玉笑（杨觉程乙4本无此字）道："不用忙，不相干，这是急火攻心（舒本作'一点儿急火攻心'），血不归经（舒本作'血不能归经的原故'）。" 庚[②]

贾宝玉在太虚幻境中，曾与警幻仙子之妹秦可卿成亲，被

---

① 冯其庸主编，红楼梦研究所汇校：《脂砚斋重评石头记汇校》，文化艺术出版社1987年版，第611页272.6—272.7栏；曹雪芹：《程乙本红楼梦》上册，中国书店2011年影印本，第75页。

② 冯其庸主编，红楼梦研究所汇校：《脂砚斋重评石头记汇校》，文化艺术出版社1987年版，第611页272.8栏；曹雪芹：《程乙本红楼梦》上册，中国书店2011年影印本，第75页。

授以云雨之事。可以说，贾宝玉对秦可卿是欣赏、敬重的。秦可卿的死，是宝玉第一次面对生命中美好女性的死亡，如何能"笑"得出来？"笑"字显然不符合贾宝玉个性特征。

"急火攻心""血不归经"比"一点儿急火攻心""血不能归经的原故"更简练。舒本"一点儿急火攻心"中的"一点儿"，减轻了宝玉焦急的程度，不为佳。

第十五回，秦可卿出丧，贾宝玉等去铁槛寺，中途停留在一农庄内。贾宝玉被名唤"二丫头"的女孩所吸引，饶有兴趣地看二丫头纺线。将要离开之际，诸本异文作：

> 一时上了车，出来走不多远，只见迎头二丫头怀里抱着他小兄弟，同着几个小女孩子说笑而来（乙本作"同着两个小女孩子，在村头站着瞅他"）。宝玉恨不得下车跟了他去，料是众人不依的，少不得以目相送（觉程2本作"宝玉情不自禁，然身在车上，只得以目相送"，乙本作"宝玉情不自禁，然身在车上，只得眼角留情而已"），争奈车轻马快（觉程乙3本无此6字），一时展眼无踪（觉本作"电卷风驰，回头已无踪"，乙本作"电卷风驰，回头已无踪迹了"）。　庚①

小说前文交代，宝玉对二丫头颇为留意，好奇地看二丫头纺线。当二丫头被叫走时，宝玉感到怅然无趣，可见他对二

---

① 冯其庸主编，红楼梦研究所汇校：《脂砚斋重评石头记汇校》，文化艺术出版社1987年版，第702—703页308.6—308.9栏；曹雪芹：《程乙本红楼梦》上册，中国书店2011年影印本，第85页。

丫头这样一个纯洁天真的乡村少女的向往，同样不是一种占有欲，而是内心深处对美好女性的关爱，故"恨不得下车跟了他去"比"情不自禁""眼角留情"更符合宝玉的性格逻辑。

"同着几个小女孩子说笑而来"这一画面是很自然、很生活化的，读者仿佛看到了乡村少女的青春灵动之态，从而能够更加理解宝玉此时的不舍。尽管二丫头触动了宝玉对纯洁女孩的关爱，但二丫头并没有显示出对宝玉的好奇。二丫头若是"在村头站着瞅他"，似乎对宝玉也颇有兴趣，甚至要刻意吸引宝玉注意。两相比较，"同着几个小女孩子说笑而来"给读者留下的想象空间更大。

第十九回，在东府听戏的宝玉，忽然想起一幅挂在东府书房中的美人图，恐美人寂寞，前去望慰，却不巧撞见书童茗烟在和一个女孩幽会。女孩逃走后，宝玉询问茗烟女孩子的年龄。茗烟不知，宝玉就感慨道：

> "连他的岁属也不问问，别的自然越发不知了（乙本作'就作这个事'）。可见他白认得你了。可怜，可怜（府戚3本无此二字）！" 庚①

第一处异文当中，庚卯杨府戚舒觉程列10本文字略同，乙本"就作这个事"过于直白，而10本文字更能流露出宝玉对女孩的同情以及对茗烟草率行为的不满，同理，重复感叹"可怜"更佳。

---

① 冯其庸主编，红楼梦研究所汇校：《脂砚斋重评石头记汇校》，文化艺术出版社1987年版，第941—942页406.5—406.6栏；曹雪芹：《程乙本红楼梦》上册，中国书店2011年影印本，第110页。

当听闻茗烟说女孩叫"卍①儿",且名字的来历奇特时,宝玉——

> 听了笑道:"真也新奇,想必他将来有些造化。(乙本作:'想必他将来有些造化,等我明儿说了给你作媳妇好不好?')"说着,沉思一会(乙本作"茗烟也笑了")。 庚②

10本中的宝玉与乙本中的宝玉判若两人:前者仅是因为"卍儿"这一名字新奇而发笑,"沉思一会"更是作者的有意留白,把宝玉对茗烟与卍儿一事的挂怀藏于字面之下;后者文字中宝玉发笑,更多出于对茗烟与卍儿轻蔑的调侃,要给茗烟说媳妇一语也和上文宝玉对茗烟的责备态度相左。故乙本文字不为佳。

第二十五回,王子腾夫人寿诞后,宝玉回至王夫人处。王夫人见他喝多了酒,就叫宝玉躺下,叫彩霞来拍着。宝玉要和彩霞说笑,而彩霞因对在一旁的贾环有意,故只看着贾环,不理睬宝玉。"宝玉便拉他的手笑道:'好姐姐,你也理我理儿呢。'"③然后——

> 一面说,一面拉她的手(戊本无此9字,列本作"一

---

① 佛教符号,音"wàn"。

② 冯其庸主编,红楼梦研究所汇校:《脂砚斋重评石头记汇校》,文化艺术出版社1987年版,第944页407.4—407.5栏;曹雪芹:《程乙本红楼梦》上册,中国书店2011年影印本,第111页。

③ 曹雪芹著,无名氏续,程伟元、高鹗整理,中国艺术研究院红楼梦研究所校注:《红楼梦》,人民文学出版社2008年版,第336页。

面说，一面拉他的手只往衣内放"）。　　庚[1]

宝玉与彩霞玩笑以至于出现拉手的举动，对于二人的身份以及宝玉向来对女孩们的态度而言亦属合理，但列本较他本多出的宝玉将彩霞的手"只往衣内放"的描写，却让宝玉与纨绔子弟之流没有区别，故列本文字不为佳。

宝钗的美貌，也曾对宝玉产生过吸引。比如，小说第二十八回写宝钗把自己佩戴的红麝串褪下给宝玉看时，宝玉看着宝钗雪白的酥臂，心中——

　　暗暗想道："这个膀子要长在林妹妹身上，或者还得摸一摸（觉本无此15字），偏生长在他身上。"……再看看宝钗形容……比林黛玉另具（舒本作'别具'）一种妩媚风流，不觉就呆了。　　庚[2]

庚戌府戚舒程7本中"要长在林妹妹身上，或者还得摸一摸"一语，表现出宝玉虽然对宝钗与黛玉都有好感，但对黛玉的感情是特殊的，潜台词是：尽管宝钗的手臂极有吸引力，但毕竟是宝钗而非黛玉，因此不能摸。可见，宝玉虽对女孩们有泛爱之情，但与宝钗相处时又有分寸感。觉本不见此处文字，不为佳。

---

① 冯其庸主编，红楼梦研究所汇校：《脂砚斋重评石头记汇校》，文化艺术出版社 1987 年版，第 1294 页 561.4—561.5 栏；曹雪芹：《程乙本红楼梦》上册，中国书店 2011 年影印本，第 149 页。

② 冯其庸主编，红楼梦研究所汇校：《脂砚斋重评石头记汇校》，文化艺术出版社 1987 年版，第 1515—1516 页 655.5—655.7 栏；曹雪芹：《程乙本红楼梦》上册，中国书店 2011 年影印本，第 174 页。

"别具"较"另具"带有更浓郁的赞美、喜爱的感情色彩,"别具"一词还让后文宝玉"不觉就呆了"这一反应更为合理。

第三十回,贾宝玉痴看龄官流泪画"蔷"字,心有所感。小说写道:

> 只见这女孩子眉蹙眼颦(杨本作"眉黛春山,眼颦秋水",府戚舒程列乙7本作"眉蹙春山,眼颦秋水",觉本作"眉感春山,眼颦秋水"),面薄(列本作"白")腰纤,袅袅婷婷,大有林黛玉之态。宝玉早又不忍弃他回去,只管痴(杨本作"呆")看。 庚[①]

《红楼梦》第三回,作者描写宝黛初会的场景时,曾透过宝玉的视角,形容林黛玉的眉眼是"两湾似蹙非蹙罥烟眉"[②];此处文字表现龄官"大有林黛玉之态",则也应具有"眉蹙"的特征。7本中的"眉蹙春山,眼颦秋水"较庚本的"眉蹙眼颦"不仅更具形象色彩,且带有鲜明的赞美、喜爱的感情色彩。

龄官具有林黛玉之态,故"面薄"较"面白"更为准确,也更具备怜爱的感情色彩。

"呆看"只是单纯的神态描写,"呆"字所能够传达的感

---

① 冯其庸主编,红楼梦研究所汇校:《脂砚斋重评石头记汇校》,文化艺术出版社 1987 年版,第 1609 页 698.3—698.4 栏;曹雪芹:《程乙本红楼梦》上册,中国书店 2011 年影印本,第 187 页。
② 曹雪芹著,无名氏续,程伟元、高鹗整理,中国艺术研究院红楼梦研究所校注:《红楼梦》,人民文学出版社 2008 年版,第 49 页。

情极为有限。与之不同，"痴看"则能够让读者透过贾宝玉的神态，洞察其此时此刻的情绪起伏：由于亲眼看见龄官流泪，心生"不忍"，似乎自己的内心也能够体会龄官对贾蔷的眷恋之情。

宝玉此时心想：

> "这女孩子一定有什么话说不出来的大（杨乙2本无此字）心事，才这样个形景。外面既是这个形景，心里不知怎么熬煎（程列乙3本作'熬煎呢'）。看他的模样儿这般单薄，心里那里还搁的住熬煎。可恨（舒本作'可惜'）我不能替他（杨府戚舒觉程列乙9本皆作'替你'）分些过来。"　庚①

"大心事""心里不知怎么熬煎呢"以及"替你分些过来"，都能更好地强化宝玉此时对龄官的关切之情；"可恨""可惜"都能传达宝玉的怜香惜玉之情。

"替他"较"替你"更符合此时宝玉旁观者的视角。

第三十四回宝玉挨打后，宝钗前来探视。宝玉听闻宝钗的话"如此亲切稠密，竟大有深意"②，又见宝钗脸红、低头、弄衣带的情态，各版本对此时宝玉的感受描写存在差异：

> 那一种娇羞怯怯，非可形容得出者，不觉心中大

---

① 冯其庸主编，红楼梦研究所汇校：《脂砚斋重评石头记汇校》，文化艺术出版社1987年版，第1611—1612页699.3—699.5栏；曹雪芹：《程乙本红楼梦》上册，中国书店2011年影印本，第187页。

② 曹雪芹著，无名氏续，程伟元、高鹗整理，中国艺术研究院红楼梦研究所校注：《红楼梦》，人民文学出版社2008年版，第449页。

畅（程本作"姣羞怯怯，竟难以言语形容，越觉心中感
动"，乙本作"软怯娇羞，轻怜痛惜之情，竟难以言语形
容，越觉心中感动"），将疼痛早丢在九霄云外，心中自
思："我不过捱了几下打，他们一个个就有这些怜惜悲感
之态露出，令人可玩可观，可怜可敬（程乙2本作'可亲
可敬'）。"　庚①

庚卯杨府戚舒觉列9本"心中大畅"相比程乙2本"心中感
动"，词义程度更深，能够更好地突出得到宝钗牵挂怜惜时宝
玉内心强烈的快感。2本文字在语意层面与9本差异不大，但是
"心中感动"相比"心中大畅"稍显逊色。综合分析，应以9
本文字为佳。

"可亲可敬"一语理性抽象，"可玩可观，可怜可敬"才
更符合男性在欣赏女性神态之美时的心理情感。

第三十五回，玉钏因金钏之死，见到宝玉仍满面怒色，宝
玉对玉钏心有愧疚，仍用温和态度予以体贴，使得玉钏态度发
生转变。此处情节，各本异文作：

那玉钏儿先虽不喜（卯杨觉列4本作"不欲"，舒本
作"不欲答理"，程乙2本作"不欲理他"，府戚3本作
"不悦"），只管见宝玉一些性子没有，凭他怎么丧谤，
他还是温存和气（杨舒列3本独作"和悦"），自己到不好

---

① 冯其庸主编，红楼梦研究所汇校：《脂砚斋重评石头记汇校》，文
化艺术出版社1987年版，第1759页766.8—766.10栏；曹雪芹：《程乙2本
红楼梦》上册，中国书店2011年影印本，第208页。

意思的了，脸上方有几分喜色（卯府戚乙5本作"有三分喜色"，杨舒列3本作"有了三分喜色"，觉程2本作"有三分喜气"）。 庚[1]

"不欲"一词表义不完整；"不悦""不喜"都表反感，因后文用"喜色"一词，故"不喜"为妥，"不欲答理""不欲理他"不为佳。

"和悦"带有喜悦的感情色彩，而宝玉明知玉钏此时的态度是因姐姐金钏之死而起，故对她怀有愧疚之情，此时若表现出喜悦，更对玉钏造成刺激，显得宝玉对其毫不体贴，不符合宝玉的性格逻辑。故"和气"更符合整个语境的色彩倾向。

"喜色"较"喜气"用来形容表情更贴切，除觉程2本外，其他各本的文字都相对合理。

第四十四回，王熙凤发现贾琏与鲍二媳妇的奸情，连累平儿受气挨打。在宝玉看来，平儿是一个"极聪明极清俊的上等女孩儿"[2]，挨打后的平儿来到怡红院，宝玉得以稍尽怜惜照拂之心，因此深感自己得到了意料之外的快乐。事后，平儿的遭遇更引得宝玉流泪痛惜：

> "今儿还遭荼毒，想来此人薄命，比黛玉犹甚（程乙2本作'也就薄命的很了'）"。想到此间，便又伤感起

---

① 冯其庸主编，红楼梦研究所汇校：《脂砚斋重评石头记汇校》，文化艺术出版社1987年版，第1848页800.7—800.8栏；曹雪芹：《程乙本红楼梦》上册，中国书店2011年影印本，第219页。

② 曹雪芹著，无名氏续，程伟元、高鹗整理，中国艺术研究院红楼梦研究所校注：《红楼梦》，人民文学出版社2008年版，第593页。

来，不觉凄然泪下（府戚觉4本作"不觉洒然泪下"）。因见袭人等不在房内，尽力落了几点痛泪。（程乙2本无"不觉"至"痛泪"一节）　庚①

怜香惜玉是宝玉一贯的性格特点。此处宝玉以黛玉身世比平儿，更显出其对平儿遭遇的感伤、同情。

"凄然"较"洒然"具备更浓郁的悲伤感情色彩。

该节最后17字中的"尽力""痛泪"，都起到了强化贾宝玉此时悲凉情绪的作用，故相比程乙2本为好。

第六十二回，宝玉拿袭人的裙子，让香菱换下脏裙，同时心想：

> "可惜这么一个人，没父母，连自己的本姓都不知道（卯杨戚列乙6本作'都忘了'，府觉程3本作'也忘了'），被人拐出来，偏又卖给了这个霸王。"因又想起上日平儿也是意外想不到的，今日更是意外之意外（杨本作"意外"）的事了。　庚②

庚本"都不知道"一语较他本文字的语义程度更深，更好。

宝玉尽心平儿一事已经是意外，如今能够帮助香菱换裙，自然属于"意外之意外"，故杨本"意外"不为佳。

---

① 冯其庸主编，红楼梦研究所汇校：《脂砚斋重评石头记汇校》，文化艺术出版社1987年版，第2357页1017.9—1018.1栏；曹雪芹：《程乙本红楼梦》上册，中国书店2011年影印本，第281页。

② 冯其庸主编，红楼梦研究所汇校：《脂砚斋重评石头记汇校》，文化艺术出版社1987年版，第3481—3482页1479.7—1480.1栏；曹雪芹：《程乙本红楼梦》上册，中国书店2011年影印本，第414页。

第七十七回，抄捡大观园一事发生之后，丫鬟司棋被逐，见到宝玉，苦苦哀求，但宝玉亦无计可施。目睹司棋被几个媳妇拉走后，宝玉——

> 又恐他们去告舌，恨（戚本作"急"）的只拿眼睛瞪着（杨府戚觉程列乙8本作"瞪着"）他们……恨道："奇怪，奇怪，怎么这些人只一嫁了汉子，染了男人的气味，就这样混账起来，比男人更可杀了！"守园门的婆子听了……因问道："这样说，凡女儿个个是好的了，女人个个是坏的了？"宝玉点头（乙本作"发狠"）道："不错，不错（府戚3本作'也不错，也不错'）！" 庚[①]

戚本"急"字更符合此处情境中宝玉的情态。从全段来看，宝玉先"急"再"恨"，语势不断加强，呈现出曲折变化。若开头就用"恨"字，紧接"恨道"，就缺少这种效果，故"急"为好。

"拿眼睛瞪着"较"瞪着"更形象。

乙本"发狠"能更好地承接从"急"到"恨"进而"发狠"的情绪变化，较他本的"点头"能更直观地表现出宝玉此时的情态。

"也不错，也不错"中"也"表让步，语气较为缓和；而"不错，不错"则语气更肯定、急切，能更好地强调宝玉对"女儿个个是好的，女人个个是坏的"一语的赞同。

[①] 冯其庸主编，红楼梦研究所汇校：《脂砚斋重评石头记汇校》，文化艺术出版社1987年版，第4544—4545页1902.1—1902.5栏；曹雪芹：《程乙本红楼梦》下册，中国书店2011年影印本，第524页。

第二节 增写："情情"的黛玉与抑情的宝钗

在金陵十二钗正册中，宝钗与黛玉合为一幅图，似乎意味着二人合体方为完美。但在小说中，宝玉对宝钗、黛玉的感情性质并不相同，三人也没有像前代"才子佳人"小说那样以"二美兼收"的大团圆收场。贾宝玉对宝钗流露出的喜爱之情与对黛玉的钟情，都统一于宝玉痴情的性格逻辑。虽然宝黛爱情是情节发展的重要线索，作者也并没有把宝钗简单地写成是黛玉的陪衬，而是通过建构两位女性形象各具美感的性格逻辑，以鲜明的差异构成修辞张力，为读者带来丰富的审美体验。薛宝钗一心遵从儒家道德规范对于女性情感的约束，感情压抑不外露；黛玉却将全部感情乃至生命付与爱情，其极端化的言行，也是对宝黛二人身处的儒家传统规范支配下的语境的无声冲击。对相关的异文进行比较研究，应力求寻找到能够提高处于对立修辞设置的黛钗各自性格逻辑话语审美价值的文字。

一、为情喜悲：林黛玉的审美逻辑

不同于以往只一味通过相思成疾来体现专情的佳人形象，林黛玉虽然有"还泪"的前世姻缘命运以及与生俱来的不足之症，但小说为表现其情感的极端化，除了描写黛玉流泪，还多次描写黛玉冷笑。有学者通过统计，发现在120回版《红楼梦》中，作者描写黛玉之哭有20次，但写黛玉之笑则多达44次，提出在黛玉的"笑"中，以其"冷笑"最为震撼人心。[①]在宝黛二人单独交流的语境中，黛玉伤心落泪，多出现于二人话语受阻或话语信息不足造成的试探、冲突中。当语境中有宝钗、湘云等其他女性在场，黛玉心中又不免嫉妒、怀疑、感伤时，这些特殊的感情就被黛玉隐藏于"冷笑"之下，甚至是表面上呈现赞美、褒义感情色彩的话语之中。通过对相关异文进行比较，分析出能够突出黛玉的言不由衷的文字，将有助于凸显黛玉内心深处受压抑的伤感、痛苦，人物形象的审美价值就会越高。下文将从"黛玉流泪"和"黛玉冷笑"两个方面进行相关异文的比较研究。

（一）黛玉流泪

第十七回，林黛玉误以为贾宝玉将自己所做的荷包给了别人。小说接着写道：

> 说毕，赌气（觉程乙3本作"生气"）回房，将前日宝玉所烦他做的那个香袋儿——才做了一半（觉程乙3本无此5字）——赌气（觉程乙3本无此2字）拿过来（觉程乙3本作"拿起剪子来"）就铰。宝玉见他生气，便知不妥（觉程乙3本无此3字），忙（舒本无此字）赶过来，早剪破了。　庚[②]

---

① 涂小丽：《林黛玉的哭与笑》，载《文史知识》2012年第11期。

② 冯其庸主编，红楼梦研究所汇校：《脂砚斋重评石头记汇校》，文化艺术出版社1987年版，第859—860页373.7—373.9栏；曹雪芹：《程乙本红楼梦》上册，中国书店2011年影印本，第102页。

庚卯杨府戚舒列8本的"赌气"相比觉程乙3本的"生气",更增添了任性的意味,这与林黛玉一贯的性格特征更为统一,亦增强了此处剪香袋这一动作的表现力。

"才做了一半"和第2个"赌气"都没有保留必要。如果是做好了又铰,则更能强化黛玉生气的程度之深,故无须以"才做了一半"作为补充说明;写黛玉拿过香袋就铰时,再重复用"赌气"一词,显得多余。

"拿过来"较"拿起剪子来"显得黛玉的动作果断决绝,效果更好。

觉程乙3本无"知不妥"更好,宝玉此时对黛玉的关切心情,读者可以通过联想对空白进行填补;"忙"字保留为好,强化了宝玉对黛玉此时的关切。这种关切越是明显,越是与此时不顾宝玉感受、执意剪了香袋的林黛玉拉开了心理距离。当发现贾宝玉并未将荷包送人且十分珍重此物时,黛玉——

自悔莽撞,未见皂白(觉程乙3本无此4字),就铰了香袋,因此又愧又气(觉程乙3本无此6字),低头一言不发……越发气起来,声咽气堵,又汪汪的滚下泪来(觉程乙3本作"越发气得哭了"),拿起荷包来又要铰。 庚①

觉程乙3本无"未见皂白""又愧又气",以及"越发气得哭了"都较他本更好。因开头已点明黛玉之"悔",觉程乙3本

---

① 冯其庸主编,红楼梦研究所汇校:《脂砚斋重评石头记汇校》,文化艺术出版社1987年版,第861—862页374.4—374.7栏;曹雪芹:《程乙本红楼梦》上册,中国书店2011年影印本,第102页。

在此之后对黛玉神态、动作的描写足以使读者通过联想填补出黛玉的自愧自责心理。故该节异文以觉程乙3本文字为好。

第二十回，黛玉因嫉妒湘云而生气，宝玉前来安慰，未等宝玉开口，黛玉便哭了起来：

> 林黛玉见了，越发抽抽噎噎（戚序本作"哽哽噎噎"，乙本作"抽抽搭搭"）的哭个不住……只见黛玉先说道："你又来作什么？（觉程乙3本后接'死活凭我去罢了'）横竖如今有人和你顽，比我又会念，又会作，又会写，又会说笑，又怕你生气拉了你去，你又作什么来？死活凭我去罢了（觉程乙3本无此7字）！"　庚①

"抽抽噎噎"和"抽抽搭搭"都是象声词，相比"哽哽噎噎"，都更具听觉形象色彩，但"抽抽噎噎"似有因过度悲伤而声音受阻之感，较"抽抽搭搭"似更好。

黛玉刻意自我贬低，又两次反问宝玉"作什么来"，充分表达了自己心中的委屈、不满，以此为前提，再出现"死活凭我去罢了"一语就更为合理。故庚卯杨府戚舒列8本将此7字置于句末，较觉程乙3本的处理更好。

第二十六回，黛玉来到怡红院找宝玉，园内丫鬟没听出是黛玉，将其拒之门外。黛玉误以为是自己惹恼了宝玉，又听到宝钗、宝玉二人的笑语声，因此伤感不已，再次哭了起来。作者描写道：

---

① 冯其庸主编，红楼梦研究所汇校：《脂砚斋重评石头记汇校》，文化艺术出版社1987年版，第1050—1051页450.9—451.2栏；曹雪芹：《程乙本红楼梦》上册，中国书店2011年影印本，第121页。

原来这林黛玉秉绝代姿容，具希世俊美，不期这一哭，那附近柳枝花朵上的宿鸟栖鸦一闻此声，俱忒楞楞飞起远避，不忍再听。（杨本无此节文字）　庚①

此处作者描写宿鸟被惊起是因"不忍再听"黛玉哭泣，为这节具备画意的文字增添了非现实主义的一笔，同时从侧面烘托出黛玉之哭的动人。故应依庚戌府戚舒觉程列乙10本，保留此节文字。

第四十五回，黛玉得宝钗病中探望，宝钗走后，黛玉又羡慕宝钗有母兄。

一面又想宝玉虽素习和睦，终有嫌疑……不觉又滴下泪来。直到四更将阑（觉程乙3本无此2字），方渐渐的睡了（程乙2本作"睡熟了"）。　庚②

"四更将阑"较"四更"从时间来看更迟，表现出黛玉落泪时间之长、痛苦程度之深。

"睡熟了"暗示内心的平和，而很明显此时黛玉的内心应该是伤感不安的，所以"睡了"为妥。

第五十七回，紫鹃在宝玉因自己的试探犯了"痴病"后，劝说黛玉应当为自己终身大事考虑，趁贾母身体尚硬朗之时，

---

① 冯其庸主编，红楼梦研究所汇校：《脂砚斋重评石头记汇校》，文化艺术出版社1987年版，第1400页603.7—603.8栏；曹雪芹：《程乙本红楼梦》上册，中国书店2011年影印本，第160页。

② 冯其庸主编，红楼梦研究所汇校：《脂砚斋重评石头记汇校》，文化艺术出版社1987年版，第2438—2439页1050.7—1050.10栏；曹雪芹：《程乙本红楼梦》上册，中国书店2011年影印本，第289页。

作定此事。听了此番话的黛玉：

> 直泣了一夜，至天明（府本独作"直笑到天明"）方打了一个盹儿。　庚①

府本"直笑到天明"用于此处明显破坏了整个语境的色彩倾向，不为佳。

另外，后文庚卯杨戚列6本写薛姨妈戏言要将黛玉定与宝玉，听到这番话的婆子们的反应是②：

> 婆子们因也笑道："姨太太虽是顽话，却倒也不差呢。到闲了时和老太太一商议，姨太太竟做媒保成这门亲事是千妥万妥的。"薛姨妈道："我一出这主意，老太太必喜欢的。"（府觉程乙4本无此节文字）　庚③

联系小说后文内容，并没有出现薛姨妈撮合宝黛二人的文字，或可认为此处仅是薛姨妈未经郑重考虑的玩笑话。这样一来，黛玉对宝玉情感的执着，与这种感情无人主张的客观现实之间的矛盾更为突出，为黛玉最终含恨走向死亡结局提供了更为充分的前提条件。故此节文字保留为好。

（二）黛玉冷笑

黛玉对宝玉的爱及其性格中的自尊敏感，让她面对宝钗、

---

① 冯其庸主编，红楼梦研究所汇校：《脂砚斋重评石头记汇校》，文化艺术出版社1987年版，第3159页1351.2栏；曹雪芹：《程乙本红楼梦》上册，中国书店2011年影印本，第376页。

② 6本文字有少许差异，此处为庚本写法。

③ 冯其庸主编，红楼梦研究所汇校：《脂砚斋重评石头记汇校》，文化艺术出版社1987年版，第3187—3188页1362.2—1362.4栏。

湘云时，会通过"冷笑"和表面带有褒义、喜悦色彩的尖酸刻薄的话语，来掩饰心中的嫉妒与猜疑。比如小说第二十一回，当黛玉听宝玉说自己编辫子用的珍珠少了一颗时，就冷笑着调侃宝玉，话语之间怀疑宝玉将珠子赠予了他人。在读者看来，黛玉充满褒义、喜悦感情色彩的话语，表面上使得话语交际顺利进行，并未爆发剧烈冲突，却能让黛玉的脆弱敏感与宝钗的温和冷静的反差更大。因此，在相关异文中，能更加突出黛玉话语表面上平静、褒义甚至喜悦的文字，便更能拉大黛玉心口不一的幅度。"泪"与"笑"共存，并没有违反人物性格逻辑统一的基本规律，因为，无论是忧伤还是刻薄，都统一于黛玉"情情"这一性格特征。同时，读者从黛玉的心口不一中，得以发现被黛玉隐藏在话语之下的对宝玉的痴情与专一。读者正是通过对人物内心深层次情感奥秘的洞察，感受其审美层面的魅力。

第七回，周瑞家的来给黛玉送宫花，当得知其他姑娘都已有了，本就寄人篱下的黛玉马上敏感起来。此时她的反应是：

黛玉冷笑道（舒本作"笑道"）："我就知道（舒本作'我知道'，乙本作'我就知道么'），别人不挑剩下的也不给我（戊本后接'替我道谢罢'5字）。"　庚①

"冷笑"较"笑"具有更鲜明的愠怒感情色彩，此时黛玉已经得知自己是最后拿到宫花的，自尊心受到了刺激。"冷

---

① 冯其庸主编，红楼梦研究所汇校：《脂砚斋重评石头记汇校》，文化艺术出版社 1987 年版，第 363 页 160.10 栏；曹雪芹：《程乙本红楼梦》上册，中国书店 2011 年影印本，第 44 页。

笑"更符合黛玉爱使"小性儿"的性格特征。

"我就知道"语气更重，而乙本语句句末的助词"么"则舒缓了语气，显得黛玉外柔内刚，虽然生气，也尽量不露声色。但从黛玉的性格特征来看，其为人处世并没有达到如此圆滑老练的程度，乙本此处的文字描写与黛玉的性格不够吻合。

舒列2本无"也"字，更通顺。

小说第十六回，贾宝玉欲将北静王所赠鹡鸰香串送给黛玉，黛玉却嫌弃是"臭男人"拿过的，没有接受。而在第二十九回，宝玉又表示要将一个麒麟送给黛玉，黛玉也表示自己并不稀罕。第三十四回，宝玉挨打后，托晴雯给黛玉送旧帕子。黛玉虽然心有所感并接受，但也只是对晴雯简短地回以"放下，去罢"[①]。可见，黛玉面对他人赠送物品，往往在回应对方时较为矜持、冷淡。此处文字，黛玉一心认为周瑞将其他姑娘挑剩的宫花留给自己，更不可能有道谢之意。故甲本独有的"替我道谢罢"一语，与黛玉历来的言语特征明显不符，不为佳。

第八回，宝玉正在宝钗处，黛玉也来了。见到宝玉在，黛玉十分介意——

> 黛玉笑（觉程乙3本无此字）道："早知他来，我就不来了。" 庚[②]

---

① 曹雪芹著，无名氏续，程伟元、高鹗整理，中国艺术研究院红楼梦研究所校注：《红楼梦》，人民文学出版社2008年版，第456页。

② 冯其庸主编，红楼梦研究所汇校：《脂砚斋重评石头记汇校》，文化艺术出版社1987年版，第413页182.8栏；曹雪芹：《程乙本红楼梦》上册，中国书店2011年影印本，第51页。

此处之"笑",构成了空白,读者能够利用想象进行填补,从中窥见黛玉隐秘的心理动作——或是猜忌,或是自己的猜测被证实而微笑,或是自认为洞察出宝玉的心理而得意,故有"笑"字为好。

宝钗听后表示不解。此时黛玉心中明明是猜忌他们三人,但却不与宝钗针锋相对,而是笑着作了一番解释:

> "要来一群都来,要不来一个也不来(乙本作'什么意思呢:来呢一齐来,不来一个也不来');今儿他来了(觉程乙3本无此字),明儿我再(府戚觉程乙6本无此字)来,如此间错开了来着(杨觉程列乙5本无此字,舒本作'看'),岂不天天有人来了?也不至于太冷落,也不至于太热闹了。姐姐如何反不解这意思(杨舒觉列程5本作'姐姐如何不解这意思',乙本作'姐姐有什么不解的呢')?" 庚①

"要来一群都来,要不来一个也不来;今儿他来了,明儿我再来,如此间错开了来着,岂不天天有人来了?"的表述,既清楚又简洁,"了""着"两个虚词的使用,也显得话语表面上更自然随意。

乙本"什么意思呢"和"姐姐有什么不解的呢"都为反问语气,前者语气带有过于明显的挑衅意味,且多余,后者语

---

① 冯其庸主编,红楼梦研究所汇校:《脂砚斋重评石头记汇校》,文化艺术出版社1987年版,第413—414页182.9—183.1栏;曹雪芹:《程乙本红楼梦》上册,中国书店2011年影印本,第51页。

气较生硬。庚卯戌府戚6本"姐姐如何反不解这意思"与杨舒觉程列5本"姐姐如何不解这意思"相比，语气更重，更显生硬。此处情节发生之时，正值宝钗进入贾府不久，在上下文语境中，黛玉也并未在与宝钗的言语交流中表现得尖酸，故依5本文字更合理。

紫鹃派丫鬟雪雁给黛玉送来手炉，黛玉便借此奚落宝玉听从宝钗之言不喝冷酒，对雪雁笑道：

"怎么他说了你就依，比圣旨还快些（戌乙2本作'还快呢'，府本作'还信些'，舒列2本作'还遵些'）！"　庚[①]

此处黛玉之"笑"和奚落雪雁的话，实际上是暗讽宝玉顺从宝钗。"还信些""还遵些"暗讽的是宝玉对宝钗之言的服从，而庚卯杨戚觉6本的"还快些"、戌乙2本的"还快呢"则暗讽宝玉遵从宝钗之言速度之快。"还快些"与"还快呢"在表达效果方面无明显差别，都属较好的文字。

第二十二回，因宝钗生辰，贾母摆家宴，定戏班唱戏，宝玉来到黛玉房中要拉她一起去看戏，还有意询问黛玉想看什么戏，黛玉听到后冷笑道：

"你既这样说，你（杨觉程列乙5本后接'就'，舒本后接'就该'）特叫一班戏来，拣我爱听的唱给我看。

---

① 冯其庸主编，红楼梦研究所汇校：《脂砚斋重评石头记汇校》，文化艺术出版社1987年版，第419—420页185.4—185.5栏；曹雪芹：《程乙本红楼梦》上册，中国书店2011年影印本，第52页。

这会子犯不上趁着人（杨程乙3本无此3字）借光儿问我。" 庚①

贾母为宝钗庆贺生日，敏感的黛玉产生自卑、伤感的情绪，自然又对本是体贴自己的宝玉一番讽刺。可见，黛玉此处话语应以绵里藏针、掷地有声者为佳，因为此类话语与其内心真实的脆弱情绪反差更大，更为动人。

"就"更有强调意味，"就该"则显得说教意味太重，且不够简练。

"趁着人"和"借光儿"语义相近，以"趁着人"为佳，因此语更能表现黛玉的伤感中还有嫉妒宝钗、猜忌宝玉的复杂心情。

看戏完毕后，湘云无意间道破唱戏的小旦像黛玉，黛玉眼见宝玉向湘云使眼色，又生猜忌，赌气回房。宝玉前来询问黛玉气恼的原因，黛玉冷笑道：

"问的我倒好（杨本作'呢'），我也不知为什么原故。我原是（戚2本作'该'）给你们取笑的，——拿我比戏子（杨府戚舒觉程列乙9本后接'给众人'）取笑。" 庚②

"问的我倒好"比"问着我呢"是更明显的反语，前者为佳；同理，"我原是给你们取笑的"更好。

① 冯其庸主编，红楼梦研究所汇校：《脂砚斋重评石头记汇校》，文化艺术出版社1987年版，第1119—1120页487.4—487.5栏；曹雪芹：《程乙本红楼梦》上册，中国书店2011年影印本，第130页。

② 冯其庸主编，红楼梦研究所汇校：《脂砚斋重评石头记汇校》，文化艺术出版社1987年版，第1133—1134页492.9—493.1栏；曹雪芹：《程乙本红楼梦》上册，中国书店2011年影印本，第131页。

"给众人"三字多余，语义显得拖沓。

第二十八回，黛玉被怡红院的丫鬟们拒之门外，误以为是宝玉故意不开门，因此生气。经过宝玉一番赌咒、解释后，作者写道：

> 黛玉道："你的那些姑娘们也该教训教训，只是我论理不该说（府本作'你的那些姑娘们也该说'）。今儿得罪了我的事小，倘或明儿宝姑娘来，什么贝姑娘来，也得罪了，事情不大了（杨戌府戚舒觉程列9本作'事情岂不大了'，乙本作'事情可就大了'）。"说着抿着嘴笑。　庚①

一开始，黛玉有意放低姿态，且表面上是指责丫鬟们，实际是为话语中的调侃铺垫。庚杨戚舒觉程列乙9本开头的两句话，语气更委婉，府本文字显得过于直白。

"宝姑娘""贝姑娘"，实则是黛玉对宝玉、宝钗亲密关系的调侃。"抿着嘴笑"这一神态描写，露出黛玉的尖酸。乙本"事情可就大了"，比"事情不大了"和"事情岂不大了"语气更重，能更好地表现黛玉此时的尖酸刻薄。

《红楼梦》第二十九回，贾母看到清虚观张道士赠送宝玉的物品当中有个麒麟，就说起记得姑娘当中有人也有麒麟。宝钗提醒贾母，说史湘云也有一个麒麟。探春笑道："宝姐姐有心，不管什么他都记得。"②黛玉听了——

---

① 冯其庸主编，红楼梦研究所汇校：《脂砚斋重评石头记汇校》，文化艺术出版社1987年版，第1460页633.3—633.5栏；曹雪芹：《程乙本红楼梦》上册，中国书店2011年影印本，第168页。

② 曹雪芹著，无名氏续，程伟元、高鹗整理，中国艺术研究院红楼梦研究所校注：《红楼梦》，人民文学出版社2008年版，第399页。

《红楼梦》版本异文修辞诗学研究

冷笑（舒本作"笑"）道："他在别的上还有限，惟有这些人带的东西上越发留心（乙本作'他才是留心呢'）。" 庚①

宝玉与湘云都有麒麟，黛玉心中又介意起来，故"冷笑"较感情色彩不明显的"笑"更好。乙本"他才是留心呢"语气太过平和，"越发留心"更好。

第三十一回，宝玉赞湘云会说话，而黛玉却仍未忘记湘云有金麒麟，正与宝玉之玉构成"金玉之配"一事。

林黛玉听了，冷笑（列本无此2字）道："他不会说话，他的金麒麟会说话（卯杨府戚舒觉列8本作'他的金麒麟也会说话'，程乙2本作'就配戴金麒麟了'）。" 庚②

黛玉因宝玉赞美湘云而产生嫉妒猜忌心理，有"冷笑"一词表达效果更好。

庚本与卯杨府戚舒觉列8本、程乙2本中黛玉的话，都是对真实情绪的压抑，但程乙2本的表述较为生硬，独庚本"他的金麒麟会说话"，表述生动简洁，黛玉嘲讽之"毒"得以更好地体现。

二、温和世故：薛宝钗的行事规范

林黛玉与薛宝钗是小说着力刻画的围绕在贾宝玉身边的

---

① 冯其庸主编，红楼梦研究所汇校：《脂砚斋重评石头记汇校》，文化艺术出版社1987年版，第1554页672.9栏；曹雪芹：《程乙本红楼梦》上册，中国书店2011年影印本，第180页。
② 冯其庸主编，红楼梦研究所汇校：《脂砚斋重评石头记汇校》，文化艺术出版社1987年版，第1660页723.7—723.8栏；曹雪芹：《程乙本红楼梦》上册，中国书店2011年影印本，第194页。

"二美"。相比黛玉，宝钗对宝玉并未表现出暧昧情愫，主导薛宝钗言行的并非"情"字，而是对封建传统的、现实语境的斟酌与适应。同样是出身名门的佳人薛宝钗，显得温和世故，主要表现在稳重得体又颇具成为未来贾府少奶奶的才干，但她却终难成为贾宝玉心中所爱。林黛玉与薛宝钗各不相同的修辞话语，在小说中有互为镜像的审美效果。宝钗越显温和世故，与贾宝玉这个情痴的心理错位越是明显，与林黛玉的情感逻辑审美话语的区别越显突出。相比以往更多起到陪衬或协助作用的"配角"佳人形象，薛宝钗获得的独特审美价值也就更多。

（一）宝钗的稳重得体

第二十二回，薛宝钗生辰，贾母问她爱听何戏，爱吃何物。对此，宝钗的回应极力从贾母的需要出发：

> 宝钗深知贾母年老人，喜热闹戏文，爱吃甜烂之食，便总依贾母往日素喜者（杨觉程乙4本作"素喜者"，府戚3本作"向日所喜者"，舒本作"素日喜者"，列本作"向日素喜者"）说了出来。贾母更加欢悦（杨乙2本作"更加喜欢"，觉本作"大欢喜"，程本作"更加欢喜"）。　庚①

杨觉程乙4本"素喜者"中的"素"意思是"素来、向来如此"，已经包含"往日"的意思，体现薛宝钗熟悉贾母喜好

---

① 冯其庸主编，红楼梦研究所汇校：《脂砚斋重评石头记汇校》，文化艺术出版社1987年版，第1117页486.4—486.6栏；曹雪芹：《程乙本红楼梦》上册，中国书店2011年影印本，第129页。

绝非一日，较他本更简洁。

"欢悦"较"喜欢""欢喜"，词义程度更深，能够更好地体现贾母此时因宝钗体贴的话语引发的愉快情绪。

看戏结束后，凤姐最先发现扮演小旦的孩子像林黛玉。心机深沉如凤姐，自然并未明说。宝钗也发现了，听到凤姐的话，她的反应是：

> 宝钗心里也知道，便只一笑不肯说（杨本作"却点头不说"，府戚3本作"便一笑不肯说"，觉程乙3本作"只点点头不说"）。　庚[1]

宝钗素来了解黛玉的性格，面对这一情景，自然低调处理。"只一笑不肯说"显然比"点头""点点头"更难以被人察觉，和湘云直接说出小旦像林黛玉的坦率举动反差更大，故此处以庚列2本文字为好。

第三十二回，当王夫人想给投井的金钏赶制衣服时，宝钗主动提出用自己新做的衣服给金钏穿。王夫人担心宝钗会有所忌讳，而宝钗——

> 笑道："姨娘放心（列本无此节文字），我从来不计较这些。"　庚[2]

---

[1] 冯其庸主编，红楼梦研究所汇校：《脂砚斋重评石头记汇校》，文化艺术出版社1987年版，第1127页490.5栏；曹雪芹：《程乙本红楼梦》上册，中国书店2011年影印本，第130页。

[2] 冯其庸主编，红楼梦研究所汇校：《脂砚斋重评石头记汇校》，文化艺术出版社1987年版，第1715页748.10栏；曹雪芹：《程乙本红楼梦》上册，中国书店2011年影印本，第201页。

可见，宝钗本人对忌讳之说并不在意，还笑着说"姨娘放心"，不仅解王夫人之忧，还达到了宽慰对方的效果。

"笑道"和"姨娘放心"两处文字都能传达出宝钗善解人意的性格特征，此处文字保留为佳。

宝钗常以体贴的态度对待长辈，且能控制自己的言行，避免与任何人发生冲突。面对黛玉偶尔显得刻薄的言辞，宝钗或"不去睬他"[1]，或"装没听见"[2]。即便是遇到足以引起愤怒的情况，宝钗在语境中也表现得极为克制。

第三十回，薛蟠生日，设酒席邀请贾府诸人看戏。宝玉听闻宝钗说自己怕热，便说："怪不得他们拿姐姐比杨妃，原来也体丰怯热。"[3]此言一出——

> 宝钗听说，不由的大怒（乙本作"登时红了脸"），待要怎样（乙本作"发作"），又不好怎样。回思了一回，脸红起来（乙本作"脸上越下不来"），便冷笑了两声，说道："我倒像杨妃，只是没一个（杨列2本作'没有个'，乙本作'没个'）好哥哥好兄弟可以作得杨国忠的！"　庚[4]

---

① 曹雪芹著，无名氏续，程伟元、高鹗整理，中国艺术研究院红楼梦研究所校注：《红楼梦》，人民文学出版社 2008 年版，第 124 页。

② 曹雪芹著，无名氏续，程伟元、高鹗整理，中国艺术研究院红楼梦研究所校注：《红楼梦》，人民文学出版社 2008 年版，第 399 页。

③ 曹雪芹著，无名氏续，程伟元、高鹗整理，中国艺术研究院红楼梦研究所校注：《红楼梦》，人民文学出版社 2008 年版，第 409 页。

④ 冯其庸主编，红楼梦研究所校注：《脂砚斋重评石头记汇校》，文化艺术出版社 1987 年版，第 1595 页 692.8—692.10 栏；曹雪芹：《程乙本红楼梦》上册，中国书店 2011 年影印本，第 185 页。

　　宝玉将宝钗比作杨贵妃，宝钗内心虽不悦，但也不会一触即发，情绪上应该有一个缓冲的过程。乙本中的宝钗先是"红了脸"，但不好发作，进而"脸上越下不来"，最终"冷笑"着讽刺宝玉，较庚杨府戚舒觉程列9本一开始就"不由的大怒"再"脸红"的表现更为合理，更能体现宝钗有意克制情绪。故以乙本文字为好。

　　宝钗暗讽贾宝玉的一句话中，乙本"没个"较"没一个""没有个"更口语化，更好。

　　后来，宝钗看到林黛玉面露得意之色，还问自己看了什么戏时，仍克制着内心不悦的情绪，有意不说，不明其意的宝玉说这是《负荆请罪》——

　　　　宝钗笑道："原来（杨本无此2字）这叫作《负荆请罪》！你们通今博古，才知道'负荆请罪'，我不知道什么是（戚本作'是什么'）'负荆请罪'！"　　庚①

　　宝钗说宝黛二人"通今博古"，属褒义贬用的反语辞格，故"原来"2字的保留更能突出自己不知道什么是"负荆请罪"，使反语辞格的表达效果更强。而戚本"是什么'负荆请罪'"会让话语接受一方以为是带有讽刺的反问，产生较强的刺激。"原来""什么是"两处异文之所以更佳，因为它们能表现宝钗用绵里藏针的方式传递贬义、讽刺的感情色彩，显出其极为善于掩饰自己内心。

---

　　① 冯其庸主编，红楼梦研究所汇校：《脂砚斋重评石头记汇校》，文化艺术出版社1987年版，第1598页693.9—694.1栏；曹雪芹：《程乙本红楼梦》上册，中国书店2011年影印本，第186页。

薛宝钗的稳重得体，还体现在她力求以封建社会传统规范要求自己、规劝他人。宝玉、湘云、黛玉等都曾受到宝钗的规劝。在第三十二回和第三十六回里，宝钗劝谏宝玉，希望他能走封建仕途经济的道路，宝玉对此极为反感。第三十二回，史湘云劝谏宝玉之后，宝玉又表现得十分厌恶。此时袭人对湘云提起宝钗劝谏宝玉后宝玉抬脚便走，此处文字越是强化袭人对宝钗的钦佩赞美以及对宝玉反应的不满，越能够通过袭人的视角强调宝玉、宝钗二人在世俗功利层面的心理冲突。袭人是这样评价宝钗的：

> "真真的（觉程乙3本无此3字）宝姑娘叫人敬重，自己讪（觉程乙3本作'过'）了一会子去了……谁知这一个反倒（舒本作'倒'）同他生分了。那林姑娘见你赌气不理他，你得赔多少不是呢（觉本作'恼了人赌气不理人，后来还得人赔多少不是'，程乙2本作'见他赌气不理，他后来不知赔多少不是呢'）。" 庚[①]

"真真的"更能强调袭人对宝钗发自内心的强烈赞美。

"讪"字更能准确写出宝玉与宝钗的心理距离造成的尴尬局面。

"反倒"较"倒"具有更鲜明的不满的感情色彩。

最后，袭人将宝钗与黛玉作比，其言外之意是：如果宝玉

[①] 冯其庸主编，红楼梦研究所汇校：《脂砚斋重评石头记汇校》，文化艺术出版社1987年版，第1689—1690页738.8—739.1栏；曹雪芹：《程乙本红楼梦》上册，中国书店2011年影印本，第198页。

以对待宝钗的态度对待黛玉，即也赌气不理黛玉，还需赔不是方可。此时话语接受者仍是湘云，故程乙2本的表述在湘云听来更加准确清楚，不会发生指向不明的情况。此处应以程乙2本文字为好。

第三十七回，围绕起诗社拟题一事，宝钗向湘云提建议，认为诗题勿过于新巧，还劝湘云道：

> "还是纺绩针黹是你我的本等。一时闲了，倒是于你我深有益（卯杨府戚程列乙8本作'于身心有益'，舒本作'心身有益'，觉本作'于身心上有益'）的书看几章（杨本作'几张'）是正经。" 庚①

宝钗的性格，决定了她在组织话语时都经过理性的思考。强调"身心"，更能表明宝钗全面、谨严地遵循着封建社会女子传统规范；"深有益"较"有益"强化了宝钗对自我观点的认同度，故戚本的"于身心深有益"较他本文字为好。在小说中，宝钗与湘云十分亲密，不仅帮助湘云拟题，因湘云家境拮据，还主动提出替湘云张罗做东一事，故庚本"于你我深有益"一语也有合理之处。

看书只看"几张"并不合理，"几章"为好。

第四十二回，林黛玉在行酒令时说了两句《牡丹亭》《西厢记》中的话，宝钗又对她进行了一番教导：

---

① 冯其庸主编，红楼梦研究所汇校：《脂砚斋重评石头记汇校》，文化艺术出版社1987年版，第1986页859.9—859.10栏；曹雪芹：《程乙本红楼梦》上册，中国书店2011年影印本，第235页。

"你我只该做些针黹纺绩的事才是，偏又认得了字，既认得了字（程本作'认得几个字'），不过拣那正经的看看也罢了，最怕见了这些个杂书（府戚3本作'最怕是见了这些杂书'，觉本作'最怕见这些杂书'，列本作'最怕见了那些杂书'，程乙2本作'最怕见些杂书'），移了性情，就不可救（府本作'究'）了。"　庚①

从话语主体薛宝钗的角度而言，程本"几个字"属于感情色彩的低用，这种低用是为了表示自谦，更符合宝钗一贯谦逊的话语风格，较为得体。但此处语境中，话语的接受者是黛玉，又以"你我"二字开始，故此时自谦便不妥。因此，"认得了字"更佳。

庚本"见了这些个杂书"较他本的表达更口语化，程乙2本"见些杂书"虽较简洁，但缺少了"这些个"给语境带来的贬义色彩。

"不可救"极言被杂书"移了性情"造成后果的严重，"不可究"表义不明。

从这番训诫也可以看出，宝钗这一人物的价值观与有着痴病的性情中人宝玉是存在明显"错位"的。

相比黛玉，宝钗沉稳的性情也表现在会主动对处于忧虑或困境中的他人表达体贴之心。如第三十二回，她为了劝说王夫

---

① 冯其庸主编，红楼梦研究所汇校：《脂砚斋重评石头记汇校》，文化艺术出版社1987年版，第2236—2237页969.4—969.9栏；曹雪芹：《程乙本红楼梦》上册，中国书店2011年影印本，第267页。

人不要为跳井的金钏自责，说金钏不过是个糊涂人，不必为她的死感到可惜。同样是在该回，当宝钗得知袭人劳烦湘云做鞋后，就对袭人笑道：

　　"你这么个明白人，怎么一时半刻的就不会体人情（卯杨府戚舒觉程8本作'体谅人情'，列乙2本作'体谅人'）。……那云丫头（程乙2本无此4字）在家里竟（杨本作'竟是'，觉程乙3本无此字）一点儿作不得主……差不多的东西多（戚舒程列乙6本作'都'）是他们娘儿们动手。……我再问他两句家常过日子的话，他就连眼圈红了（杨舒觉程列乙6本作'都红了'）……自然从小儿没爹娘（列本无此6字）的苦。我看着他，也不觉的伤起心来。"　　庚①

列乙2本"体谅人"已包含"体谅人情"之意，且该表述更明确，故应以列乙2本为好。

　　"竟是"和"竟"语义差别不大，都是为突出湘云在家无法做主一事给宝钗自己造成的触动之深。觉程乙3本独无表示程度的词语，不为佳。

　　"都"较"多"，涵盖的范围更广。日常用度全靠湘云母女自己张罗，更凸显出她们生计的艰难程度。

　　"都红了"中的"都"，更能强化宝钗对湘云深深的怜悯

---

① 冯其庸主编，红楼梦研究所汇校：《脂砚斋重评石头记汇校》，文化艺术出版社1987年版，第1704—1706页744.7—745.3栏；曹雪芹：《程乙本红楼梦》上册，中国书店2011年影印本，第200页。

同情。

宝钗意欲劝说袭人体谅湘云。"从小儿没爹娘"一语的保留，不仅使得句子通顺，也突出了湘云家境、处境的艰难，更能打动袭人，也更显得宝钗对湘云的身世十分了解，并对之予以关爱之情。

第三十七回，大观园起诗社，本应湘云做东。宝钗体谅湘云经济困难，主动提出替湘云做东，筹办螃蟹宴，还不忘充分保护湘云的自尊心，对湘云说了一番话。此处各版本异文如下：

> 宝钗又笑道："我是一片真心为你的话。你千万（乙本作'可'）别多心，想着我小看了你，咱们两个就白好了（觉本作'就别好了'，列本作'白好了'）……"庚①

"千万别多心"较"可别多心"语气更强烈，更好。

"就别好了"表述不准确。"就白好了"较"白好了"多了"就"，更加强调宝钗看重与湘云彼此要好的感情。

当宝玉"识分定"后，黛玉感念宝钗曾经规劝自己，又兼宝钗毫不介意自己的敏感多疑，一贯"小性儿"的黛玉十分感动，并对宝钗坦露心迹。

第四十五回，黛玉患病，宝钗前来探望，并在请医服药之事上关怀备至。林黛玉先是提及宝钗曾劝自己勿看《西厢记》

---

① 冯其庸主编，红楼梦研究所汇校：《脂砚斋重评石头记汇校》，文化艺术出版社1987年版，第1984页858.9—858.10栏；曹雪芹：《程乙本红楼梦》上册，中国书店2011年影印本，第235页。

一类杂书，对自己过去对宝钗的误会表示自责，又对宝钗表达了感激。当宝钗得知黛玉的顾虑是在贾府无依无靠，会被下人嫌弃之后，笑道："将来也不过多费得一副嫁妆罢了，如今也愁不到这里。"① 此处脂砚斋评宝钗道："又恳切，又真情，又平和，又雅致，又不穿凿，又不牵强。"② 最后，宝钗体贴地对黛玉说：

> "你放心，我在这里一日，我与你消遣一日。你有什么委屈烦难（列本作'委曲烦恼'），只管告诉我，我能解的，自然（府戚3本作'自'）替你解一日（府戚3本作'解一解'，觉程2本作'解'）……与你送几两，每日叫丫头们就熬了，又便宜，又不惊师动众（戚本作'劳师动众'）的。" 庚③

"烦难"较"烦恼"词义程度更重，且范围更宽——不仅包括烦恼，也包括难办之事，故"委屈烦难"为好。

"我在这里一日""我与你消遣一日""自然替你解一日"，连说三个"一日"，更能表现宝钗照顾黛玉的诚意。故"自然"和"解一日"为好。

薛宝钗劝林黛玉熬燕窝粥，黛玉顾虑婆子丫头会嫌自己多

---

① 曹雪芹著，无名氏续，程伟元、高鹗整理，中国艺术研究院红楼梦研究所校注：《红楼梦》，人民文学出版社 2008 年版，第 607 页。

② 曹雪芹原著，脂砚斋重评，周祜昌、周汝昌、周伦玲校订：《石头记会真》，海燕出版社 2004 年版，第 763 页。

③ 冯其庸主编，红楼梦研究所汇校：《脂砚斋重评石头记汇校》，文化艺术出版社 1987 年版，第 2420—2421 页 1043.3—1043.9 栏；曹雪芹：《程乙本红楼梦》上册，中国书店 2011 年影印本，第 287—288 页。

事,"惊师动众"和"劳师动众"都能传达宝钗对黛玉心中顾虑的体谅,二者均可。

通过宝钗的一番真诚的劝慰,时常因寄人篱下而敏感脆弱的黛玉也深受感动。虽然黛玉一贯"小性儿",多次猜忌宝玉与宝钗,此时也难掩内心对宝钗的感激,不禁感叹:"难得你多情如此。"①后文还交代,尽管当晚下着雨,宝钗却仍差了一个婆子送来了燕窝,黛玉"自在枕上感念宝钗"②。可见,宝钗并非冷酷无情之人,只是宝钗式的"多情"终究不能被宝玉所钟情罢了。

第六十七回,薛姨妈闻知尤三姐自尽、柳湘莲出走后,十分伤感。宝钗见状,对其进行一番宽慰。庚戌舒郑程5本缺此处文字,其他各本留存此处,但差异较大。此处引乙本为例,结合其他版本进行说明:

> 宝钗听了,并不在意,便说道:"俗语说的好,'天有不测风云,人有旦夕祸福'。这也是他们前生命定(戚觉列4本后接'活该不是夫妻'6字)。前日妈妈为他救了哥哥,商量着替他料理,如今已经死的死了,走的走了(府本作'走的走了',戚本作'妈所为的是因有救哥哥的一段好处,故谆谆感叹。如果他二人齐齐全全的,妈自然该替他料理,如今死的死了,出家的出了家了',觉

① 曹雪芹著,无名氏续,程伟元、高鹗整理,中国艺术研究院红楼梦研究所校注:《红楼梦》,人民文学出版社2008年版,第607页。
② 曹雪芹著,无名氏续,程伟元、高鹗整理,中国艺术研究院红楼梦研究所校注:《红楼梦》,人民文学出版社2008年版,第611页。

列2本作'妈所为的是因有救哥哥的一段好处，故谆谆感叹。如果他二人齐齐全全的，妈自然该替他料理，如今死的死了，出家的出家了'），依我说，也只好由他罢了。妈妈也不必为他们伤感了（戚觉3本后接'损了自己的身子'）……" 乙①

以宝钗的性格，在此处语境中的话语更应委婉，避免刺激到母亲的心理，故"活该不是夫妻"一语不符合其性格特征。

戚2本与觉列2本虽有字词出入，但语意相同。薛姨妈和宝钗都是在此处对话之后才听薛蟠说起柳湘莲跟着道士出了家，故戚觉列4本"出家"的说法不合情理。然而，4本此处的表述相比他本更口语化，且对薛姨妈的劝慰显得更为充分贴切，更符合宝钗这样一个懂事、体贴的女儿形象。

戚觉3本以"损了自己的身子"作结，同样也是宝钗体贴母亲的表现。

第五十七回，薛姨妈定了邢夫人的侄女邢岫烟与薛蝌的婚事，然而邢岫烟家道贫寒，不受邢夫人疼爱，在贾府生活窘迫。薛宝钗却对岫烟十分体贴，还暗中接济。当薛宝钗看到邢岫烟佩戴有探春送给她的一块碧玉佩时，庚卯杨戚列6本其后有宝钗一大段独白，此6本字词无明显差别，但与府觉程乙4本存在差异。下文以庚本为例简作分析：

宝钗点头笑（府程乙3本无此字）道："他见人人皆有，独你一个没有，怕人笑话，故此送你一个。这是他聪

---

① 冯其庸主编，红楼梦研究所汇校：《脂砚斋重评石头记汇校》，文化艺术出版社1987年版，第3792—3793页67.1.14—67.1.17栏；曹雪芹：《程乙本红楼梦》下册，中国书店2011年影印本，第446页。

明细致之处。但还有一句话你也要知道，这些妆饰原出于大官富贵之家的小姐，你看我从头至脚可有这些富丽闲妆？然七八年之先，我也是这样来的，如今一时比不得一时了，所以我都自己该省的就省了。将来你这一到了我们家，这些没有用的东西，只怕还有一箱子。咱们如今比不得他们了，总要一色从实守分为主，不比他们才是。（府觉程乙4本无此节文字）"　　庚①

庚卯杨戚觉列7本的"笑"字更显宝钗态度亲切。

庚卯杨戚列6本较府觉程乙4本多出一节文字，大意是，只因一块碧玉佩，薛宝钗就用近乎严厉的语气，极言邢岫烟佩戴碧玉佩是不妥当之举。而宝钗与邢岫烟交好已久，且邢岫烟为人雅重，即便生活有亏乏之处，也并不向他人张口。宝钗在6本文字中说"你看我从头到脚可有这些富丽闲妆""我都自己该省的都省了""将来你这一到了我们家，这些没有用的东西，只怕还有一箱子"等语，都分明是在自夸的同时，不顾及邢岫烟出身贫寒以及在贾府的生活也并不如意的状况，有意给对方造成心理刺激。这不但与薛宝钗"稳重和平"的性格特征不符，也与宝钗在话语交际中一贯具有的委婉心理相左。

（二）宝钗的理家之才

具备理家之才，能在家族事务语境中游刃有余，是宝钗与黛玉的另一区别。《红楼梦》第五十五回，凤姐卧病不能理

---

① 冯其庸主编，红楼梦研究所汇校：《脂砚斋重评石头记汇校》，文化艺术出版社1987年版，第3173—3175页1356.7—1357.3栏；曹雪芹：《程乙本红楼梦》上册，中国书店2011年影印本，第378页。

事，王夫人担心探春与李纨难以应付家事，就请宝钗帮助探春、李纨二人照管事务。小说第五十六回，薛宝钗领命之后，针对大观园中家务事的管理，她一改"罕言寡语，人谓藏愚；安分随时，自云守拙"①的态度，以及"拿定了主意，'不干己事不张口，一问摇头三不知'"②的形象，在谋划事务上"小惠全大体"③，显示出干练的一面。

第五十六回，探春主张将园中事务分派给几个老妈妈料理，在年终归账的问题上，宝钗不赞同探春归到园内来的主意，建议由各人包去，不去账房领钱，并且也让老妈妈们得利，认为这样方显贾府这样人家的大体。④同时，为避免发生不公，宝钗还建议由管理园子的人凑钱散与其他老妈妈，并说了这样一番话：

"他们虽不料理这些，却日夜也是在园中照看当差之人，关门闭户，起早睡晚，大雨大雪，姑娘们出入，抬轿子，撑船，拉冰床，一应粗糙活计，都是他们的差使。一年在园里辛苦到头，这园内既有出息，也是（杨府戚4本无此节文字）分内该均沾些的。还有一句至小气（卯杨

① 曹雪芹著，无名氏续，程伟元、高鹗整理，中国艺术研究院红楼梦研究所校注：《红楼梦》，人民文学出版社 2008 年版，第 119 页。

② 曹雪芹著，无名氏续，程伟元、高鹗整理，中国艺术研究院红楼梦研究所校注：《红楼梦》，人民文学出版社 2008 年版，第 759 页。

③ 曹雪芹著，无名氏续，程伟元、高鹗整理，中国艺术研究院红楼梦研究所校注：《红楼梦》，人民文学出版社 2008 年版，第 762 页。

④ 曹雪芹著，无名氏续，程伟元、高鹗整理，中国艺术研究院红楼梦研究所校注《红楼梦》，人民文学出版社 2008 年版，第 768—769 页。

府戚觉程乙8本作'小')的话……越发说破了，你们只管了自己宽裕，不分与他们些，他们虽不敢明怨，心里却都（府戚3本作'有些'）不服……" 庚[1]

"姑娘们出入"一节文字，能够表现宝钗对园内干粗活的老妈妈们辛苦劳作的体谅。保留这一段话，才能显得宝钗力求公平的举措有理有据。

"都"较"有些"词义表示的范围更广，更强调了散钱财与这些老妈妈们的必要性。

"至小的话"于文理不通，"至小气的话"表义更为明确。

众人听闻宝钗的管理理念后"各各欢喜异常"[2]。宝钗不忘恩威并重，以顾及脸面之语告诫众老妈妈齐心协力照管园子，家人又"欢声鼎沸"[3]。这些描写都从侧面衬托出宝钗在治家方面的才能。

---

[1] 冯其庸主编，红楼梦研究所汇校：《脂砚斋重评石头记汇校》，文化艺术出版社1987年版，第3081—3083页1320.3—1320.8栏；曹雪芹：《程乙本红楼梦》上册，中国书店2011年影印本，第366—367页。

[2] 曹雪芹著，无名氏续，程伟元、高鹗整理，中国艺术研究院红楼梦研究所校注：《红楼梦》，人民文学出版社2008年版，第769页。

[3] 曹雪芹著，无名氏续，程伟元、高鹗整理，中国艺术研究院红楼梦研究所校注：《红楼梦》，人民文学出版社2008年版，第770页。

第三章　王熙凤"女管家"范型审美修辞话语重构

不同于"女管家"范型建构进程中的凶狠善妒型与忠烈贤良型截然对立的人物塑造方式,《红楼梦》作者不甘于在道德语境下塑造王熙凤,而是侧重以小说审美规范中"美"与"恶"的错位,对王熙凤的形象进行审美化的修辞改造。

第一节　增写:王熙凤形象"美"与"恶"的反差

《红楼梦》作者对传统语境的改造,突出体现为使传统道德语境与审美语境发生"错位"。通过对"女管家"王熙凤形象塑造相关主要异文进行比较研究,我们试图强化王熙凤外在风采、内在才能层面的美感,与其内心狠毒的程度,使之形成强烈反差。同时,个别版本存在暗示王熙凤与其侄子贾蓉有暧昧关系的文字。尽管明清小说中情色描写并不少见,但该类文字的存在,对于王熙凤形象的审美价值并没有任何促进,甚至会起到相反的作用,故下文也将通过对异文的比较研究,对此展开具体论述。

一、风采卓然：王熙凤的美貌与治家之才

小说第三回，王熙凤这一"女管家"角色初次登场，作者就通过林黛玉的视角，展现其出众的外表和在贾府特殊的地位：

> 一语未了，只听后院中有人笑声，说："我来迟了，不曾（乙本作'没得'）迎接远客！"黛玉纳罕道："这些人个个皆敛声屏气，恭肃严整（觉程乙3本无此4字）如此。这来者系谁，这样放诞无礼（杨觉2本作'放荡无礼'）？"心下想时，只见一群媳妇丫鬟围拥着一个人（觉程乙3本作"一个丽人"）从后房门进来。这个人打扮与众姑娘不同，彩袖辉煌，恍若神妃仙子（杨本无此10字）：头上戴着金丝八宝攒珠髻，绾着朝阳五凤挂珠钗，项上代着赤金盘螭璎珞圈，裙边系着绿色宫绦，双衡比目玫瑰珮（觉程乙3本无此15字），身上穿着缕金百蝶穿花大红萍缎窄裉袄，外罩五彩刻丝石青银鼠褂，下着翡翠撒花洋绉裙。一双丹凤三角眼（卯杨2本作"丹凤眼"），两湾柳叶吊稍眉。身量苗条（列本作"身材窈窕"），体格风骚（舒本作"体态风骚"），粉面含春微不露，丹唇未启笑先闻。　庚[1]

---

[1] 冯其庸主编，红楼梦研究所汇校：《脂砚斋重评石头记汇校》，文化艺术出版社1987年版，第126—128页55.10—56.7栏；曹雪芹：《程乙本红楼梦》上册，中国书店2011年影印本，第15—16页。

"不曾"较"没得"更准确。

他人在贾母面前的"恭肃严整",反衬出未见其人、先闻其声的王熙凤地位的特殊。故有"恭肃严整"4字更好。

"放诞"强调的是举止的随意,较"放荡"更准确。

觉程乙3本"一个丽人"较他本"一个人",显然对王熙凤外貌的褒义色彩更浓;同理,"彩袖辉煌,恍若神妃仙子"一句保留为好。

作者对王熙凤穿着打扮的华丽越极尽铺陈,其与众姑娘在外貌上的对比就越鲜明,就越能凸显凤姐地位的尊贵和喜好奢华的个性,故"裙边系着绿色宫绦,双衡比目玫瑰珮"的描写不可或缺。

"丹凤三角眼"较"丹凤眼"更形象直观,且"一双丹凤三角眼"与"两湾柳叶吊梢眉"构成对举。

列本形容王熙凤"身材窈窕"中的"窈窕",其词义侧重外貌与内心的美感,而此处作者旨在描绘王熙凤外在之美,故"身量苗条"更好;"体格"针对的是外在形象,"体格风骚"强调王熙凤生来便长得如此,而"体态风骚"暗含王熙凤故作搔首弄姿之义,但小说中的王熙凤并非如此,故"体格风骚"为好。

当王熙凤见到初进贾府的林黛玉时,表面上称赞了黛玉,实际上奉承了贾母:

> 这熙凤携着黛玉的手,上下细细(卯戌府戚5本作"细细的",杨本作"仔细")打谅了一回,仍送至贾母

身边坐下，因笑道："天下真有这样标致的人物（乙本作 '人儿'），我今儿才算见了！况且这通身的气派，竟不像老祖宗的外孙儿（卯杨戌府戚舒觉程列乙11本作'外孙女儿'），竟是个嫡亲的孙女，怨不得老祖宗天天（杨本无此2字）口头心头一时不忘（乙本作'嘴里心里放不下'）。只可怜我这妹妹这样命苦，怎么姑妈偏就去世了！"说着，便用帕拭泪。　　庚[①]

庚舒觉程列乙6本"细细"较"细细的"更简洁。此外，"细细"作为形容词的重叠形式，较"仔细"更具形象色彩。

乙本"人儿"具备口语色彩，也更有亲昵的感情色彩，较他本"人物"更好。

按人物亲属关系，显然应取11本"外孙女儿"，不取"外孙儿"。

乙本"嘴里心里放不下"较他本"口头心头一时不忘"更口语化，更符合王熙凤的话语风格；"天天"表明，在王熙凤看来，贾母极为牵挂黛玉，这样表述更能取悦贾母，也更显得王熙凤善于逢迎又不露痕迹。

王熙凤先是假意拭泪，当听到贾母要她休提前话时，又马上转悲为喜，充分表现出机智圆滑的一面。紧接着，她又以女管家的姿态，对黛玉表示一番关心：

---

① 冯其庸主编，红楼梦研究所汇校：《脂砚斋重评石头记汇校》，文化艺术出版社 1987 年版，第 129—130 页 57.1—57.5 栏；曹雪芹：《程乙本红楼梦》上册，中国书店 2011 年影印本，第 16 页。

这熙凤听了，忙转悲为喜道："正是呢！我一见了妹妹，一心都在他身上了，又是喜欢，又是伤心，竟忘记了老祖宗。该打，该打！"又忙携黛玉之手，问："妹妹几岁了？（卯杨2本后接"黛玉答道：'十三岁了。'"）可也上过学？现吃什么药？（卯杨2本后接'黛玉一一回答。又说道'）在这里不要想家，想要什么吃的，什么顽的，只管告诉我，丫头老婆们不好了，也只管告诉我。"（乙本后接"黛玉一一答应"）一面又问婆子们："林姑娘的行李东西可搬进来？带了人来（卯杨戊府戚舒觉程列乙11本作'几个人来'）？你们赶早打扫两间下房（舒本作'干净房屋'），让他们去歇歇（舒本作'歇息歇息'）。" 庚①

卯杨2本的一问一答形式，节奏放缓，不符合王熙凤干练利落的行事风格。庚戊府戚舒觉程列乙10本中的王熙凤不等黛玉作答就把所有问题一并问出，更符合其爽快的行事风格。乙本在最后加入"黛玉一一答应"，又较其他9本更为合理。

"带了几个人来"较"带了人来"更准确。

黛玉带来的下人住"下房"更合理，较"干净房屋"更准确贴切。

"歇歇"较"歇息歇息"更简洁，更口语化。

其后，王夫人得知王熙凤没有找到要给黛玉裁衣裳的缎子，便嘱咐王熙凤再去随手拿料子出来。王熙凤这样回答：

---

① 冯其庸主编，红楼梦研究所汇校：《脂砚斋重评石头记汇校》，文化艺术出版社1987年版，第130—132页57.6—58.1栏；曹雪芹：《程乙本红楼梦》上册，中国书店2011年影印本，第16页。

"这道是我先料着了，知道妹妹不过（觉程乙3本无此2字）这两日到的（乙本作'必到'），我已预备下了，等太太回去过了目好（府戚3本作'再'）送来。"　庚[1]

王熙凤表示自己对黛玉到贾府的时间早有预料，乙本"这两日必到"的说法太过绝对，不合情理，"不过"更显语气委婉，保留为好。

"好送来"较"再送来"，在王夫人听来更具有对自己的重视和尊敬之意，也更显得王熙凤能说会道。

《红楼梦》第十三回至第十四回，写秦可卿去世后，宁府一时无人理事，贾珍恳请王夫人让凤姐料理事宜。王熙凤在协理宁国府时展现出卓越的治家之才，引来"合族上下无不称叹"[2]。小说写道：

那凤姐素日最喜揽事办，好卖弄才干（觉程乙3本作"能干"），虽然当家妥当，也因未办过婚丧大事，恐人还不伏，巴不得遇见这事（舒本后接"便好显自己的本领"，觉程乙3本无此27字）。今见贾珍如此一来，他心中早已欢喜（觉程乙3本作"允了"）。　庚[3]

---

① 冯其庸主编，红楼梦研究所汇校：《脂砚斋重评石头记汇校》，文化艺术出版社1987年版，第133页58.5—58.7栏；曹雪芹：《程乙本红楼梦》上册，中国书店2011年影印本，第16页。

② 曹雪芹著，无名氏续，程伟元、高鹗整理，中国艺术研究院红楼梦研究所校注：《红楼梦》，人民文学出版社2008年版，第188页。

③ 冯其庸主编，红楼梦研究所汇校：《脂砚斋重评石头记汇校》，文化艺术出版社1987年版，第637—638页282.2—282.4栏；曹雪芹：《程乙本红楼梦》上册，中国书店2011年影印本，第77页。

"卖弄能干"搭配不当,"卖弄才干"为好。

庚卯杨戌府戚列8本的"虽然当家妥当……"一句,较觉程乙3本更有针对性,更明确表明王熙凤不仅能干,而且争强好胜。舒本在该句后接"便好显自己的本领",与"好卖弄才干"语意重复,不为佳。

"欢喜"一词更能生动呈现王熙凤听到能有一展才能的机会时的心动,较"允了"更好。

当王熙凤如愿在宁国府管事后,首先做的便是在众媳妇面前为自己立威:

> "既托了我(舒本作'大哥哥既然再三的托了我',觉程2本作'既请了我'),我就说不得要讨你们嫌了。我可比不得你们奶奶好性儿,由着你们去,再(舒本后接'自我分派之后')不要说你们'这府里原是这样'的话,如今可要(舒本作'如今我既然管了,就要')依着我行,错我半点儿(舒乙2本作'一点儿'),管不得谁是有脸的,谁是没脸的,一例现清白处治(舒本后接'你们可别自找没趣儿')。" 庚[1]

舒本"大哥哥既然再三的托了我",更能突出王熙凤的重要及其威权。

舒本"自我分派之后"在表意上显得多余,且与前后句衔

---

① 冯其庸主编,红楼梦研究所汇校:《脂砚斋重评石头记汇校》,文化艺术出版社1987年版,第649页286.5—286.8栏;曹雪芹:《程乙本红楼梦》上册,中国书店2011年影印本,第79页。

接不畅。

"如今可要"较"如今我既然管了，就要"口气更重，也更为简洁。

"半点儿"较"一点儿"更严苛，也能更好地表现出凤姐的威势。

舒本较他本多出"你们可别自找没趣儿"一语，提醒的意味更加突出，且避免了表述生硬。

王熙凤清点下人人数时，发现迎送亲友的一人未到，就毫不留情地责罚了来迟的下人，更显其当家人的严厉声势。

> 凤姐冷笑道："我说是谁误了（觉程乙3本无此6字），原来是你！你原比他们有体面，所以才不听我的话。" 庚①

庚卯杨戌府戚舒列9本"我说是谁误了"一语带设问语气，在语境中带上了讽刺的感情色彩。保留此6字，也让凤姐责备的话语多了一重起伏变化。

当听到迟到的下人辩称是因为睡迷了，王熙凤说道：

> "明儿他也睡迷（觉程乙3本作'来迟'）了，后儿我也睡迷（觉程乙3本作'来迟'）了，将来都没了（卯杨戌府戚舒觉程列乙11本作'没有'）人了。本来要饶你，只是我头一次宽了，下次人就难管，不如现（卯杨

---

① 冯其庸主编，红楼梦研究所汇校：《脂砚斋重评石头记汇校》，文化艺术出版社 1987 年版，第 660—661 页 290.9—291.1 栏；曹雪芹：《程乙本红楼梦》上册，中国书店 2011 年影印本，第 80 页。

戌府戚舒觉程列乙11本无此字）开发的好。"登时放下脸来，喝命（觉程2本作"命"，乙本作"叫"）："带出去，打二十板子！"一面又掷下宁国府对牌："出去说与来升，革他一月银米！"（觉程乙3本无此22字）众人听说，又见凤姐眉立，知是恼了（觉程乙3本作"见凤姐动怒"），不敢怠慢，拖人的出去拖人，执牌传谕的忙去传谕。那人身不由己，已拖出去挨了二十大板，还要进来叩谢。凤姐道："明日再有误的，打四十，后日的六十，有要挨打的，只管误！"说着（觉程2本作："拉出去照数打了，进来回复；凤姐又掷下宁府对牌：'说与来升，革他一月银米！'"乙本作："拉出去照数打了，进来回复；凤姐又掷下宁府对牌：'说与来升革他一个月的钱粮！'"），吩咐："散了罢。" 庚①

王熙凤所说的"睡迷"针对的正是迟到的下人自己的辩解之语，较"来迟"更准确。

虽然庚本"没了"较他本"没有"更口语化，但"没有人了"这样的搭配更加常用，故二者均可。

庚本"不如现开发的好"一语，与上文王熙凤训示众媳妇时强调的如有犯错"一例现清白处置"的说法相符，更能强调王熙凤治家的严明，故"现"字保留为佳。

---

① 冯其庸主编，红楼梦研究所汇校：《脂砚斋重评石头记汇校》，文化艺术出版社1987年版，第664—666页292.4—292.10栏；曹雪芹：《程乙本红楼梦》上册，中国书店2011年影印本，第81页。

"喝命"较"命""叫",带有更浓郁的严厉感情色彩,"喝命"为好。

王熙凤下令惩处迟到下人的场面,觉程乙3本大致相同,但与庚卯杨府戚舒列8本差异明显。8本中,王熙凤下令打板子后紧接着又命革其银米,而在3本中,革其银米的命令是在下人挨打之后才出现。相比较,8本的处理更显王熙凤的果断和威势。

8本"见凤姐眉立,知是恼了"较3本"见凤姐动怒",画面更具直观感,更好。

8本中惩戒结束后,挨打的下人仍要叩谢,侧面衬托出凤姐之怒之威;而3本此处一笔带过,对人物的多角度刻画不及8本。另外,8本中王熙凤训斥下人所说的"明日再有误的,打四十,后日的六十,有要挨打的,只管误"一语,也更能凸显王熙凤治家时的威严。

就该处情节而言,各版本异文当中,庚本文字较好。

第十六回,贾琏与林黛玉处理完林如海的丧事回来,王熙凤虽然想让丈夫知道自己治家期间尤其是协理宁国府时的威重令行,但并不自夸或者据实陈述,反而用大段的说辞极力自贬。她先强调家中太太们难缠,又说:

"况且我年纪轻,头等(觉程乙3本无此2字)不压众,怨不得不放我在眼里(杨本作'他们不放眼里',舒列2本作'不放在眼里')。更可笑(舒列2本作'巧'),那府里忽然(觉程乙3本无此2字)蓉儿媳妇死,珍大哥又再三再四的(觉程乙3本无此3字)在太太跟前跪着说(卯杨戌府戚舒觉程列乙11本作'讨情'），只要请（杨舒列3本作'求'）我帮他几日；我是再四推辞，太太断不依（觉程乙3本作'太太作情允了'），只得从命。"　　庚①

王熙凤十分清楚，自己越是在贾琏面前放低身段，表明治家的为难，待贾琏面见贾珍时，进行过自贬、自谦修辞包装的自己，与贾珍口中能干的自己反差就越大，就越能给贾琏带来更大的冲击。这正是爱好卖弄才干的凤姐想要实现的效果。

"头等"2字应保留，以强调年轻这一"劣势"给自己的治家造成的阻力之大。

"不放我在眼里"强调了凤姐被人轻视，较杨舒列3本的文字更佳。

秦可卿之死是悲痛之事，对于本已经十分忙碌的王熙凤来说，此时有丧事固然是巧合，但不能说是"可笑"的，因此舒列2本的"可巧"更符合王熙凤论及秦氏丧事时应有的委婉修辞原则。

"忽然"突出了事情的紧急，保留为佳。

"再三再四的"突出贾珍央求时的真诚。实际上，贾珍并未下跪，但在凤姐口中，贾珍却是跪求王熙凤料理家事。"讨情"比"说"的程度更深；而"求"过于夸大王熙凤在贾珍眼中的地位，"请"更妥帖。

---

① 冯其庸主编，红楼梦研究所汇校：《脂砚斋重评石头记汇校》，文化艺术出版社1987年版，第747页325.4—325.7栏；曹雪芹：《程乙本红楼梦》上册，中国书店2011年影印本，第90页。

实际上，王夫人当时对凤姐的能力是有怀疑的，并未"断不依"凤姐的"推辞"，凤姐也并未"推辞"，而是主动劝说王夫人答应贾珍的请求。可见，把王夫人说成是"断不依"自己的推辞，比"太太作情允了"更能突出王熙凤是在贾珍与王夫人的坚持下勉强出面的。

以上对白充满自贬，可以想象，当贾琏面见贾珍并听闻事实后，因凤姐能干所带来的震慑力就更为突出。联系下文，读者就不难填补出此时王熙凤字里行间隐藏的强烈自尊心与优越感。

二、心口不一：王熙凤的恶毒奸诈

第十二回，因发现贾瑞对自己起了淫心，王熙凤便意欲设计陷害，整个过程显得心思细密、手段狠辣。一开始，凤姐授意贾瑞前来，得知贾瑞到了——

> 凤姐急命（杨本作"忙令人"，觉程乙3本作"命"，列本作"忙令"）："快请进来（卯本作'快请进'，程乙2本作'请进来罢'）。"　庚①

"急命""忙令人""忙令"以及"快请进来""快请进"，都不动声色地写出王熙凤施展毒计时内心的迫切，相比觉程乙3本"命"和程乙2本的"请进来罢"，更显出此时凤姐

---

① 冯其庸主编，红楼梦研究所汇校：《脂砚斋重评石头记汇校》，文化艺术出版社1987年版，第569页255.4栏；曹雪芹：《程乙本红楼梦》上册，中国书店2011年影印本，第70页。

的兴奋。而这种兴奋，与其内心的狠毒形成了强烈反差。细致对比之下，"忙令人"稍显拖沓，"快请进"不如"快请进来"语义准确。

当听到贾瑞说以后要常来替自己解闷时，王熙凤又故意将其与贾蓉、贾蔷作比：

> 凤姐笑道："……谁知竟是两个糊涂虫，一点不知人心（戚本作'人事'）。" 庚①

据小说前文，贾瑞见王熙凤独自在家，更起色心，提出要天天过来替凤姐解闷，后文王熙凤就提出贾瑞白天在此处不便，要求他晚间再来。此处异文应取戚本的"人事"，因较庚卯杨府舒觉程列乙9本的"人心"更准确地暗示男女之事，贾瑞听了"越发撞在心坎儿上"②的反应才更合理。

第十五回，王熙凤弄权张金哥一案，导致张金哥与守备之子双双殉情，两家人财两空。事情开端，铁槛寺老尼为成就此事，央求王熙凤。凤姐先是表示不愿插手，在老尼的怂恿下，说自己从来不信阴司地狱报应的王熙凤，对插手此事有了兴趣，并开口就要三千两银子。同时凤姐又说：

> "我比不得他们扯篷拉纤的图银子。这三千银子，不过是给打发说去的小厮做盘缠，使他赚（舒列2本作'拣'）几个辛苦钱，我一个钱也不要他的（列本

---

① 冯其庸主编，红楼梦研究所汇校：《脂砚斋重评石头记汇校》，文化艺术出版社1987年版，第572—573页256.5—256.7栏；曹雪芹：《程乙本红楼梦》上册，中国书店2011年影印本，第70页。

② 曹雪芹著，无名氏续，程伟元、高鹗整理，中国艺术研究院红楼梦研究所校注：《红楼梦》，人民文学出版社2008年版，第161页。

作'的',觉程乙3本无此2字)。便是三万两(舒本作'二三万两'),我此刻也拿的出来(杨戌觉程乙5本作'还拿得出来',舒列2本作'也还拿得出来')。" 庚①

舒列2本中的"拣"较庚卯杨戌府戚觉程乙10本中的"赚",显得更委婉,利于掩盖凤姐的真实意图。

觉程乙3本"我一个钱也不要"较庚卯杨府戚舒7本"我一个钱也不要他的"及列本"我一个钱也不要的",更简洁明快,更显底气。同理,"三万两"较"二三万两"更好;"也拿的出来"和"还拿得出来",都较"也还拿得出来"更好,但进一步比较,庚卯府戚5本"也拿的出来"中的"也"表强调,而杨戌觉程乙5本"还拿得出来"中的"还"表"尚可",因此,"也拿的出来"更显凤姐底气十足。

第二十四回,贾芸谋差事,苦于无钱送礼,所幸从"醉金刚"倪二处借得银子,购买了香料来找王熙凤送礼。一番奉承之后,凤姐满心欢喜:

才要告诉他与他管事情的那话,便忙又止住,心下想道:"我如今要告诉他那话,倒叫他看着我见不得东西似的,为得了这点子香,就混许他管事了(觉程乙3本作'一想又恐被他看轻了,只说得了这点儿香料,便混许他管事了')。今儿先别提起这事。" 庚②

① 冯其庸主编,红楼梦研究所汇校:《脂砚斋重评石头记汇校》,文化艺术出版社1987年版,第719页314.10—315.2栏;曹雪芹:《程乙本红楼梦》上册,中国书店2011年影印本,第87页。

② 冯其庸主编,红楼梦研究所汇校:《脂砚斋重评石头记汇校》,文化艺术出版社1987年版,第1257页545.7—545.10栏;曹雪芹:《程乙本红楼梦》上册,中国书店2011年影印本,第144—145页。

庚杨府戚郑舒列8本王熙凤话中"叫他看着我见不得东西",更明确地反映出凤姐此时的心理活动,即担心贾芸以为自己只认送来的东西。

第三十六回,袭人询问平儿为何连老太太、太太的月钱都没放,平儿透露,王熙凤将贾府中人的月钱用来放债赚利钱,一年之内便能有上千银子的收益。在第三十六回,王夫人听闻赵姨娘、周姨娘的月例少了一吊钱,特就此事询问王熙凤。此时,王熙凤应对王夫人的问询,回答不仅从容,而且委婉得体,一方面巧妙推卸了责任,另一方面将自己塑造成尽职尽责的"善人"形象。

> 凤姐忙笑(杨本无此2字)道:"……这也抱怨不着我(杨列2本作'这也抱怨不得我',舒本作'这抱怨不着我',乙本作'这事其实不在我手里'),我倒乐得给他们呢,他们外头又扣着,难道我添上不成(乙本无此7字)。……由不得我作主……叫我也(觉程2本无此字)难再说了。如今在我手里每月(杨本无此2字)连日子都(杨本无此字)不错给他们呢……" 庚①

"忙笑"中的"忙"写出王熙凤面对询问时反应的迅速,"笑"带有的轻松与整个语境中王熙凤的从容相协调。

乙本"这事其实不在我手里"有过于明显的推脱责任的意

---

① 冯其庸主编,红楼梦研究所汇校:《脂砚斋重评石头记汇校》,文化艺术出版社1987年版,第1882—1884页816.10—817.6栏;曹雪芹:《程乙本红楼梦》上册,中国书店2011年影印本,第223页。

图，不为佳。"这也抱怨不着我"较他本文字，语气更显和缓。

"叫我也难再说了"中表委婉的"也"字保留为好。

王熙凤不仅极力表明此事并非是自己刻意为之，还试图让王夫人相信自己"乐得"给，只是"外头又扣着""难道我添上不成"，种种话语充满无奈与委屈，保留为好；同时，王熙凤谎称每月都按时给赵姨娘等月钱，因为需要极力突出自己尽职尽责，所以"每月""都"两处文字的保留，使得句意表述更清楚。

事后，面对几个找凤姐回话的媳妇，凤姐的表现则和在王夫人跟前时有了极大反差：

> 凤姐把袖子挽了几挽，趿着（杨本作"站在"，府戚3本作"踏着"，舒本作"跨这"，列本作"趿在"）那角门的门槛子，笑道……又冷笑道："我从今以后倒要干几样魁毒（杨觉程列乙5本作'魁薄'）事了。……也不（杨本无此字）想一想自己是奴几（杨本作'是什么阿物儿'，舒本作'是奴才'，列本作'是什么傲物儿'，觉程乙无此3字），也配使两三个丫头！" 庚[1]

舒本"跨这"应为"跨着"之误。"趿"指"（脚尖着地）抬起脚后跟"[2]。"趿"在门槛上，应该是跷起脚，让自己

---

[1] 冯其庸主编，红楼梦研究所汇校：《脂砚斋重评石头记汇校》，文化艺术出版社1987年版，第1890—1892页820.2—820.7栏；曹雪芹：《程乙本红楼梦》上册，中国书店2011年影印本，第224页。

[2] 中国社会科学院语言研究所词典编辑室编：《现代汉语词典》，商务印书馆2016年版，第216页。

的脚后跟靠在门槛上，这种站姿显得王熙凤态度十分傲慢。相比之下，"站""踏""跨"不仅显得动作费力，也没有强化这一态度。

"尅毒"较"尅薄"程度更深，王熙凤虽对赵姨娘等怀有恶意，但言谈间应淡化这一恶意才更为合理；故杨觉程列乙5本中的"尅薄"为好。

"不想一想"中的"不"强化了王熙凤对姨娘们的贬义色彩。2008年人民文学出版社出版的以庚本为底本的《红楼梦》对"奴几"一词的注释是："奴才辈。几：指排列、辈分。"[1]庚府乙本"也不想一想自己是奴几"的言外之意，是王熙凤贬损主子阶层的姨娘们不仅是奴才，还是低等奴才，比舒本"也不想一想自己是奴才"中的"奴才"更显刻薄。列本"傲物儿"表义不明，杨本"阿物儿"虽也带有强烈贬义，但此处凤姐是为了有意强调自己和赵姨娘地位的区别；因此"奴几"更好。

第六十八回，王熙凤得知贾琏偷娶尤二姐，决定设计诱骗尤二姐入贾府。为实现这一目的，与《金云翘传》中宦氏以蛮力绑架翠翘的做法不同，王熙凤亲自出场，还准备了口是心非的大段说辞，借此打动尤二姐，神不知鬼不觉地实现陷害的目的。

该节文字程乙2本皆同，却与庚卯杨府戚觉列8本相比有明显差异。8本内部，戚序本与其他7本存在几处明显差异，而

---

① 曹雪芹著，无名氏续，程伟元、高鹗整理，中国艺术研究院红楼梦研究所校注：《红楼梦》，人民文学出版社2008年版，第477页。

在这些差异处，戚序本与程乙2本较接近。戚序程乙3本与庚卯府觉列戚宁6本此处情节最鲜明的差别，在于口语风格与文言风格的差异。3本中的王熙凤，运用的是口语风格的表达，而6本中的王熙凤的话语则是文言化的。2008年人民文学出版社出版的以庚本为底本的《红楼梦》，该处情节皆从庚本。3本与6本的异文，部分风格色彩有别但语意无明显差别，如"奴"较"我"，"下体奴心"较"体谅我的苦心"，"早行此礼"较"早办这件事"，"私自行此大事"较"私自办了"，"奴亦情愿在此相陪"较"我也愿意搬出来陪着妹妹住"等。就言语风格色彩而言，王熙凤的言语以通俗为特征，运用大段文言进行劝说不符合此处语境需要，更不符合王熙凤自身的话语修辞习惯。总体而言，3本口语化的文字更符合其身份和言语习惯。另一处鲜明的差别，是王熙凤在称呼尤二姐时使用的称谓词。庚卯杨觉列5本用"姐姐"，府戚程乙5本用"妹妹"。显然，"妹妹"较"姐姐"更显亲切。而越是亲切，与王熙凤设计诱骗尤二姐的恶毒动机之间的反差就越大，同时也就让凤姐与二姐的性格特征形成更为鲜明的对比。

除了上述两类明显的不同，还有多处异文存在出入，存在表达效果层面的差别。因情节篇幅较长，现仅取其中最为精彩的一节，比较庚本与乙本的文字优劣。

　　"皆因奴家妇人之见，一味劝夫慎重，不可在外眠花卧柳，恐惹父母担忧。此皆是你我之痴心，怎奈二爷错会奴意。眠花宿柳之事瞒奴或可；今娶姐姐二房之大事亦

人家大礼，亦不曾对奴说。奴亦曾劝二爷早行此礼，以备生育。不想二爷反以奴为那等嫉妒之妇，私自行此大事，并不说知。使奴有冤难诉，惟天地可表。" 庚[①]

"皆因我也年轻，向来总是妇人的见识，一味的只劝二爷保重，别在外面眠花宿柳，恐怕叫太爷太太担心：这都是你我的痴心，谁知二爷倒错会了我的意。若是外头包占人家姐妹，瞒着家里也罢了；如今娶了妹妹作二房，这样正经大事，也是人家大礼，却不曾合我说。我也劝过二爷，早办这件事，果然生个一男半女，连我后来都有靠。不想二爷反以我为那等妒忌不堪的人，私自办了，真真叫我有冤没处诉。我的这个心，惟有天地可表。" 乙[②]

该节文字中，当王熙凤论及自身时，越是甘于降低姿态，运用具备鲜明贬义色彩的词形容自己，越有利于掩盖自己内心深处的"恶"和嫉妒心理，有利于以表面的"善"放松尤二姐的警惕，拉近二人的心理距离。

"慎重"指谨慎持重，"保重"指爱惜身体健康。"保重"较"慎重"更好，更能体现凤姐作为妻子的贤良。

同样是肯定贾琏娶尤二姐为二房一事，庚本中的王熙凤评价此事为"人家大礼"，而乙本中，王熙凤不仅肯定此事为"人家大礼"，并且是"正经大事"，褒义色彩更为浓郁，更

---

① 曹雪芹著，无名氏续，程伟元、高鹗整理，中国艺术研究院红楼梦研究所校注：《红楼梦》，人民文学出版社2008年版，第940页。

② 曹雪芹：《程乙本红楼梦》下册，中国书店2011年影印本，第455页。

显对尤二姐的尊重。故乙本文字更好。

乙本"果然生个一男半女，连我后来都有靠"较庚本"以备生育"，更显态度恳切，强调贾琏娶尤二姐为二房不仅利于贾家，也有利于王熙凤自身，更能打动二姐。

"有冤没处诉"较"有冤难诉"更具委屈的感情色彩。

诱骗尤二姐住进贾府之后，王熙凤下一步计策则是教唆曾与尤二姐定亲的张华状告贾琏，凤姐借此大闹宁国府。不同于在尤二姐面前的温柔平和，王熙凤在尤氏、贾蓉面前又哭又骂，故作冤屈，极力侮辱尤氏母子。明知是贾蓉挑唆贾琏私娶，却先指责尤氏作法不成体统，诉起苦来：

> "这会子被人家告我们，我又是个没脚蟹（程乙2本无此7字），连（列本作'这'）官场中都知道我利害吃醋，如今指名提我，要休我。我来了你家，干错了什么不是，你这等害我（乙本作'你这么厉害'）？或是老太太、太太有了话在你心里，使你们做这圈套，要挤（列本作'撵'）我出去。" 庚①

"我又是个没脚蟹"不仅极富形象色彩，且带有贬义、委屈的感情色彩。

"连"有"甚至"义，较"这"更能起到加重语气的作用，且在语境中带上了委屈、不满的感情色彩。

"你这等害我"较"你这么厉害"表意更准确。

---

① 冯其庸主编，红楼梦研究所汇校：《脂砚斋重评石头记汇校》，文化艺术出版社 1987 年版，第 3946 页 1665.5—1665.8 栏；曹雪芹：《程乙本红楼梦》下册，中国书店 2011 年影印本，第 458 页。

"挤"较"撺"更强调钩心斗角之意。此处凤姐越是故意突出尤氏"钩心斗角",自己的委屈越是能够得以强化。

王熙凤向尤氏强调,让她恼怒的不是给贾琏娶亲,而是让她背了坏名声,还威胁要同尤氏一起去见官,见老太太、太太,并扬言要请族中人公议,自请休书。凤姐把用作打点都察院的三百两银子,说成是太太的五百两银子。当王熙凤听到尤氏哭骂贾蓉时,又摆出"妻贤夫祸少"[①]的道理,哭骂尤氏:

> "你又没才干,又没口齿,锯了嘴子的葫芦(列本后接'似的'2字),就只会一味瞎小心图(觉程乙3本作'应')贤良的名儿。" 庚[②]

"锯了嘴子的葫芦"较"锯了嘴子的葫芦似的"更简短有力。

庚卯杨府戚列7本"图"字较觉程乙3本"应"字,在该处语境中更具贬义色彩。

尤氏被骂得无言以对,被痛骂的贾蓉不停地磕头求饶,哀求凤姐"还要疼儿子"[③]。即便如此,王熙凤自导自演的闹剧仍然没有结束:

---

① 曹雪芹著,无名氏续,程伟元、高鹗整理,中国艺术研究院红楼梦研究所校注:《红楼梦》,人民文学出版社 2008 年版,第 946 页。

② 冯其庸主编,红楼梦研究所汇校:《脂砚斋重评石头记汇校》,文化艺术出版社 1987 年版,第 3953 页 1668.2—1668.3 栏;曹雪芹:《程乙本红楼梦》下册,中国书店 2011 年影印本,第 459 页。

③ 曹雪芹著,无名氏续,程伟元、高鹗整理,中国艺术研究院红楼梦研究所校注:《红楼梦》,人民文学出版社 2008 年版,第 947 页。

凤姐见他母子这般，也再难往前施展了，只得又转过了一副形容言谈来，与尤氏反赔礼说（程乙2本作"凤姐儿见了贾蓉这般，心里早软了，只是碍着众人面前，又难改过口来，因叹了一口气，一面拉起来，一面拭泪向尤氏道"）："我是年轻不知事的人（程乙2本前有'嫂子也别恼我'6字）……"　庚①

在此处情节中，王熙凤不再继续责骂尤氏母子，而是一方面强调自己也乐于接二姐入贾府，另一方面对张华告状一事假意表现出畏惧，引导尤氏母子按照王熙凤的意愿，让张华领回尤二姐，同时又在老太太、太太们面前成就自己贤良人的名声。

庚卯杨府戚觉列8本中的王熙凤，是先观察尤氏与贾蓉二人的反应，发现再难往前施展，才换了形容言谈，反向尤氏赔礼道歉，显得通情达理。这里凤姐一系列的心理与动作，无不体现出心机之深。相反，程乙2本中王熙凤"见了贾蓉这般，心里早软了，只是碍着众人面前，又难改过口来"，似乎在有意强调凤姐单纯是因为贾蓉的一番苦求，才心软了。程乙2本把王熙凤与贾蓉的关系处理得颇为暧昧，其实还不止这一处，这些留待后文分析。2本较8本多出的"嫂子也别恼我"一语，将王熙凤隐藏内心真实意图的高明手段表现得更充分更震撼。

①　冯其庸主编，红楼梦研究所汇校：《脂砚斋重评石头记汇校》，文化艺术出版社1987年版，第3957页1669.7—1669.8栏；曹雪芹：《程乙本红楼梦》下册，中国书店2011年影印本，第460页。

尤氏、贾蓉一面要打点五百两银子，以弥补凤姐的"亏空"，一面求凤姐在老太太、太太处周全。贾蓉提出给张华银子了事，这并不符合王熙凤的意愿，她不得不再次伪饰内心动机。紧接本段的异文，在庚本中没有，而在卯杨府戚觉列7本中略同，在程乙2本中略同，但7本与2本差异较大。2008年人民文学出版社出版的以庚本为底本的《红楼梦》此节取卯本文字。此处我们完整引用卯本文字，对比他本文字进行比较：

> 凤姐儿笑道（程乙2本作"凤姐儿咂着嘴儿，笑道"）："好孩子（程乙2本作"难为你想"），怨不得你顾一不顾二的作这些事出来。原来你竟糊涂（程本作'原来你竟是这么个糊涂东西，我往日错看了你了'，乙本作'原来你竟是这么个有心胸的，我往日错看了你了'）。若你说得这话，他暂且依了，且打出官司来又得了银子，眼前自然了事。这些人既是无赖之徒（程乙2本作'无赖的小人'），银子到手一旦（程乙2本作'三天五天一'）光了，他又寻事故讹诈……终久不了之局（程乙2本无此6字）。" 卯[1]

程乙2本独有的"咂着嘴儿"的描写更显生动。卯杨府戚觉列7本"好孩子"一语运用了冷语辞格，相比2本的"难为你想"更有讽刺、调侃之意，故7本文字为好。7本"原来你竟

---

[1] 冯其庸主编，红楼梦研究所汇校：《脂砚斋重评石头记汇校》，文化艺术出版社1987年版，第3965—3967页1670.10附14—附18栏；曹雪芹：《程乙本红楼梦》下册，中国书店2011年影印本，第461页。

糊涂"相比程本"原来你竟是这么个糊涂东西",批评语气更弱,因凤姐此处已经有意缓和了态度,目的在于劝诱,故以语气并不重的7本文字为好。

"无赖的小人"与"无赖之徒"语意相近,"无赖之徒"更符合通常表达习惯,而"无赖的小人"则更口语化。

为强调贾蓉想要用银子了事的做法目光短浅,"三天五天"较"一旦"更好。

7本中王熙凤以"终究不了之局"作结,使得事情的严重性更显突出。王熙凤以此语暗示贾蓉,更显得凤姐心计之深。贾蓉由此立刻试探王熙凤的真实意图,然后再对凤姐提出,若张华要领回二姐,便去劝说二姐顺从,也就更为合理。故以7本文字为好。

眼见贾蓉已领会自己的意图,王熙凤仍不忘表现自己的贤良:

> 凤姐儿忙道:"虽如此说,我断舍不得你姨娘出去,我也断不肯使他去。好侄儿,你若疼我(程本作'他若出去了,咱们家的脸在那里呢?依我说',乙本作'他要出去了,咱们家的脸在那里呢?'),只能可(戚觉程乙5本作'只宁可')多给他钱为是。"庚[1]

程本和乙本文字语意相同,与上一句话接续,意在表明王熙凤除了对二姐"不舍",更为家族颜面考虑。挽留尤二姐

---

[1] 冯其庸主编,红楼梦研究所汇校:《脂砚斋重评石头记汇校》,文化艺术出版社1987年版,第3968页1675.2—1675.3栏;曹雪芹:《程乙本红楼梦》下册,中国书店2011年影印本,第461页。

的理由越是充分，与其希望尤二姐离开的真实想法的反差就越大。故程乙2本较庚卯杨府戚觉列8本更好。

"只能可"搭配不当，词意不通，"只宁可"为好。

当王熙凤要同尤氏一起去回明老太太和太太时，尤氏又没了主意，王熙凤借机再次故作心慈面软，将此事应承下来。尤氏、贾蓉都称赞王熙凤"宽洪大量，足智多谋"[①]，还要拜谢。此处情节读来颇有趣味性，但读者审美感受的主要来源，仍然是王熙凤内心对尤二姐的痛恨、嫉妒与外在言行之间强烈的反差。

第二节 改写：王熙凤形象的"清"化

本书第一章曾提及西汉竹简《妄稽》女主人公妄稽形象的丰富性，针对妄稽这一"女管家"范型的起点人物，并不能简单地以"善妒狠毒"概括其性格特征。细读文本不难发现，妄稽谈吐中具备贵族女性的学识，甚至在面对新娶的美妾对自己的地位产生威胁时，尝试通过掩盖自己容貌的缺陷，以达到重获丈夫好感的目的。或许，强势如妄稽，也具备女性对情欲的正常需求。遗憾的是，自妄稽之后，"女管家"范型的塑造呈现出情感淡漠的毒妇与温柔的贤妻良母两类人物截然对立的

---

① 曹雪芹著，无名氏续，程伟元、高鹗整理，中国艺术研究院红楼梦研究所校注：《红楼梦》，人民文学出版社 2008 年版，第 950 页。

修辞策略。作者塑造上述人物的性格逻辑的重点，开始放在对"凶悍狠毒"或"贤良淑德"的强调上，而忽视了在情欲范畴中对"女管家"作为一个正常女性、一个妻子的创作探索。这对人物性格逻辑的丰富性造成了消极影响。从另一个角度来说，这种忽视，相比在明清小说中甚为普遍的情色描写趋势，又不能不说是一股"清流"。实际上，综合考察13种版本《红楼梦》有关王熙凤性格塑造的异文，会发现存在"清"和"浊"两个王熙凤——一个与侄子贾蓉的关系无可疑之处，一个与贾蓉似乎有说不清道不明的暧昧。"清化"和"浊化"的凤姐，对人物与情节的审美价值究竟有怎样的影响？如何在不损害人物性格丰富性的前提下，将积极影响最大化？要找到答案，需要通过对相关异文进行比较研究。

"清""浊"不同的修辞策略的差异最早出现在小说第六回。该回贾蓉来凤姐处借屏风，要走时，王熙凤又把他叫了回来。接下来王熙凤的表现，庚卯杨戌府戚舒觉程10本文字略同，与乙本有差别。以庚本为例：

> 那凤姐只管慢慢的吃茶，出了半日的神（乙本后接"忽然把脸一红"）……　庚[①]

"出了半日的神"这一反应属人之常情，但乙本中的王熙凤"脸红"却难免令读者费解，似乎表明她与贾蓉之间有暧昧

　　① 冯其庸主编，红楼梦研究所汇校：《脂砚斋重评石头记汇校》，文化艺术出版社1987年版，第328页144.4栏；曹雪芹：《程乙本红楼梦》上册，中国书店2011年影印本，第40页。

关系。

只要细读整部《红楼梦》，读者便不难发现，王熙凤与其侄儿贾蓉的确关系密切。如第十二回，王熙凤借助贾蓉之力，才得以成功地施计害死贾瑞；第十六回，为预备元妃省亲，贾琏要下姑苏办事，贾蓉"在身旁灯影下悄拉凤姐的衣襟"①，想让凤姐为随贾琏同去的贾蔷美言几句。以上描写诸本略同。但乙本中暗示王熙凤与贾蓉关系非同寻常的文字，不仅仅只有这一处。小说在第二十一回，写贾琏独宿期间与荣府厨子"多浑虫"的媳妇"多姑娘儿"鬼混，后被平儿在贾琏的衣物中发现了"多姑娘儿"的一绺青丝，帮贾琏瞒过凤姐之后，贾琏心有不忿，言谈间充满对王熙凤的不满。贾琏的对白，庚杨府戚舒觉程列9本与乙本文字对比如下：

> "他防我像防贼的，只许他同男人说话，不许我和女人说话；我和女人略近些，他就疑惑，他不论小叔子侄儿，大的小的，说说笑笑，就不怕我吃醋了（乙本作'就都使得了'）。以后我也不许他见人！"庚②

从贾琏的视角来看，王熙凤对其并不信任，而凤姐自己却爱与叔侄玩笑，该处描写诸本略同。因下文平儿有"你醋他使不得"一语，故乙本"就都使得了"相比9本文字，显然不能

---

① 曹雪芹著，无名氏续，程伟元、高鹗整理，中国艺术研究院红楼梦研究所校注：《红楼梦》，人民文学出版社 2008 年版，第 211 页。

② 冯其庸主编，红楼梦研究所校注：《脂砚斋重评石头记汇校》，文化艺术出版社 1987 年版，第 1104—1105 页 477.4—477.6 栏；曹雪芹：《程乙本红楼梦》上册，中国书店 2011 年影印本，第 127 页。

与下文更好地呼应。仅凭贾琏的话，读者还难以判断所谓"说说笑笑"是否暗示王熙凤与其他男性关系暧昧。针对贾琏的这段话，平儿作出的反应，乙本与9本有较大差异：

> 平儿道："他醋你使得，你醋他使不得。他原行的正走的正；（乙本作'他不笼络着人，怎么使唤呢？'）你行动便有个坏心，连我也不放心，别说他了。"　庚①

9本中，平儿直白地评价王熙凤在男女关系方面"行的正走的正"，并强调原就如此；而乙本中的平儿非但没有正面回应贾琏对凤姐的非议，反而将王熙凤与小叔子侄儿等人说笑解释为笼络人心的需要，显然，这种为凤姐辩解的理由不仅牵强，在前文中也缺乏类似情节作为铺垫。而小说前文写王熙凤毒设相思局，惩罚垂涎自己的贾瑞，却恰恰印证了9本中平儿对凤姐的评价。如果说此处乙本文字只是模糊了王熙凤在男女暧昧关系方面的立场，那么乙本在写到王熙凤大闹宁国府一事平息后与贾蓉的互动，就是对其形象彻底的"浊"化。庚卯杨府戚觉列8本中，在宁国府"表演"一番的凤姐不肯多作停留。以庚本文字为例：

> 尤氏忙命丫鬟们伏侍凤姐梳妆洗脸，又留酒饭，亲自递酒拣菜。凤姐也不多坐，执意就走了。　庚②

① 冯其庸主编，红楼梦研究所汇校：《脂砚斋重评石头记汇校》，文化艺术出版社1987年版，第1105页477.6—477.8栏；曹雪芹：《程乙本红楼梦》上册，中国书店2011年影印本，第127页。

② 冯其庸主编，红楼梦研究所汇校：《脂砚斋重评石头记汇校》，文化艺术出版社1987年版，第3972页1676.7—1676.8栏。

　　程乙2本却比8本多出了大段描写，主要是王熙凤与贾蓉的对话。2本文字略同，此处引程本文字，与乙本有异文处另行注出：

　　　　凤姐儿道："罢呀！还说什么拜谢不拜谢！"又指着贾蓉道："今日我才知道你了！"说着，把脸却一红，眼圈儿也红了，似有多少委屈的光景。贾蓉忙陪笑道："罢了，婶娘少不得饶恕我这一次。"说着，忙又跪下。凤姐儿扭过脸去不理他，贾蓉才笑着起来了。尤氏忙命丫头们舀水，取妆奁，伏侍凤姐儿梳洗了，赶忙又命预备晚饭。凤姐儿执意要回去，尤氏拦着道："今日二婶子要这么走了，我们什么脸还过那边去呢？"贾蓉傍边笑着劝道："好婶娘！亲婶娘！已后蓉儿要不真心孝顺你老人家，天打雷劈！"凤姐瞅了他一眼，啐道："谁信你这——"说到这里，又咽住了。一面老婆丫头们摆上酒菜，尤氏亲自递酒布菜。贾蓉又跪着敬了一钟酒。凤姐便合尤氏吃了饭。丫头们递了漱口茶，又捧上茶来。凤姐喝了两口，便起身回去。贾蓉亲身送过来，才回去了（乙本作"贾蓉亲身送过来，进门时，又悄悄的央告了几句私心话，凤姐也不理他，只得怏怏的回去了"）。　　程①

　　相比8本中心口不一的凤姐，2本中的王熙凤却多出许多疑

---

　　① 冯其庸主编，红楼梦研究所汇校：《脂砚斋重评石头记汇校》，文化艺术出版社 1987 年版，第 3972 页 1676.7 附—1676.8 附栏；曹雪芹：《程乙本红楼梦》下册，中国书店 2011 年影印本，第 461—462 页。

似真实情感流露的细节。她先是"指着贾蓉道:'今日我才知道你了!'",又"把脸却一红";看到贾蓉跪下,"扭过脸去不理他",听到贾蓉说以后要"真心孝顺"自己,又"瞅了他一眼,啐道:'谁信你这——'说到这里,又咽住了";最后,乙本中的贾蓉不仅亲自将凤姐送回,还"央告了几句私心话"。这些细节已经基本坐实了王熙凤与贾蓉的确有私情。笔者认为,把王熙凤塑造得与自己的侄子存在私情,表面上为文本增添了空白,丰富了王熙凤的形象,但同时违背了人物性格的统一性,也造成对王熙凤"恶"与"美"的"错位"审美修辞的干扰。实际上,"清"化的王熙凤也并不是一个对男女之情过分淡漠的"女管家"。小说第二十三回曾写贾琏与王熙凤夫妻二人的闺房私语:

> 贾琏道:"果这样也罢了。只是昨儿晚上,我不过是要改个样儿,你就扭手扭脚的。"凤姐儿听了,嗤的一声笑了(乙本此6字前接"把脸飞红"),向贾琏啐了一口,低下头便吃饭。 庚[①]

干练的王熙凤作为一个有正常情欲需求的女性,与自己的丈夫谈论男女之事时也会含蓄羞涩。此处情节的存在,已经在不违背人物性格逻辑的基础上,增加了性格的丰富性。当然,乙本相比庚杨府戚舒觉程列9本增加凤姐脸红的描写,更能凸显这一点。

---

① 冯其庸主编,红楼梦研究所汇校:《脂砚斋重评石头记汇校》,文化艺术出版社1987年版,第1183—1184页513.4—513.6栏;曹雪芹:《程乙本红楼梦》上册,中国书店2011年影印本,第136页。

第四章 "家法惩戒""女性死亡"母题审美修辞话语重构

　　为追求故事陈述的最佳效果而进行情节建构，构成了小说主体话语。对小说而言，在某一母题范式之下营构情节，归根结底是为人物性格逻辑的建构服务的，同时也使情节话语本身具备了小说文体的独特审美价值。作为文学概念出现的"母题"，可以被阐释为"基本的人类概念、精神现象或动作本身，如乡土、都市、生命、死亡、战争、复仇、漂泊、童年、成长、家族"[1]。在今天看来，《红楼梦》的创作涉及多个母题，其中就包括"家法惩戒"与"女性死亡"。相比"才子佳人""女管家"人物范型的塑造，与上述母题的建构相关的情节，以呈现众多人物性格逻辑的震撼人心的剧场性语境营造为主要特征，其中蕴含着修辞策略的革新。本章通过对这一革新进行历时的纵向剖析，一方面对本书前三章版本异文对比研究的结论进行必要补充，另一方面从更具高度以及深度的层面探索《红楼梦》在"家法惩戒"与"女性死亡"两大母题建构发展历程中的经典意义，为版本异文的比较研究探寻更为广阔的空间。

---

　　[1] 谭桂林：《论长篇小说研究中的母题分析》，载《湖南师范大学社会科学学报》2001年第6期。

第一节 道德化叙事的退场：审美修辞对因果逻辑的包装

母题是植根于特定的社会文化的概念。"女性死亡"母题是在世界文学史中具有普遍意义的母题类型，而"家法惩戒"母题源自我国古代独特的宗法等级社会文化，为明清小说所特有的一种文学母题类型。

一、增写：审美动机淡化实用动机

古代中国宗法体系，主要由"国家法"和"民间法"两个层次的法律构成，家法族规即为"民间法"的组成部分之一。立足中国古代儒家传统道德规范，除了对尊卑秩序的强调，家法对个人的约束体现在政治、经济、道德伦理等各个方面，如强调"忠君国、孝父母、课诵读、深交游、洁盗贼、杜奸淫、戒赌博"等等。[①] 从执行层面而言，"无论是封建家族的家长还是家庭成员，都可以对违背家法的成员或奴婢施以惩戒。惩戒手段有轻重之分，轻者训斥、辱骂，重者被施以种种体罚，如罚跪、锁禁、驱逐、处死等"[②]。

---

① 蒋传光：《中国古代的家法族规及其社会功能——"民间法"视角下的历史考察》，载《东方法学》2008 年第 1 期。

② 李交发：《论古代中国家族司法》，载《法商研究》2002 年第 4 期。

明清小说中存在诸多表现家庭中的地位低下者遭受家法惩戒的画面。比如《喻世明言·蒋兴哥重会珍珠衫》一篇，写丫鬟晴云、煖雪包庇主母王三巧与人通奸一事败露后，男主人蒋兴哥将二人捆绑并拷问妻子奸情，二人说出缘由后，交由牙婆变卖。聚焦俗世生活的《金瓶梅》此类情节更多：第八回写西门庆迎娶孟玉楼后冷淡了潘金莲，潘氏让武大郎的女儿迎儿蒸角儿，迎儿偷吃了一个，潘氏发现后，就"拿马鞭子下手打了二三十下，打的妮子杀猪也似叫"①，又责怪迎儿没有在街上寻到西门庆，将她的脸划出两道血口才作罢；第四十四回，李娇儿房中的丫鬟夏花儿因偷窃金子被西门庆施拶刑惩罚，又敲了20敲，还要受到月娘与李娇儿的责骂；第九十一回，孟玉楼改嫁李衙内之后，丫鬟玉簪儿因嫉妒讥讽了孟玉楼，被李衙内责打后，又被媒人领出去变卖。

上述情节实际蕴含着情节修辞功用的细微演进。《蒋兴哥重会珍珠衫》的作者写晴云、煖雪挨打，仅是符合"恶有恶报"的道德语境的"插曲"；《金瓶梅》中的迎儿、夏花儿、玉簪儿挨打，却都与小说重要人物性格的塑造紧密相关。具体来看，迎儿挨打发生在《金瓶梅》第八回，此时西门庆新娶孟玉楼，冷淡了潘金莲，潘金莲等不来西门庆，其淫欲得不到发泄。在打骂偷吃了角儿的迎儿的过程中，潘金莲淫荡、嫉妒、狠毒的性格特征充分体现。第四十四回，李娇儿的丫鬟夏花儿

---

① 兰陵笑笑生著，刘心武评点：《刘心武评点全本〈金瓶梅词话〉》第一册，台湾学生书局 2015 年点校本，第 132 页。

偷盗金子被小厮捉住，此事发生在西门庆做官生子之后，正在人生得意之时的西门庆，对夏花儿动用了官刑，充分显示了自己作为一家之主的威严。听到夏花儿亲口承认是在潘金莲处偷得金子，夏花儿的主子李娇儿并不敢求情，可见相比潘金莲的泼辣与得宠，李娇儿在西门府中相对处于弱势地位。第九十一回写玉簪儿挨打，此回西门庆已亡故，孟玉楼改嫁给李衙内。玉簪儿是李衙内亡故的前妻留下的大丫鬟，因嫉妒孟玉楼，多次侮辱谩骂，而孟玉楼则一味忍让，与其较为温和的性格相一致。对玉簪儿惩戒的描写，使得孟玉楼的隐忍与玉簪儿粗俗嫉妒的性格形成鲜明反差。

除了写奴婢挨打之外，明清小说还有描写主要或重要人物遭受惩戒的情节。如在《喻世明言·金玉奴棒打薄情郎》中，莫稽富贵后嫌弃妻子金玉奴出身贫贱，欲将其杀害后另娶，金玉奴却意外被丈夫的上司许公救起并收为义女。许公假意选择莫稽为婿，在成婚当天，莫稽才发现新人正是"故妻"金玉奴。许公令一众老妪、丫鬟"一个个手执篱竹细棒，劈头劈脑打将下来，把纱帽都打脱了，肩背上棒如雨下，打得叫喊不迭"[1]。其后，莫稽又被金玉奴痛骂，骂得满面羞惭，闭口不言，只顾磕头求饶。两相对比，金玉奴坚贞的性格更加明显。《金瓶梅》第八十六回，陈经济与潘金莲的奸情被吴月娘发觉，陈经济对月娘心生怨恨，当众调侃吴月娘之子孝哥长得

---

① 冯梦龙：《喻世明言》，华夏出版社 1994 年版，第 286 页。

像自己，还踢了奶娘。吴月娘听从孙雪娥的计策，叫来七八个丫鬟媳妇，手持短棍打骂陈经济。陈经济被打得急了，甚至厚颜无耻地脱下裤子试图吓退众妇人，最终被吴月娘逐出家门。再如《醒世姻缘传》写薛素姐气死婆婆后，相大舅、相大妗子前来奔丧，发现薛素姐仍然戴花、穿色衣。于是，相大妗子用手抓住薛素姐的头发，足足打够了二百多棒槌，边打边历数薛素姐打翁骂婆、拷打丈夫、气死婆婆等罪名："我也不和他到官，叫他丢你们的丑。我只自家一顿儿打杀他！"①在这场令读者又气又喜的闹剧中，薛素姐粗俗蛮横的性格跃然纸上。

　　从上述情节可以看出，越是篇幅较长的描写世俗家庭生活的作品，无论是描写家庭中哪一类成员遭受惩戒，其描写都对人物性格的塑造有不同程度的促进作用。部分情节添加了喜剧性修辞话语，使得惩戒的场面更像一场闹剧，如玉簪儿挨打、薛素姐挨打；但由于惩戒双方并无紧密的血缘或情感联系，双方的内心世界毫无交集。因此，无论惩戒动机出于宗法、道德还是个人私欲，对于激发其他人物以及读者的审美感受的作用是极为有限的。即便是被惩戒方确有违反道德规则或家法的实际行为，惩戒也的确达到了最初的目的，但带有训诫意味的情节因果逻辑很难超越时代并维持其艺术感染力。如果按照惩戒方、被惩戒方、惩戒原因、惩戒结果等方面对"违反家法—遭受惩戒"情节进行归纳，会发现上述情节存在如下叙事模式：

---

① 西周生：《醒世姻缘传》，安徽文艺出版社 2004 年版，第 553 页。

表4-1　《喻世明言·蒋兴哥重会珍珠衫》等小说中的"违反家法—遭受惩戒"的叙事模式举例

相关情节	惩戒实施者	被惩戒者	惩戒原因	惩戒结果
晴云、煖雪挨打	蒋兴哥	晴云、煖雪	包庇王三巧奸情	晴云、煖雪招供后被变卖
莫稽挨打	许公、金玉奴	莫稽	莫稽薄幸	莫稽认错，得到金玉奴原谅
薛素姐挨打	相大妗子	薛素姐	薛素姐毒打丈夫，气死婆婆	薛素姐孤立无援，只得服软
迎儿挨打	潘金莲	迎儿	偷吃肉角	迎儿承受皮肉之苦
夏花儿挨打	西门庆	夏花儿	偷盗金子	西门庆下令变卖夏花儿
陈经济挨打	吴月娘等	陈经济	私通潘金莲，侮辱吴月娘	陈经济被逐
玉簪儿挨打	李衙内	玉簪儿	讥讽孟玉楼	玉簪儿被卖

从作品的整体来看，以上惩戒情节话语蕴含的语义指向与传统道德语境的指向是一致的，即宣扬善有善报、恶有恶报；尤其是当惩戒情节涉及主要人物时，情节话语的道德语义指向更为鲜明。这些话语并不是独立存在于文本的，而是与其他话语模块构成"互文性"。朱玲指出，话本小说话语单位的组织

所形成的分层结构，它们"各叙述不同的事件，事件的道德语义或互相说明，或反证，或映衬，可以把它们视为两个并列关系的陈述句，后句是对前句的修辞化扩展"①。例如，《金玉奴棒打薄情郎》的入话"妻弃夫"故事和正话"夫弃妻"故事两相映照，其道德语义指向是一致的，即嫌贫爱富必然引发令人后悔的结果。实际上，正话故事也与穿插其间的具有同样道德语义指向的诗词以及作者本人的议论遥相呼应。

长篇小说《醒世姻缘传》第六十回薛素姐挨打也体现了"互文性"特征。在该回的开头，有《苏幕遮》词云"杀机枕上冷飕飕"②，暗示薛素姐凌驾于其夫狄希陈之上所形成的紧张的夫妻关系。薛素姐打骂丈夫，才招致婆婆意外死亡。薛素姐又怠慢丧事，被相大妗子责打。也正是在这一回，作者再次提醒读者薛素姐是狐精转世。薛素姐挨打被骂后暂时服软，却仍不依不饶，再次掀起闹剧，实际上是夫妻二人前世冤孽所致——狄希陈前世晁大舍射杀狐仙姑，故狄氏今生受薛素姐虐待是无法避免的宿命。这与小说正文前"引起"部分中作者提出的人生排行第一的乐事应是"添一个贤德妻房"③，以及劝告世人不要伤生害命为来世造孽的价值观遥相呼应。

同为长篇小说的《金瓶梅》中奴婢夏花儿以及陈经济挨打，印证着《金瓶梅》的作者在正文之前劝诫世人警惕酒、

---

① 朱玲：《中国古代小说修辞诗学论稿》，人民出版社 2016 年版，第137—138 页。

② 西周生：《醒世姻缘传》，安徽文艺出版社 2004 年版，第 537 页。

③ 西周生：《醒世姻缘传》，安徽文艺出版社 2004 年版，第 2 页。

色、财、气的《四贪词》，如其中有"合撒手时需撒手，得饶人处且饶人"等语。①也就是说，在小说情节正式展开之前，作者已经从戒除酒、色、财、气层面的道德话语，传达出作品的主旨与作者本人的态度。受此影响，惩戒场面的角色话语模块的语义指向也是较为有限而统一的，这在一定程度上阻碍了阅读惩戒场面的读者产生超越道德语境本身的审美期待。同时也应当看到，到了《金瓶梅》，宿命观的偶然语境话语已经有被淡化的趋势，作者已经开始尝试不单纯为了惩戒而惩戒，与惩戒语境相关的话语已经开始关联辐射到多个人物性格特征的刻画。尽管惩戒动机本身的审美修辞尚未彻底冲破传统道德语境的限制，但其对于提升人物与情节审美价值的贡献是毋庸置疑的。

单纯在道德语境支配下建构情节的创作手法，在其后的《红楼梦》中也个别存在。如第二十九回，贾府众人在清虚观打醮，贾珍因贾蓉未在跟前，就喝命小厮啐他；第四十四回，一个小丫头替贾琏和鲍二家的望风，被王熙凤发现并审问，把她的两个腮打得紫胀起来，又拔下簪子戳丫头的嘴；第四十八回，平儿向宝钗转述贾琏挨打一事，因贾琏没能替贾赦从石呆子处买下贾赦看上的古扇，其后贾雨村设计得到古扇送给贾赦，贾赦以此责问贾琏，因贾琏一句顶撞，贾赦就把贾琏打得动弹不得；第七十三回，贾母命人查赌，查清后，令人将赌具

---

① 兰陵笑笑生著，刘心武评点：《刘心武评点全本〈金瓶梅词话〉》第一册，台湾学生书局 2015 年点校本，第 20—21 页。

烧毁，钱入官散与众人，"将为首者每人打四十大板，撵出，总不许再入；从者每人打二十大板，革去三月月钱"①。"宝玉挨打"和"抄检大观园"能够从这些情节当中脱颖而出，引发读者强烈的审美感受，正是因为作者从实用的、理性的道德语境、法律语境中彻底抽离出来，专注于营造审美语境，对"家法惩戒"的因果逻辑进行了修辞化的包装。

通过运用小说审美因果逻辑进行去道德化叙事，"宝玉挨打""抄检大观园"将"违反家法—遭受惩戒"的叙事模式改造为：

表4-2　"宝玉挨打""抄检大观园"情节中的"违反家法—遭受惩戒"叙事模式

相关情节	惩戒实施者	被惩戒者	惩戒原因	惩戒结果
宝玉挨打	贾政	贾宝玉	与戏子蒋玉菡交接，荒疏学业，被贾环诬陷强奸金钏未遂	宝玉未走上仕途经济之路，引发诸多人物或愤怒或疼惜的感情

---

① 曹雪芹著，无名氏续，程伟元、高鹗整理，中国艺术研究院红楼梦研究所校注：《红楼梦》，人民文学出版社 2008 年版，第 1010 页。

相关情节	惩戒实施者	被惩戒者	惩戒原因	惩戒结果
抄检大观园	王夫人、王熙凤、王善保家的	除宝钗之外的诸"钗"及其丫鬟	查清绣春囊下落	未能查明绣春囊下落,无辜者受害,产生多层次情感变幻,晴雯、司棋等人被逐

单纯从道德语境而言,贾政对贾宝玉的残酷体罚,甚至表示要置贾宝玉于死地的说法,完全符合我国古代宗法社会的道德与法律语境的规范,是理应得到其他家族成员认可的行为。曾有学者从清代法律层面对贾政行为进行分析,指出由于贾环的诬陷,贾政认定贾宝玉已犯下强奸未遂致人死亡的重罪,"贾政的杖责是家长权的实施,是父亲对不肖子孙的惩戒和管教,家长权固然有其限度,但对于奸淫案件则例外。因此,即使贾政失手将贾宝玉杖毙,也不会受到刑罚的制裁。贾政的家长权不仅来自'家法',更有'国法'的认可"①。的确,如果在封建传统道德或法律语境层面看待"宝玉挨打",宝玉身边所有的人都没有理由质疑与非议,但《红楼梦》的作者并没

---

① 乔惠泉、曲海勇:《贾宝玉的罪与罚:宝玉挨打的法律分析——以〈大清律例〉和〈刑案汇览〉为视角》,载《江苏警官学院学报》2012年第5期。

有停留在道德语境，而是以审美化的动机完成了对实用与道德动机的彻底超越：金钏之死归罪于宝玉，这完全是贾环的栽赃陷害，贾宝玉之所以受责，根源在于他与贾政虽然是父子，但二人在价值观层面却存在冲突——贾宝玉对蒋玉菡的欣赏、对贾雨村所代表的仕宦之辈的反感，让贾政难以理解甚至无法接受。贾政眼中的不肖子孙贾宝玉，理应受到严惩，但在读者以及其他人物眼中，尤其是贾母、黛玉等看来，宝玉却是无辜的甚至值得同情的。在本书的第二章，通过对比版本异文所辨别出的宝玉对仕途经济反感的文字，已经更好地拉开了父子的心理距离，强化了"宝玉挨打"审美化的惩戒动机。后文将进一步围绕"宝玉挨打"相关的修辞话语，着重强化这一剧场性语境中不同人物的修辞话语审美表现力。

《红楼梦》另一经典"家法惩戒"情节——"抄检大观园"的发生，起源于第七十三回，直接原因是一个突然出现的绣春囊被傻大姐捡到，邢夫人的陪房王善保家的建议王夫人借贾母查园中聚赌一事，趁夜查抄大观园。早在第七十一回，作者就对荣宁二府之间逐渐发展的矛盾冲突及"嫌隙人有心生嫌隙"之处进行细致描摹。原本出于维护道德规范的抄检，因为"嫌隙人"的存在，王夫人探寻绣春囊来源的意图，被扫除所谓有妨道德风化的"妖精似的东西"所取代。"嫌隙"演变成发生在本来关系密切的人物之间，因各自价值取向不同而引发的冲突。王夫人口中"妖精似的东西"，在贾宝玉和读者看来正是审美价值所在。

实际上，这些震撼的"大场面"虽然超越了道德语境，但《红楼梦》仍蕴含宗教教义层面的训诫。如小说第一回作者借僧道之口说出："那红尘中有却有些乐事，但不能永远依恃；况又有'美中不足，好事多魔'八个字紧相连属，瞬息间则又乐极悲生，人非物换，究竟是到头一梦，万境归空……"①又如第十三回秦可卿临终托梦王熙凤，也发出了"三春去后诸芳尽，各自须寻各自门"②的警示之语，但因为作者贯穿创作过程的"大旨谈情"的价值取向，这些训诫并不会封闭读者面对"宝玉挨打""抄检大观园"时的审美期待。人物各自独特的性格逻辑与价值观念，在惩戒事件的前因后果中所发挥的主导作用得到充分展现。这些情节就不再单纯是道德训诫或宗教教义的示例，而是获得了独立的审美价值。

相比在我国明清小说中集中、大量出现的"家法惩戒"母题，"女性死亡"母题情节的创作经历了更为漫长的历史过程，也呈现出更为复杂的修辞策略。在中国传统文化生活中，死亡往往是世人努力避讳或需委婉谈及的话题，但在古典小说创作历程中，作家运用不同的修辞策略，营造不同的语境，充分展现死亡尤其是女性死亡的震撼与冲击。我们假设现实中的女性之死为"女性死亡0"，那么，小说叙述的女性死亡想象依据死亡原因属于道德修辞还是审美修辞，可以分为"女性死亡

① 曹雪芹著，无名氏续，程伟元、高鹗整理，中国艺术研究院红楼梦研究所校注：《红楼梦》，人民文学出版社 2008 年版，第 3 页。
② 曹雪芹著，无名氏续，程伟元、高鹗整理，中国艺术研究院红楼梦研究所校注：《红楼梦》，人民文学出版社 2008 年版，第 170 页。

1"与"女性死亡2"。以下我们将分别对属于两种修辞策略的"女性死亡"母题情节进行历时的梳理考察。

本书第一章开头提到的北京大学西汉竹简《妄稽》的结尾，女主人公妄稽突然暴病，并在临终时表达了忏悔："我妒也，不智（知）天命虖（乎）！祸生虖（乎）妒之。"①虽然从全文来看，是妄稽与其夫周春、美妾虞士彼此之间相互冲突的情感逻辑话语推动着情节的发展，但就妄稽死亡悲剧发生的直接原因来看，作者的道德训诫意味还是十分明显的。这可以说是开"女性死亡1"审美修辞模式的修辞想象之先河。中国封建社会以男权为中心，女性是男性的附庸。在《红楼梦》之前展现"女性死亡1"叙事模式的小说文本中，作者惯于运用充满残暴、血腥色彩的话语，描写女性死亡现场，对女性放纵肉体欲望进行鲜明的道德批判。刘再复在《性格组合论》中提到，相比西方，对性欲进行无情鞭挞的作品在中国古代小说中常见，其中，潘金莲的死亡就是一例。②除《金瓶梅》中的潘金莲，还有《醒世恒言·赫大卿遗恨鸳鸯绦》中被依律问斩的爱风月的貌美尼姑空照、静真，《醒世恒言·陆五汉硬留合色鞋》中被奸骗后自尽的潘寿儿，《金瓶梅》中的庞春梅，《水浒传》中杨雄之妻潘巧云等。这类故事情节渗透着"善有善报，恶有恶报"这一佛教因果报应观念和传统道德观念。如《金瓶

---

① 北京大学出土文献研究所编：《北京大学藏西汉竹书》第四册，上海古籍出版社 2015 年版，第 75 页。

② 刘再复：《性格组合论》，安徽文艺出版社 1999 年版，第 462 页。

梅》中庞春梅之死，是因为她在西门庆死后与陈经济乱伦，后又与周义纵欲；《水浒传》中杨雄之妻潘巧云之死，是由于她有姿色又不耐寂寞，与僧人裴如海勾搭成奸。

　　以残暴、恐怖氛围笼罩女性之死的修辞策略，出自古代中国特定的社会文化背景之下，表达的是作者从男权社会道德标准出发，对有淫乱之罪的女性所持的否定态度。在上述故事情节中，女性的美貌被妖魔化，寄寓其中的是女色害人害己的观念。她们对色欲的放纵，是推动其走向死亡的根本力量。在佛教因果报应观的笼罩之下，作品意图实现劝善惩恶的道德说教目的。为了实现这一目的，女性的死亡场面多被刻画得十分血腥。如《金瓶梅》第八十七回武松在武大灵前怒杀潘金莲，竟将其"心肝五脏生扯下来，血沥沥供养在灵前。后方一刀割下头来，血流满地"①。《水浒传》中写到杨雄、石秀怒杀潘巧云，同样是"取出心肝五脏，挂在松树上"②。

　　与"女性死亡1"模式的道德语境修辞话语产生剧烈反差的，是"女性死亡2"审美语境修辞话语。早在唐人创作小说之时，小说作者们就正式开始了对女性死亡情感因果修辞策略的探索。如前文提到的《飞烟传》中的飞烟，因与书生赵象的禁忌之爱被其夫虐打致死。而更为震撼的美女之死还体现在另一篇唐传奇《霍小玉传》中。艺伎霍小玉被出身名门、

---

　　① 兰陵笑笑生著，刘心武评点：《刘心武评点全本〈金瓶梅词话〉》第五册，台湾学生书局 2015 年点校本，第 1891 页。
　　② 陈曦钟、侯忠义、鲁玉川辑校：《水浒传会评本》，北京大学出版社 1981 年版，第 860 页。

心之所爱的李益背叛，怀恨抱病，与李益最后一次相见时，梳妆后的霍小玉投杯于地，号哭而绝。同样为情而亡的，还有《情史·王娇》中的女主人公王娇。再如《醒世恒言·闹樊楼多情周胜仙》写周胜仙与范二郎一见钟情，亲事先是遭周父反对，周胜仙一怒之下昏死过去。周家将女儿入殓下葬后，又遇朱真掘坟偷盗财物。周胜仙意外苏醒，虽被朱真挟持，仍痴心不改，重新来到范家，却被范二郎误作女鬼打死。《醒世恒言·杜十娘怒沉百宝箱》中的杜十娘，本是风尘女子，对书生李甲萌生出专一的爱情，从良后却被心爱之人李甲辜负并出卖，最后愤而投江。还有《金瓶梅》中的李瓶儿，她虽与西门庆通奸，气死丈夫，但嫁给西门庆后，不同于潘金莲的泼辣恶毒，即便是遭到潘金莲的算计，她也忍气吞声。儿子官哥被潘金莲设计害死后，李瓶儿也病重而亡，临终时对西门庆十分不舍，显露出深情的一面。

　　"女性死亡2"审美语境修辞话语演进到《红楼梦》，作者开始运用女性人物独特的情感逻辑对传统道德语境进行颠覆性的改造，"女性死亡"的审美价值随之有效淡化甚至冲破了实用道德语境的制约。戚本《红楼梦》第八回夹批曰："作者是欲天下人共来哭此情字。"① 这一批语正体现出《红楼梦》的作者在建构"女性死亡"母题情节时，尤其强调"情"在推动美好女性走向死亡过程中所发挥的关键作用。这在"女性死

---

　　① 曹雪芹原著，脂砚斋重评，周祜昌、周汝昌、周伦玲校订：《石头记会真》，海燕出版社 2004 年版，第 988 页。

亡"创作历程中具有重要的意义。

《红楼梦》前八十回，除了作为已故人物出现的女性之外，死亡的女性人物人数众多：秦可卿、秦可卿的丫鬟瑞珠、王夫人的丫鬟金钏、鲍二媳妇、尤三姐、尤二姐、晴雯等。其中非主要人物的死亡，在诸本中大体一致：瑞珠是在秦可卿死后触柱而亡，而金钏则是被王夫人打骂后含羞自尽，鲍二媳妇自尽是因与贾琏的奸情被凤姐撞破一事而起。上述情节虽然仍属于"女性死亡1"叙事想象范畴，并非作者重点关注的部分，故以插叙一笔带过。在众多凋零的女性生命中，占据更多篇幅的尤二姐、尤三姐、晴雯之死，都充分展现出审美修辞化的女性真挚情感对悲剧的推动作用。如尤三姐专情于柳湘莲，一心等待他归来以求完婚，柳湘莲却误以为尤三姐是放荡之人而悔婚，导致三姐自刎；晴雯无辜被逐，生命垂危时面对来探视的宝玉，仍勇敢地流露出对宝玉的依恋与不舍。

下文进行的"宝玉挨打""抄捡大观园"以及尤二姐、尤三姐、晴雯之死相关情节的异文比较研究，将着重辨析出能够强化"家法惩戒""女性死亡2"叙事模式，尤其是"惩戒之因""死亡之因"审美价值的文字。

二、增写：强调悲剧结局的审美化

以往，在"女性死亡"母题情节当中，恶有恶报的女主人公深层次的内心情感并不是作者表现的重点，旁观人物之间的感情倾向也缺乏差异与冲突。如在《陆五汉硬留合色鞋》中，面对潘寿儿撞石自尽，断案太守、曾对潘寿儿有意的风流子弟张荩以及作者本人的态度，都是同情和不忍，这与作者的态度也并没有拉开距离。但在《杜十娘怒沉百宝箱》和《金瓶梅》中，作者对悲剧结局的审美化创作显然进入新的高度。面对李甲以千金之价将自己卖与孙富的结局，杜十娘对李甲说："明早快快应承了他。"① 她又将自己打扮得光彩照人，其外在的言行与内心的痛苦形成强烈反差。待李甲找来孙富，杜十娘先是命李甲逐次取出宝物，再一件件亲手投入江中。痛斥孙、李二人后，杜十娘不顾一旁羞愧的李甲，抱持宝匣，向江心跳下。此时的旁观者"皆咬牙切齿，争欲拳殴李甲和那孙富。慌得李、孙二人，手足无措"②。李甲背叛后的愧悔，反衬出十娘对爱情的忠贞和态度的决绝，且二人的冲突在环环相扣的情节中显得直观生动。在描写李瓶儿之死时，作者隐去其最初与西门庆偷情时的不堪，着重体现她此时的软弱善良和对西门庆的真情，并透过李瓶儿之死这一剧场性语境，展现出不同人物动态的情感交织。同是悲痛，却写得有所区别。比如西门庆、吴月娘作为李瓶儿之死的旁观者，当场悲痛落泪；李瓶儿的干女儿吴银儿姗姗来迟，直至见到李瓶儿遗留给自己的物品后才流泪；丫鬟迎春虽与李瓶儿是主仆，却跪地大哭，不愿离开，侧面表现李瓶儿平日能够温和待下。

　　《红楼梦》"家法惩戒"母题情节中的受惩戒者之所以受

---

① 冯梦龙：《警世通言》，南海出版公司 2002 年版，第 414 页。
② 冯梦龙：《警世通言》，南海出版公司 2002 年版，第 414 页。

罚，更大程度上来自惩戒者与被惩戒者双方在思想观念与价值取向层面的"错位"与冲突，悲剧结局不是平面的、简单化的，而是深刻的、审美化的。在本书第二章，我们曾通过研究与贾宝玉形象塑造相关的重要异文，谈到贾政捍卫封建正统道德规范的惩戒目的并未达到，却凸显了贾宝玉情感世界超验的快感形式。与之类似，在"抄检大观园"一节，抄检过程与最终结果都脱离了道德语境：抄检的实施者王善保家的、王熙凤等人并未查到绣春囊的来历，尤其是王善保家的，因为自己的僭越言行，反遭探春的惩戒。此外，晴雯、入画、司棋等人的言行与所遭受的残酷惩罚也并不对等。"抄检大观园"一事，并未因为搜出了司棋物品中所谓的"赃证"而宣告结束。第七十七回，晴雯、司棋以及唱戏的女孩子们被驱逐出园，后晴雯病重而亡，更是加深了贾宝玉内心的痛苦。从整顿风化出发的抄检行为不仅演变为闹剧，更是一场殃及诸"美"的悲剧，读者得以在"家法惩戒"母题的话语平台产生审美叙事的另类想象。

这种另类想象的空间有多大，对《红楼梦》"家法惩戒""女性死亡"母题建构而言，是由作者对受惩戒的或死亡的女性情感以及面对悲剧的旁观者情感的开掘力度决定的。也就是说，只有重构剧场性语境价值尺度，审美修辞策略才能真正实现。

第二节 审美修辞的在场：剧场性语境价值 尺度的重构

在《红楼梦》问世之前，小说创作者已经开始以审美化的逻辑话语包装"家法惩戒"与"女性死亡"母题情节，所采用的修辞策略既包括强化话语主体价值观念层面的剧烈冲突，又包括转化传统道德语境为颇具审美意味的剧场性语境。通过把不同人物置于惩戒或死亡这一共同情境之中，以表现各不相同的情感反应，激发相互之间的情感反差、冲突，以此感染读者。具体来说，在重建"家法惩戒""女性死亡"审美现场描写的价值尺度的过程中，《红楼梦》的作者对传统语境的改造表现在：在层层铺垫中不断强化人物独特的性格特征，拉开不同人物的情感距离，引发并激化冲突，增加小说情节的曲折程度。上节所述的《红楼梦》作者运用审美修辞对实用的、道德的因果逻辑的全新包装，也正是在这一过程中得以体现的。

实际上，剧场性语境的辐射范围非常广，在惩戒与死亡真正发生之前，作者往往已经运用曲折的笔法进行渲染。下文以"家法惩戒""女性死亡"母题关键情节异文为研究对象，立足剧场性语境价值尺度的重构，兼顾上文提到的两大"增写"策略，以提升《红楼梦》在相关母题情节创作历程中的经典价值。

一、增写："宝玉挨打""抄检大观园"情节的审美修辞

（一）宝玉挨打

在"宝玉挨打"情节诞生之前，《金瓶梅》的作者就已经写过一处精彩的家法惩戒场面——"平安挨打"。事情的起因尽管只是平安与西门庆的娈童、书童两个奴仆之间的琐碎矛盾，但作者真正的目的在于展现两个奴仆背后的西门庆、潘金莲、李瓶儿等人复杂的心理动机。西门庆杖责平安后，在月娘等人面前，早就对书童不满的潘金莲借此事，暗暗地揭发出书童曾买了酒饭去李瓶儿处跑关系、讨人情。李瓶儿因此事暴露，感到羞愧。而其他小厮，如玳安、贲四等人，则又是另一种态度，纷纷调侃平安，认为他未按主子吩咐行事，才造成受罚。尽管"平安挨打"描写得十分精彩，但《红楼梦》的作者并未止步于此，而是尝试从惩戒动机开始，构建全新的审美修辞。

"宝玉挨打"的惩戒动机隐含的是贾政父子在价值观层面的矛盾，这比两小厮争风吃醋而引发惩戒的发生，无疑是更深刻的。另外，同样是充分铺垫，宝玉在挨打之前，作者通过对多个人物的语言、动作、神态、心理活动等方面进行渲染，强化氛围的紧张，且氛围的饱和程度极具层次感：金钏投井，贾宝玉精神萎靡不振惹贾政生气；紧接着，忠顺王府长府官又来贾府寻找忠顺王宠爱的戏子蒋玉菡，贾政得知儿子与戏子交接，愤怒升级；作者又安排贾环登场，他诬陷贾宝玉对金钏强奸未遂才造成金钏之死，此时的贾政已经气愤至极，连众位门

客也不敢劝阻。贾宝玉本想传话出去，却偏逢一个耳聋的老妪，误会的发生增加了情节的曲折。最终，贾政盛怒之下亲手杖责贾宝玉。在这一过程中，无论是话语冲突设置还是动态画面营造，都具备更为强烈的视觉与心理冲击力。"平安挨打"虽亦有伏笔，但缺乏逐渐推进的紧张感；二者惩戒结果的描写也有较大区别。《红楼梦》的作者着力于强化不同人物错综复杂的情感特征。被惩戒对象宝玉，是整部小说着力刻画的重要人物。通过"宝玉挨打"情节的描绘，宝玉、黛玉、宝钗等多个人物情感的表现更为立体化，并呈现出动态交织的特点。惩戒所造成的影响一直延续至接下来的第三十四回。

进入"宝玉挨打"异文对比的版本包括庚卯杨府戚舒觉程列乙共11本。第三十三回，贾宝玉得知金钏自尽，正在悲痛茫然，又碰巧与贾政撞了个满怀。贾政喝住宝玉之后，开始责问。

> 贾政道："好端端的，你垂头丧气咳些什么？方才雨村来了要见你，那半天你才出来了；既出来，全无一点慷慨挥洒谈吐，仍是葳葳蕤蕤（程本作'葳葳蕤蕤的'，乙本作'委委琐琐的'）。我看你脸上一团思欲（觉程乙3本作'私欲'）愁闷气色，这会子又咳声叹气。你那些还不足（舒本作'你那些儿不足'，列本作'你那些不'），还不自在？无故这样，却是为何（乙本作'是什么缘故'）？" 庚①

---

① 冯其庸主编，红楼梦研究所汇校：《脂砚斋重评石头记汇校》，文化艺术出版社1987年版，第1719—1720页751.10—752.3栏；曹雪芹：《程乙本红楼梦》上册，中国书店2011年影印本，第203页。

"葳葳蕤蕤"重在强调精神的萎靡不振，而"委委琐琐"则是强调人外表的不堪，前者用于形容贾宝玉此时的神态更为贴切。程本"葳葳蕤蕤的"这一"的"字结构，对语气有弱化效果。故"葳葳蕤蕤"更好。

"思欲"较"私欲"更准确地表现出宝玉因金钏儿之死而心事重重的状态。

"你那些还不足"中的"还"使疑问语气加重，在语境中带上了强烈的不满、疑惑的感情色彩，而且更符合贾政的表述口气。

"却是为何"简洁有力，乙本"是什么缘故"则较为口语化。结合语境中的感情色彩，以"却是为何"为佳。

贾政对宝玉进行责问时的冷酷严厉，因宝玉此时的反应进一步上升为愤怒。由于宝玉正因金钏之死悲痛不已，此时只是怔怔地站着。这时，贾政的反应是：

> 贾政见他惶悚，应对不似往日，原本无气的，这一来生了三分气（卯杨府戚觉程列乙9本作"这一来倒生了三分气"，舒本作"这一见他这般光景倒有了二三分气了"）。 庚[①]

舒本"这一见他这般光景"一语不免拖沓，无益于情节紧张节奏的营造；9本"这一来倒生了三分气"中的"倒"表现的是贾政情绪的转变。"三分"与"二三分"都代表约数，但

---

① 冯其庸主编，红楼梦研究所汇校：《脂砚斋重评石头记汇校》，文化艺术出版社1987年版，第1720页752.5—752.6栏；曹雪芹：《程乙本红楼梦》上册，中国书店2011年影印本，第203页。

"三分气"较"二三分气"语气更明快流畅，且更利于表现已经开始动怒的贾政与宝玉之间的心理距离。

忠顺王府长府官的到来，让贾政怀疑贾宝玉与戏子有染。

> 贾政听了这话，又惊又气，即命唤宝玉来（舒本作"即命人唤宝玉"，觉程乙3本作"命唤宝玉出来"）。宝玉也不知是何原故，忙赶来时（舒本作"忙忙走来"，觉程乙3本作"忙忙赶来"），贾政便问："该死的奴才（杨本作'东西'）！你在家不读书也罢了，怎么又做出这些无法无天的事来！……" 庚①

"即命唤宝玉来"较"即命人唤宝玉"更准确，且一个"来"字为氛围增添了紧张的色彩，更能够引发读者对下文的期待。

"赶来"较"走来"更能表现贾宝玉的急切，且"来"字与上文"即命唤宝玉来"中的"来"都增加了读者心理上的紧张、期待；当"忙"这一单音动词在静态语境中出现时，其形象色彩并不鲜明，当重叠为"忙忙"时，贾宝玉此时的神态形象色彩更鲜明，且较"忙赶来"更能体现宝玉对贾政的畏惧心理。

贾政贬低宝玉的用词，在前文有"轻薄人""畜生""业障""蠢物"等②，都较文雅，故此处贾政骂宝玉为"奴才"而

---

① 冯其庸主编，红楼梦研究所汇校：《脂砚斋重评石头记汇校》，文化艺术出版社1987年版，第1725页753.10—754.2栏；曹雪芹：《程乙本红楼梦》上册，中国书店2011年影印本，第203页。

② 曹雪芹著，无名氏续，程伟元、高鹗整理，中国艺术研究院红楼梦研究所校注：《红楼梦》，人民文学出版社2008年版，第222、224、225页。

不取杨本更为粗鄙的"东西",与其用语风格更为统一。

之后,当长府官提及"汗巾"一事时,宝玉无法隐瞒,只得道出蒋玉菡下落。贾政此时气得目瞪口歪,父子间的冲突进一步激化。此时贾环又将金钏之死栽赃给宝玉,更是加剧了贾政的愤怒,将冲突推上极端。面对盛怒的贾政,贾环越是把金钏的死状描摹得夸张,将宝玉之罪行叙述得确切笃定,就越能够对贾政造成心理刺激,为接下来贾政动用家法对宝玉进行严厉惩罚提供了更为充分的前提条件。

> 贾环见他父亲盛怒(舒本作"动怒",觉程乙3本作"甚怒"),便乘机说道:"方才原不曾跑,只因从那井边一过,那井里淹死了一个丫头(列本作'谁知忽然看见一个投井死的人'),我看人头这样大(杨本前接'随用手比着说'6字,列本作'头这样大',乙本作'我看脑袋这么大'),身子这样粗,泡的实在可怕,所以才赶着跑了过来。"　庚①

"盛怒"较"甚怒"程度更深,较动词"动怒"更为具体形象,强化了此时贾政的愤怒之情。

列本的"谁知忽然看见",不如他本中贾环直言井中淹死一个丫头显得节奏紧凑。

此时不必交代贾环是用手比画着说,读者也能够想象出他

---

① 冯其庸主编,红楼梦研究所汇校:《脂砚斋重评石头记汇校》,文化艺术出版社1987年版,第1729—1730页755.8—755.10栏;曹雪芹:《程乙本红楼梦》上册,中国书店2011年影印本,第204页。

那夸张的动作神态；列本"头这样大"较他本文字简练，并且与其后的"身子这样粗"相对，更为工整上口。故列本文字为佳。

听完贾环的描述，贾政的心理活动不仅有惊讶，更有疑惑。此时，贾环趁机将金钏跳井的责任推给宝玉，让本就认为丢了祖宗颜面的贾政愈加恼怒。贾环这样说道：

> "宝玉哥哥前日在太太屋里，拉着太太的丫头金钏儿强奸不遂，打了一顿。那金钏儿便赌气投井死了（杨本作'金钏儿便投井死了'，舒本作'他便赌气投井死了'，列本作'谁知金钏儿便赌气投井死了'）。" 庚[①]

贾环以带有愤怒感情色彩的"赌气"形容投井的金钏，是为强调宝玉"强奸不遂"以及殴打行为的严重。列本较他本多出"谁知"二字，加重了句子语气。列本文字为好。

此时，贾政责打宝玉的紧张情势已经形成。面对该情境，门客仆从的反应是：

> 众门客仆从……一个个都是咬指咬舌（程本作"咬指吐舌"，列本作"咬指咬腮"，乙本作"咬指吐舌"），连忙退出。 庚[②]

---

① 冯其庸主编，红楼梦研究所汇校：《脂砚斋重评石头记汇校》，文化艺术出版社1987年版，第1732页756.7—756.8栏；曹雪芹：《程乙本红楼梦》上册，中国书店2011年影印本，第204页。

② 冯其庸主编，红楼梦研究所汇校：《脂砚斋重评石头记汇校》，文化艺术出版社1987年版，第1733页757.2—757.3栏；曹雪芹：《程乙本红楼梦》上册，中国书店2011年影印本，第204页。

"咬舌"较"吐舌""咬腮",用以表现众门客面对贾政动怒时不敢劝说的恐惧时,感情色彩更为浓郁。"啖指咬舌"为好。

贾政愤怒不断累积,终于爆发,遂下令用打板子的手段严惩贾宝玉,甚至亲手责打他。各版本异文在表现情节氛围的紧张、激烈程度时,使用的修辞话语存在效果差异:

> 那贾政喘吁吁直挺挺,坐在椅子上,满面泪痕,一叠声:"拿宝玉!拿大棍!拿索子捆上(杨本作'拿绳索快捆上',舒本作'拿索捆上',觉本作'拿绳捆来',程本作'拿绳捆上',乙本作'拿绳来')!把各门都关上!有人传信在里头去,立刻打死!" 庚[①]

"拿绳索快捆上"较他本文字多出一"快"字,更显贾政此时欲责打宝玉的急切心情。

作者并不急于让宝玉马上被打,而是让意欲求救的宝玉偏偏遇到一个耳聋的老奴,为已经十分紧张急迫的情势增添了新的曲折,使读者更为焦急。

> 那宝玉听见贾政吩咐他"不许动",早知多凶少吉,那里承望(觉程乙3本作"知道")贾环又添了许多的话。正在厅上干转(觉程乙3本作"旋转"),怎得个人

---

① 冯其庸主编,红楼梦研究所汇校:《脂砚斋重评石头记汇校》,文化艺术出版社1987年版,第1733页757.3—757.4栏;曹雪芹:《程乙本红楼梦》上册,中国书店2011年影印本,第204页。

191

来往里头去捎信……　　庚①

情急之下，宝玉拉住一个老妈妈，说道："快进去告诉：老爷要打我呢！快去，快去！要紧，要紧！"②老婆子却将"要紧"误听作"跳井"：

> 老婆子偏生又聋，竟不曾听见是什么话，把"要紧"二字只听见（杨本作"只作"，戚觉程列乙6本作"只听作"）"跳井"二字，便笑道："跳井让他跳去，二爷怕什么？"宝玉见是个聋子，便着急道："你出去叫我的小厮来罢。"那婆子道："……怎么有不了事的（卯府戚舒觉程列乙9本作'怎么不了事呢'）！"　　庚③

"承望"指"料到"，虽与"知道"语意相近，但多用于表示"出乎意外"④。从贾宝玉的视角来看，贾环在贾政面前的一番话出乎自己意料，故此处用"承望"为好。

"干转"较"旋转"表述更准确。

从耳聋的老婆子的角度而言，"只听见"不通，"只听作"于文理更通。

---

① 冯其庸主编，红楼梦研究所汇校：《脂砚斋重评石头记汇校》，文化艺术出版社1987年版，第1734页757.5—757.7栏；曹雪芹：《程乙本红楼梦》上册，中国书店2011年影印本，第204—205页。

② 曹雪芹著，无名氏续，程伟元、高鹗整理，中国艺术研究院红楼梦研究所校注：《红楼梦》，人民文学出版社2008年版，第443页。

③ 冯其庸主编，红楼梦研究所汇校：《脂砚斋重评石头记汇校》，文化艺术出版社1987年版，第1735—1736页757.9—758.2栏；曹雪芹：《程乙本红楼梦》上册，中国书店2011年影印本，第205页。

④ 中国社会科学院语言研究所词典编辑室编：《现代汉语词典》，商务印书馆2016年版，第168页。

"怎么不了事呢"是疑问句，而"怎么有不了事的"则倾向于反问语气。此时老婆子的语气越是笃定，与贾宝玉之间的误会就越突出。

最终，宝玉被带至贾政跟前。经过作者紧锣密鼓的渲染，剧场性语境这时才真正上演：

> 贾政一见，眼都红紫（舒程列乙4本作"眼都红了"）……在家荒疏学业，淫辱母婢（觉程乙本作"淫逼母婢"，乙本作"逼淫母婢"），只喝令"堵起嘴来，着实打死！"小厮们……举起大板打了十来下。贾政犹嫌打轻了（程乙2本前接"宝玉自知不能讨饶，只是呜呜的哭"），一脚踢开掌板的，自己夺过来，咬着牙狠命盖了三四十下（程乙2本作"狠命的又打了十几下。宝玉生来未经过这样苦楚，起先觉得打得疼不过，还乱嚷乱哭，后来渐渐气弱声嘶，哽咽不出"）。众门客见打的不祥了，忙上前夺劝。贾政那里肯听，说道："……明日酿到他弑君杀父（杨本作'明日酿到杀父的时候'，府舒2本作'明日酿到他弑君弑父'，觉程列3本作'明日酿到他杀父杀君'，乙本作'明日酿到他弑父弑君'），你们才不劝不成！" 庚[1]

"红紫"用来形容贾政的眼，较"红"词义程度更深，更

---

[1] 冯其庸主编，红楼梦研究所汇校：《脂砚斋重评石头记汇校》，文化艺术出版社1987年版，第1736—1738页758.3—758.9栏；曹雪芹：《程乙本红楼梦》上册，中国书店2011年影印本，第205页。

能体现贾政的愤怒之极。

觉程2本"淫逼母婢"和乙本"逼淫母婢"，与前文贾环在贾政面前诬陷宝玉强奸金钏不遂，还打了金钏这一说法更为相符。

描写宝玉挨板子一节，觉程2本较他本多出宝玉先后被小厮、贾政责打后的反应，先是"自知不能讨饶，只是呜呜的哭"，突出贾政此时的暴怒和冷酷无情对宝玉的震慑，其后贾政亲自掌板，程乙2本又写宝玉"生来未经过这样苦楚""气弱声嘶，哽咽不出"，如此一来，情节环环相扣，紧张的氛围更为浓厚。宝玉的痛苦逐渐加深，既强调贾政的愤怒程度非比寻常，又为后文面对此情此景的王夫人、贾母等人物各不相同的情感状态营造了更为饱和的氛围。庚卯杨府戚觉7本描写贾政动作的"咬着牙狠命盖了三四十下"，虽较程乙2本"狠命的又打了十几下"力度更强，但宝玉的痛苦反应已较为充分，门客一直等到贾政打了三四十下才劝阻不合情理。综合上述分析，程乙2本文字优长之处更多。

在古代汉语中，"杀"为中性词，"弑"的词义范围更为狭窄，仅适用于下杀上，是贬义词。故此处用"弑君弑父"不仅符合词语搭配规则，且较其他版本文字有更强烈的贬义色彩，不仅符合贾政对君臣父子纲常十分严谨的态度和言语习惯，更能通过此处感情强烈的贬义词，体现贾政与贾宝玉父子间的情感冲突的程度。

听闻宝玉正在挨打，第一个赶来的是王夫人。她作为宝玉的生母，自然十分担心宝玉的安危，但同时又慑于贾政对贾宝玉行使惩罚的家长权。因此，王夫人在劝阻过程中，从委婉心理出发调配言语感情色彩，力求唤起贾政对自己儿子的疼惜。一方面，王夫人从贾政、贾母的角度出发，哭道："宝玉虽然该打，老爷也要自重。况且炎天暑日的，老太太身上也不大好，打死宝玉事小，倘或老太太一时不自在了，岂不事大！"①王夫人在贾宝玉之前已痛失一子，贾宝玉已经是王夫人仅有的儿子，此时看到贾政决意要勒死宝玉，王夫人内心的悲伤以激动的哀求呈现出来。她说道：

> "我也不敢深（府戚3本作'死'）劝。今日越发要他死（杨本作'打死他'，舒觉列程4本作'他死了'，乙本作'弄死他'），岂不是有意绝我。……我们娘儿们不敢含怨，到底（觉程乙3本作'不如一同死了'）在阴司里也（卯杨府戚舒觉列8本无此字）得个依靠。"说毕，爬在宝玉身上大哭起来（觉本作"爬住宝玉放声大哭起来"，程乙2本作"抱住宝玉放声大哭起来"）。　庚②

此时，王夫人作为劝解一方，用语还需婉转，以免对贾政造成进一步刺激，而"深劝"较"死劝"词义程度更浅，"深劝"为好。

---

① 曹雪芹著，无名氏续，程伟元、高鹗整理，中国艺术研究院红楼梦研究所校注：《红楼梦》，人民文学出版社2008年版，第443页。
② 冯其庸主编，红楼梦研究所汇校：《脂砚斋重评石头记汇校》，文化艺术出版社1987年版，第1741—1742页759.9—760.2栏；曹雪芹：《程乙本红楼梦》上册，中国书店2011年影印本，第205页。

府戚3本"今日越发要死"表意不明；贾政欲勒死宝玉，故杨本"打死他"不准确；乙本"弄死他"较舒觉列程4本"要他死了"语气更重，更能表现王夫人对贾政之举的气愤。"要他死"的语气也较重，与"要他死了"属两可的情况。

觉程乙3本"不如一同死了"与王夫人所言"在阴司里也得个依靠"相互应，当以此3本文字为妥。

"到底在阴司里也得个依靠"中的"也"是表委婉的副词，保留为好。

描写王夫人动作的文字，觉本"爬住"文理不通，程乙2本的"抱住"较庚卯杨府戚舒列8本的"爬在"，更能表现作为母亲的王夫人面对儿子惨状时悲痛不已的心情。程乙2本"放声大哭"较8本的"大哭"程度更深，痛苦色彩更鲜明。

贾政在扬言勒死宝玉时就曾痛心疾首地大骂贾宝玉为孽障，在他看来，教训宝玉是为让其能走上符合封建传统规范的"正途"，能在日后光宗耀祖。如若做不到这一点，自己在贾母面前也是不肖子孙。然而，正是贾政自认为是在贾母面前尽孝才责打贾宝玉的行为，引发贾母强烈的愤怒和不满。不同于王夫人在此情境中先是委婉进而愤怒的言语特点，贾母一出场就表达出愤怒：

> 厉声说道："你原来是（戚觉程乙5本无此字）和我说话呢吗！我倒有话吩咐，只是可怜（觉程乙3本无此2字）我一生没养个好（列本作'听话的'）儿子，却教我和谁

说去（列本作'吩咐谁去'）！" 庚①

"你原来是和我说话呢吗！"中的"是"有强调之意，保留为好。

"没养个好儿子"和"没养个听话的儿子"，表面都是贾母的自贬，其实是通过贬低自己而贬低贾政。但前者比后者口气更重，故"没养个好儿子"为好。"可怜"2字又加重了句子的无奈、感伤色彩。"吩咐谁去"直指前文贾政关心贾母身体，提出该"叫了儿子进去吩咐"②之语，更能对贾政的心理造成刺激。相比王夫人与贾政的心理距离，贾母与贾政的心理距离拉开的幅度更大。

当贾政表示以后再不打宝玉时，贾母的愤怒丝毫没有减弱，反倒愈加强烈：

> 贾母便冷笑（杨觉列程4本作"冷笑几声"，乙本作"冷笑两声"）道："你也不必和我使性子（卯杨府戚舒觉程列乙10本无此3字）赌气的。你的儿子，我也不该管你打不打。我猜着你也（觉本无此字）厌烦我们娘儿们……" 庚③

---

① 冯其庸主编，红楼梦研究所汇校：《脂砚斋重评石头记汇校》，文化艺术出版社1987年版，第1744—1745页761.3—761.4栏；曹雪芹：《程乙本红楼梦》上册，中国书店2011年影印本，第206页。

② 曹雪芹著，无名氏续，程伟元、高鹗整理，中国艺术研究院红楼梦研究所校注：《红楼梦》，人民文学出版社2008年版，第444页。

③ 冯其庸主编，红楼梦研究所汇校：《脂砚斋重评石头记汇校》，文化艺术出版社1987年版，第1746页761.9—761.10栏；曹雪芹：《程乙本红楼梦》上册，中国书店2011年影印本，第206页。

"冷笑几声"较"冷笑"和"冷笑两声",具备更浓郁的愤怒感情色彩,用于表现贾母此时心中的愤怒程度更为合适。

"使性子"强调由着性子来,贾母所谓"不必和我使性子"实际上是告诫贾政不能因为自己的话而索性不问青红皂白,放任不管,此3字保留为佳。

副词"也"表强调,对贾母此时的愤怒起到强化作用。

贾母先是激动地责备贾政下狠手,又提出要人备车马,要带宝玉回南京,使得本来认为惩罚宝玉的做法合乎家法国法的贾政,只能叩头认罪。不同于王夫人作为贾宝玉的生身母亲及贾政的妻子在规劝时的苦苦哀求与委婉表述,贾母虽然也十分心疼宝玉,但并没有直接流露,而是拿出教训儿子的威严,先责骂贾政,再表现悲痛。

> 贾母一面说话,一面又记挂(程乙2本作"来看")宝玉,忙进前来看时(程乙2本无此6字),只见今日这顿打(觉本后接"更"字)不比往日,又是心疼,又是生气,也抱着哭个不了(舒本作"抱着宝玉哭了",觉本作"抱着痛哭个不了")。   庚①

"记挂"以及"忙进前来看"的"忙",都表达出贾母对宝玉的关切之情,而2本只以"来看"一笔带过,不为佳。

"更"字似表明贾政曾多次对宝玉进行如此严厉的责打,

---

① 冯其庸主编,红楼梦研究所汇校:《脂砚斋重评石头记汇校》,文化艺术出版社1987年版,第1748页762.7—762.8栏;曹雪芹:《程乙本红楼梦》上册,中国书店2011年影印本,第206页。

但据小说前文来看，并无此表现，故"更"字不取较为合理。

觉本"痛哭个不了"较"哭个不了"具有更强烈的悲伤感情色彩。

王熙凤面对宝玉被打的情境，同样是焦急，但更有作为贾府管家所应有的遇事冷静、果断、干练。当她看到丫鬟等要上来搀宝玉时，王熙凤的反应是：

> 凤姐便骂道："糊涂东西，也不睁开眼瞧瞧！打的这么个样儿，还要搀着走（程本作'如何搀着走得'，乙本作'怎么搀着走的'）！还不快进去把那藤屉子春凳抬出来呢。" 庚①

从语气强弱的角度而言，"还要搀着走"较"如何搀着走得""怎么搀着走的"，指责语气更为强烈，效果更佳。

第三十四回，宝玉挨打之后，宝钗、黛玉都前来探视宝玉，二人的言行举止以及表现情感的方式却有所差异。

宝钗作为封建淑女，自己心里明明心疼贾宝玉，但在表达心中情感的时候，却刻意将"我们"而非"我"作为言语主体，同时用语也含蓄、委婉。宝钗的情感还带有对宝玉依从贾政教诲的期待，且在宝钗看来，此次宝玉遭受毒打是因为不听规劝，没有以世俗功利的标准规范言行。各版本这样描写宝钗前来探视宝玉时的话：

---

① 冯其庸主编，红楼梦研究所汇校：《脂砚斋重评石头记汇校》，文化艺术出版社1987年版，第1749页762.9—762.10栏；曹雪芹：《程乙本红楼梦》上册，中国书店2011年影印本，第206页。

"……别说老太太、太太心疼，就是我们看着，心里也疼（杨程列乙4本作'心里也——'）。"刚说了半句又忙咽住，自悔说的话急了（卯府戚舒列6本作"自悔说的话急速了"，杨本作"自悔说的急速了"，觉程2本作"自悔说的话太急了"，乙本无此7字），不觉的就红了脸，低下头来（乙本作"眼圈微红，双腮带赤，低头不语了"）。　庚[①]

4本"心里也——"一句并不完整，实际上宝钗是把对宝玉的关切心疼都隐藏于字面之下。这一方面符合宝钗克制情感表达的委婉心理，另一方面，将"心里也疼"转化为潜台词，反而更传神地表现了宝钗的独特情感特征。故此处4本文字为佳。

"急速"强调语速之快，这里宝钗并不是后悔自己语速快，而是后悔流露出内心情感，故庚本和觉程2本文字都较他本更好。

"眼圈微红"是伤感的表现，而根据上下文，宝钗先是将带来的丸药交予袭人，其后看到宝玉有所好转而宽慰，并没有表现出明显的感伤，而"红了脸，低下头来"更能表现宝钗的害羞和克制。

不同于宝钗冷静、克制的心疼，来探视的林黛玉满面泪

---

① 冯其庸主编，红楼梦研究所汇校：《脂砚斋重评石头记汇校》，文化艺术出版社1987年版，第1758页766.5—766.6栏；曹雪芹：《程乙本红楼梦》上册，中国书店2011年影印本，第208页。

光，气噎喉堵，心中虽然有万句言词，但却因内在感情的强烈
而难以准确言说，只说出一句：

> "你从此（列本作'也'）可都改了罢。"　　庚①

尽管口中让宝玉"改"，但在仕途经济一事上，黛玉却并未
像宝钗、湘云等人一样，曾对宝玉进行规劝。此时的"改"也
不应被理解为一种规劝，而是黛玉看到宝玉遭受惩罚后，内心
强烈痛苦之情自然而然的流露。因此，越是强化黛玉表面上的
规劝之意，黛玉内心的痛苦就越突出。"从此"较"也"语气更
重，使表达更具无奈色彩。基于此，后文宝玉对黛玉的言外之
意的准确体会，就更为凸显了宝黛二人间特殊的亲密之情。

宝玉遭受责打后，袭人作为宝玉的丫鬟，除了发自内心
地疼惜宝玉，还认为宝玉受此惩罚是因"恶劝"，并对宝玉
说："你但凡听我一句话，也不得到这步地位。"②在小说第
三十二回，因宝玉诉肺腑误将袭人作黛玉，袭人得以知晓宝玉
心事，惊疑之时，认为这是"丑祸"③。宝玉挨打后，袭人从
封建正统礼教观念出发，以维护宝玉名声为名，借机进言王夫
人，建议让宝玉搬出大观园。然而，就在其进言之后，宝玉
就通过晴雯向黛玉传递手帕，黛玉大悟，毫无避讳地在帕上题

---

①　冯其庸主编，红楼梦研究所汇校：《脂砚斋重评石头记汇校》，文
化艺术出版社 1987 年版，第 1769 页 770.6 栏；曹雪芹：《程乙本红楼梦》
上册，中国书店 2011 年影印本，第 209 页。

②　曹雪芹著，无名氏续，程伟元、高鹗整理，中国艺术研究院红楼梦
研究所校注：《红楼梦》，人民文学出版社 2008 年版，第 448 页。

③　曹雪芹著，无名氏续，程伟元、高鹗整理，中国艺术研究院红楼梦
研究所校注：《红楼梦》，人民文学出版社 2008 年版，第 435 页。

诗。可见，此处越是强调袭人以委婉周密的言语强调"男女之
分"，引发王夫人的共鸣，越能凸显"枉自温柔和顺"①的袭
人与宝玉的情感差距之大。袭人向王夫人的进言，各版本这样
写道：

> "到底是男女之分，日夜一处起坐不方便，由不得
> 叫人悬心，便是外人看着也不像。一家子的事，俗语说的
> '没事常思有事'，世上多少无头脑的事，多半因为无心
> 中做出（乙本作'既蒙老太太和太太的恩典，把我派在
> 二爷屋里，如今跟在园中住，都是我的干系。太太想，
> 多有无心中做出'），有心人看见，当作有心事，反说坏
> 了……奴才们不用说，粉身碎骨，罪有万重（乙本无此4
> 字），都是平常小事，但后来二爷一生的声名品行岂不完
> 了，二则太太也难见老爷（乙本作'那时老爷太太也白疼
> 了，白操了心了'）……近来奴才为这事日夜悬心，又不
> 好说与人，惟有灯知道罢了（乙本作'又恐怕太太听着生
> 气，所以总没敢言语'）。" 庚②

袭人性格具有温柔和顺的特点，体现在委婉的语用心理
上，即话语避免粗俗，既要引起王夫人的警惕，又不能对其心
理造成刺激。乙本中的袭人首先表明自己服侍宝玉是老太太和

---

① 曹雪芹著，无名氏续，程伟元、高鹗整理，中国艺术研究院红楼梦
研究所校注：《红楼梦》，人民文学出版社 2008 年版，第 75 页。
② 冯其庸主编，红楼梦研究所汇校：《脂砚斋重评石头记汇校》，文
化艺术出版社 1987 年版，第 1785—1788 页 776.8—777.8 栏；曹雪芹：《程
乙本红楼梦》上册，中国书店 2011 年影印本，第 211 页。

王夫人安排的，是对自己的"恩典"，言外之意就是自己不能辜负王夫人的用心。乙本文字同样表达出了他本也有的"无心做出，有心看见"一层意思。综合来看，乙本文字为好。

"罪有万重"4字带有强烈的自贬色彩，保留此4字，更能凸显袭人在"男女之分"一事上强烈的道德感，更能与王夫人产生心理共鸣。

他本"太太也难见老爷"带有教训口吻，不妥。

最后，乙本中的袭人强调自己是因怕王夫人生气才不敢说，更显其乖巧，与王夫人内心的想法越是一致，就越能与宝玉的极端强烈的情感拉开距离。

王夫人听闻袭人的话，各本对其反应的描述亦有差异：

> 王夫人听了这话，如雷轰电掣的一般（列本作"如轰雷震耳一般"，乙本无此8字），正触了金钏儿之事，心内越发感爱（杨本作"心怀感爱"，列本作"心下感爱"，乙本前接"直呆了半晌，思前想后"）袭人不尽（乙本无此2字），忙笑道："……难为你成全我娘儿两个声名体面（乙本作'这样细心'），真真我竟不知道你这样好（乙本作'好孩子'）……我就把他交给你了，好歹留心，保全了他，就是保全了我（乙本作'别叫他糟蹋了身子才好'）。我自然不辜负了你。"　　　庚[①]

[①] 冯其庸主编，红楼梦研究所汇校：《脂砚斋重评石头记汇校》，文化艺术出版社1987年版，第1788—1789页777.8—778.3栏；曹雪芹：《程乙本红楼梦》上册，中国书店2011年影印本，第211—212页。

　　袭人的进言合情合理而又委婉，"雷轰电掣"和"轰雷震耳"都不免夸大了王夫人此时内心的震动，故以乙本文字为好。

　　乙本在描写王夫人听闻袭人之言时，增加了神态和心理描写，更具体形象。

　　"心内越发感爱袭人不尽"中的"越发"和"不尽"能够强化褒义、赞美、亲切的感情色彩。越是突出王夫人赞誉程度之深，越能凸显其与袭人在恪守、维护封建正统观念方面的一致，同时，王夫人与自己的儿子宝玉之间的情感距离却在疏远。

　　王夫人褒扬袭人的一段话中，他本"成全我娘儿两个声名体面""我竟不知道你这样好"之语，不符合王夫人作为主子的身份，而乙本的"这样细心"和"好孩子"更为符合其身份地位。

　　依据小说上下文语境可知，虽然宝玉与袭人已有过云雨之情，但文中从未明确交代王夫人知晓此事。因此，如果此处依照乙本的文字，王夫人叮嘱袭人"别叫他糟蹋了身子"，似暗示王夫人对"初试云雨情"一事知情，且承认了袭人的姨娘身份。他本中的王夫人只是叮嘱袭人要留心、保全贾宝玉，故此处他本文字比乙本文字更佳。

　　听闻王夫人的话，袭人的反应是：

　　　　袭人连连答应着去了（乙本作"袭人低了一回头，方道：'太太吩咐，敢不尽心吗？'说着，慢慢的退出。"）。　庚①

──────────

　　① 冯其庸主编，红楼梦研究所汇校：《脂砚斋重评石头记汇校》，文化艺术出版社1987年版，第1789—1790页778.3—778.4栏；曹雪芹：《程乙本红楼梦》上册，中国书店2011年影印本，第212页。

乙本袭人的低头让人浮想联翩，可以解释为在思索，但更像是因王夫人暗示其姨娘身份而表现出羞涩，与前后文的实际情况并不相符。他本中袭人连连答应着出去，能够更好地体现她与王夫人态度的一致，相比乙本文字也更为合情合理。

（二）抄检大观园

与"宝玉挨打"类似，"抄检大观园"这一惩戒行为的发生也是作者层层铺垫的结果，但又较"宝玉挨打"更能激发出剧场性语境中诸多女性人物或悲伤或恐惧或不满的情感变幻，产生独特的审美效果。抄检事件发生的直接原因，是第七十三回傻大姐误拾绣春囊，但早在第七十一回，作者就对荣宁二府之间逐渐发展的矛盾冲突及推动抄检到来的"嫌隙人有心生嫌隙"[1]之处进行细致描摹。"抄检大观园"这一举动的动机虽是维护道德规范，但由于种种"嫌隙"的存在，即便是实施、监督抄检的王熙凤、王善保家的，作者也着意拉开二人之间的心理距离。抄检的过程，也是展现被抄检的诸多女孩们不同层次情感冲突的过程。抄检的行为并没有查明绣春囊事件的真相，反而演变为一出闹剧，更引发了宝玉与众女孩们内心的痛苦与司棋、晴雯被逐以及晴雯抱病而亡的悲剧。

第七十一回，尤氏的丫头与荣府两个婆子发生口角。存有此回文字的庚杨府戚觉程列乙9本相关情节话语存在诸多异文，以下将对这些异文折射出的不同话语修辞策略进行细致的比较研究。

---

① 曹雪芹著，无名氏续，程伟元、高鹗整理，中国艺术研究院红楼梦研究所校注：《红楼梦》，人民文学出版社2008年版，第977页。

第七十一回写尤氏于晚间发现园内角门未关，就命丫头去找管事女人。小丫头只寻到两个在分菜果的婆子，且两个婆子态度轻慢，并不把奉尤氏之命前来的小丫头放在眼里，不肯去传人。尤氏丫头此时对两个婆子的做法大为不满，9本文字在描写丫头话语的刻薄粗俗的程度层面存在差异，越是把丫头的话写得尖锐，越能触发矛盾。9本异文列举如下：

"这会子（府本后接'若是'）打听了梯己信儿，或是赏了那位管家奶奶的东西，你们争着狗颠儿似的（府本作'狗颠屁股儿似的'，程乙2本作'狗颠屁股儿的'）传去的，不知谁是谁呢。琏二奶奶要传人，你们可也这么回吗（杨戚觉程列6本作'可也这么回'，府本作'也这么回么'，乙本作'也敢这么回吗'）？" 庚①

"若是"引导下的话语带有假设语气，会使语境具备的贬义、讽刺的感情色彩弱化，故府本文字不为佳。

"狗颠屁股儿似的"较"狗颠儿似的"贬义色彩更强，也更具粗俗的口语色彩，更符合小丫头的言语条件。

乙本"也敢这么回吗"比他本语气带有更多的挑衅意味，故更好。

两个喝了酒的老婆子恼羞成怒，不仅大骂小丫头，还将矛头对准了宁府，进一步激化两府矛盾。老婆子说道：

---

① 冯其庸主编，红楼梦研究所汇校：《脂砚斋重评石头记汇校》，文化艺术出版社1987年版，第4102页1728.3—1728.4栏；曹雪芹：《程乙本红楼梦》下册，中国书店2011年影印本，第477页。

"什么'清水下杂面你吃我也见'的事（程乙2本无此文字），各家门，另家户（程乙2本作'各门各户的'），你有本事，排场你们那边人（府本作'你家的人'，戚列3本作'你家人'）去。我们这边，你们还早（程乙2本作'远'）些呢！" 庚[1]

"什么'清水下杂面你吃我也见'的事"中的"什么"加强了句子的贬义色彩，该处俗语的运用也加强了口语色彩。"各家门，另家户"把宁荣二府视作两家，较"各门各户"带有更强烈的愤怒色彩。"你们那边人"不仅造成拉开二府在心理上的距离的效果，且比"你家的人"和"你家人"带有更鲜明的贬义色彩。

"早"和"远"都有离间二府关系之意，而"早"较"远"贬抑程度更强，故"早"字更好。

随后，小丫头气狠狠地把此事告知尤氏。经在场的袭人等人的劝说，尤氏顾及贾母身体，最终表示可以暂时不予理会此事。然而，袭人差去找人的丫头，却偏偏把这件事又告诉了王夫人的陪房——"心性乖滑，专管各处献勤讨好"[2]的周瑞家的。周瑞家的对此反应激烈，可谓火上浇油。文中写她飞快跑入怡红院来，口里还说着：

---

[1] 冯其庸主编，红楼梦研究所汇校：《脂砚斋重评石头记汇校》，文化艺术出版社1987年版，第4103—4104页1728.7—1728.9栏；曹雪芹：《程乙本红楼梦》下册，中国书店2011年影印本，第477页。

[2] 曹雪芹著，无名氏续，程伟元、高鹗整理，中国艺术研究院红楼梦研究所校注：《红楼梦》，人民文学出版社2008年版，第982页。

"气坏了奶奶了，可了不得（程乙2本作'可了不得！气坏了奶奶了'）！我们家里，如今惯的太不堪了（觉程乙3本无此12字）。偏生我不在跟前，且打给他们几个耳刮子，再（府本无此字，列本作'且'）等过了这几日算账。"　庚①

程乙2本此处将"可了不得"而非"气坏了奶奶了"置于句首，表明作为说话一方的周瑞家的，意欲用强烈而又夸张的反应引起听话一方的注意，更能体现出周瑞家的看似无意，实则有心使得尤氏再生嫌隙。同时，强烈的感叹语气具有惊讶、关切的感情色彩，让周瑞家的"献勤讨好"的心理动机愈加突出。

"我们家里，如今惯的太不堪了"可表达出强烈的贬义、不满态度，故保留为好。

"且打给他们几个耳刮子"一语中已有"且"字，故列本"且等"一词稍显语义重复，语气也较"再等"更弱，故此处用"再等"为好。

周瑞家的意欲挑起事端，故此处反复强调"过了这几日，必要打几个才好""等过了事，我告诉管事的打他个臭死"②等语。为了扩大自己话语的影响力，周瑞家的又转而告知凤姐此事：

"这两个婆子就是管家奶奶们，时常我们和他说

① 冯其庸主编，红楼梦研究所汇校：《脂砚斋重评石头记汇校》，文化艺术出版社1987年版，第4108—4109页1730.5—1730.7栏；曹雪芹：《程乙本红楼梦》下册，中国书店2011年影印本，第478页。

② 曹雪芹著，无名氏续，程伟元、高鹗整理，中国艺术研究院红楼梦研究所校注：《红楼梦》，人民文学出版社2008年版，第982页。

话，都似狼虫一般。奶奶若不戒饬，大奶奶脸上过不去。（觉程乙3本无此节文字）"　庚①

在庚杨府戚列6本中，周瑞家的将两个婆子形容为"狼虫"，同时又以词义程度更深的"戒饬"替代了她曾在尤氏面前反复说的"打"，带上了严肃的风格色彩。综合小说上文语境可知，得知此事的尤氏已暂时放下了丫头与两个婆子的口角，心情已趋于平静，而周瑞家的却故意在王熙凤面前强调大奶奶尤氏正是因为此事脸上过不去，隐藏在背后的是周瑞家的意图在尤氏、凤姐两方面前卖弄、讨好的心理，荣宁二府矛盾被激化。此节文字依6本文字为好。

听完周瑞家的一番添油加醋的叙述，王熙凤不以为意。这时，作者描写凤姐的心理的文字，越是着意于表现凤姐的平静，越是能够拉开她与其他内心并不平静的"嫌隙人"之间的心理距离，也让即将到来的具有戏剧性的纷争，更加超出女管家王熙凤以及读者的预期。描写王熙凤此时的对话，诸本作：

　　"既这么着，记上两个人的名字（觉程乙3本作'便命将那两名字记上'），等过了这几日，捆了送到那府里凭大嫂子开发，或是打几下子（觉程乙3本无此3字），或是他开恩饶了他们（觉程乙3本无此4字），随他去就是了，什么大事（府戚列4本无此4字）。"　庚②

① 冯其庸主编，红楼梦研究所汇校：《脂砚斋重评石头记汇校》，文化艺术出版社1987年版，第4111页1731.6—1731.7栏；曹雪芹：《程乙本红楼梦》下册，中国书店2011年影印本，第478页。

② 冯其庸主编，红楼梦研究所汇校：《脂砚斋重评石头记汇校》，文化艺术出版社1987年版，第4111—4112页1731.7—1731.9栏；曹雪芹：《程乙本红楼梦》下册，中国书店2011年影印本，第478页。

庚杨府列4本"既这么着""饶了他们"和庚杨觉程乙5本"什么大事"等语，表达的是王熙凤对此事漫不经心的态度。"打"较"打几下子"语意程度更深，"打几下子"更好，更能突出王熙凤言语间的毫不介意，与周瑞家的欲挑起事端的急切与后文邢夫人的怀恨在心形成情感逻辑的反差。

素日与这几个人不睦的周瑞家的并没有如凤姐所说的过了这几日再行开发，而是出来即刻叫人捆了两个婆子，又命人传林之孝家的见尤氏。被捆了的两个婆子的女儿去求邢夫人的陪房费婆子，费婆子不仅是其中一个婆子的亲家，且又是另一个"嫌隙人"。小说写道：

> 这费婆子常倚老卖老，仗着邢夫人，常吃些酒，嘴里胡骂乱怨的出气。如今贾母庆寿这样大事，干看着人家逞钱卖技办事，呼幺喝六弄手脚，心中早已不自在，指鸡骂狗，闲言闲语的乱闹。这边的人也不和他较量。如今听了周瑞家的捆了他亲家，越发火上浇油，仗着酒兴（觉程2本作"原是个不大安静的"，乙本作"原是个大不安静的"），指着隔断的墙大骂了一阵…… 庚①

觉程乙3本仅分别以"大不安静"和"不大安静"交代费婆子的形象特点，庚杨府戚列6本则以"倚老卖老""胡骂乱怨""指鸡骂狗""火上浇油"等语，形象地刻画出一个试图挑

---

① 冯其庸主编，红楼梦研究所汇校：《脂砚斋重评石头记汇校》，文化艺术出版社1987年版，第4119—4120页1734.7—1735.2栏；曹雪芹：《程乙本红楼梦》下册，中国书店2011年影印本，第479页。

起祸端的"嫌隙人"形象。虽与周瑞家的同属"嫌隙人",但与周瑞家的以讨好主子为目的不同,费婆子因邢夫人不被贾母喜欢,也减了威势。亲家被捆一事,成了费婆子用以发泄内心怨气的机会。在费婆子与邢夫人的对话中,事情的真相被歪曲,变成周瑞家的挑唆王熙凤捆了她的亲家,"等过了这两日还要打"①。而邢夫人正因自己和迎春被贾母冷淡对待,"心内早已怨忿不乐"②,同时——

> 又值这一干小人在侧,他们心内嫉妒挟怨之事不敢施展,便背地里造言生事,调拨主人。先不过是告那边的奴才,后来渐次告到凤姐"只哄着老太太喜欢了他好就中作威作福,辖治着琏二爷,调唆二太太,把这边的正经太太倒不放在心上"。后来又告到王夫人,说:"老太太不喜欢太太,都是二太太和琏二奶奶调唆的。"邢夫人纵是铁心铜胆的人,妇女家终不免生些嫌隙之心,近日因此着实厌恶凤姐(觉程乙3本作"又有在侧一干小人,心内嫉妒,挟怨凤姐,便挑唆得邢夫人着实憎恶凤姐")。 庚③

觉程乙3本仅用一句叙述带过费婆子等人的调唆,且仅强调只是引发了邢夫人对凤姐一人的不满;而在庚杨府戚列6本

---

① 曹雪芹著,无名氏续,程伟元、高鹗整理,中国艺术研究院红楼梦研究所校注:《红楼梦》,人民文学出版社2008年版,第985页。

② 曹雪芹著,无名氏续,程伟元、高鹗整理,中国艺术研究院红楼梦研究所校注:《红楼梦》,人民文学出版社2008年版,第985页。

③ 冯其庸主编,红楼梦研究所汇校:《脂砚斋重评石头记汇校》,文化艺术出版社1987年版,第4122—4123页1735.8—1736.3栏;曹雪芹:《程乙本红楼梦》下册,中国书店2011年影印本,第479页。

中，小人调拨邢夫人的话语，如说王熙凤"辖制着琏二爷，调唆二太太，把这边的正经太太倒不放在心上"，既具有对邢夫人的褒义色彩，也有对王熙凤的贬义色彩。"老太太不喜欢太太，都是二太太和琏二奶奶调唆的"，更是将矛头对准王夫人、王熙凤二人。一番中伤之语，使得邢夫人对王熙凤嫌隙更深。6本文字不仅强化了费婆子等小人之"恶"，也强化了邢夫人之"恨"，这就为后文邢夫人掀起更大的波澜提供了更为充分的前提条件。

在贾母寿宴晚间，邢夫人借机当着众人为被捆二人向王熙凤求情，致使王熙凤"越想越气越愧"[①]，回房哭泣。

后文，邢夫人又通过种种言行表现出对凤姐的厌恶。第七十三回，傻大姐误拾的绣春囊，碰巧被邢夫人所获，她表面不动声色，却将绣春囊交给王夫人。第七十四回，王夫人讯问凤姐，造成王熙凤下跪哭诉一番，方洗脱嫌疑，并提议王夫人借贾母查赌之机，暗暗访察，同时，又提出将丫鬟配人以确保再无别事。王夫人并不愿裁革小丫头，但同意暗中进行访拿。

在安排访拿之人时，王夫人意欲让邢夫人陪房王善保家的进园照管，而王善保家的正因园内丫鬟们平日并不趋奉她，心里感到大不自在。于是王善保家的趁机先告了这些丫鬟们的状，甚至告倒与绣春囊一事本无关联的晴雯。此处情节，在庚杨府戚觉程列乙9本之间存在差异。

---

① 曹雪芹著，无名氏续，程伟元、高鹗整理，中国艺术研究院红楼梦研究所校注：《红楼梦》，人民文学出版社 2008 年版，第 987 页。

以下即为王善保家的在王夫人面前描述晴雯样貌的话语：

> "那丫头仗着他生的模样儿比别人标致些。又生了一张巧（府本作'好'）嘴……一句话不投机，他就立起两个骚眼睛（戚本作'两个吊眼睛'，程乙2本作'两只眼睛'）来骂人，妖妖趫趫（戚觉3本作'妖妖娆娆'，程乙2本作'妖妖调调'），大不成个体统。"　庚①

王夫人不喜言语轻薄之人，故王善保家的形容晴雯有一张"巧嘴"更能与王夫人看人的标准相抵触，较"好嘴"更能迎合王夫人的厌恶心理。

"吊眼睛"侧重形容眼睛形状，而"骚眼睛"则强调眼睛神态，且带有强烈的贬义色彩，故"两个骚眼睛"为好。

王善保家的极力将晴雯丑化为言行轻浮的女子。"妖妖趫趫"和"妖妖调调"都可以用来形容女人言语行为妖冶而又轻佻；"妖妖娆娆"则具有褒义、书面色彩，形容"娇艳美好"②。从贬义色彩的鲜明程度而言，"妖妖趫趫"与"妖妖调调"都较好。

经王善保一番话，王夫人又将病中的晴雯叫到跟前。尽管晴雯并未妆饰，但王夫人仍然认定晴雯外表的标致正是轻狂样，是妖精似的东西，必然会勾引坏了儿子贾宝玉，决意要撵

---

① 冯其庸主编，红楼梦研究所汇校：《脂砚斋重评石头记汇校》，文化艺术出版社 1987 年版，第 4309 页 1807.1—1807.4 栏；曹雪芹：《程乙本红楼梦》下册，中国书店 2011 年影印本，第 499—500 页。

② 中国社会科学院语言研究所词典编辑室编：《现代汉语词典》，商务印书馆 2016 年版，第 1521 页。

走晴雯，并决定将晴雯这样的女孩都要查出来。① 经由王善保家的调唆告状，事情由追究绣春囊来历，又向处治王夫人所厌恶的晴雯式的女孩过渡。王善保家的当即提出：

> "太太请养息心体要紧（杨府戚列5本作'且请养息身体要紧'，觉程乙3本作'息怒'），这些小事只（府戚3本作'只管'）交与奴才们。如今就要查这个主儿也极容易，等到晚上园门关了的时节，内外不通风，我们竟给他们个冷（杨府戚觉列6本作'猛'）不防，带着人到各处丫头们房里搜寻搜寻（杨觉程列乙5本作'搜寻'，府戚3本作'搜寻一遍'）。" 庚②

王善保家的意图是获得王夫人的信任，将搜检的权力控制于自己手中。因此，用语在极力表现忠诚与委婉得体的同时，也要让王夫人觉得在王善保家的看来，搜检一事"极容易"，从而顺利达到从王夫人处获得权力的目的。

"心体"一词庄重文雅，而王善保家的只是一个奴仆，其口语特点应该是通俗浅白的，故5本"身体"为妥。"养息身体要紧"较"息怒"更具尊敬、关切的感情色彩。

"只"较易被误解为他人不可插手之意，"只管"为好。

"猛不防"较"冷不防"更强调抄检的突然、迅速。

---

① 参见曹雪芹著，无名氏续，程伟元、高鹗整理，中国艺术研究院红楼梦研究所校注：《红楼梦》，人民文学出版社 2008 年版，第 1027—1028 页。

② 冯其庸主编，红楼梦研究所汇校：《脂砚斋重评石头记汇校》，文化艺术出版社 1987 年版，第 4320—4321 页 1811.6—1811.10 栏；曹雪芹：《程乙本红楼梦》下册，中国书店 2011 年影印本，第 501 页。

"搜寻搜寻"相比"搜寻一遍""搜寻",语气显得更加轻巧,仿佛"抄检大观园"仅仅是小事一桩,这样的表述更有利于王善保家的获得王夫人的信任。

听闻王善保家的一番话,王夫人赞同对大观园进行搜检的提议,当下表示:

"若不如此,断不能清白的(杨府咸列5本作'断不能清的清白的白',觉程乙3本作'断乎不能明白')。" 庚①

"清的清白的白"较"清白"语意程度更深,语气也更重。一方面,突出了王夫人的内心所秉持的价值逻辑,即晴雯这样长相、神态的女孩子一定是不"清"不"白"的,最可能是绣春囊之类物品的真正主人;另一方面,联系后文可知,抄检的结果并未如王夫人所盼望的,找到绣春囊的主人,让事情是非黑白分明。因此,此处"清的清白的白"较"清白"带有的对王善保家的赞同色彩更鲜明。越是突出王夫人的赞同,越能与读者的心理期待相违背,加剧了"抄检大观园"到来之前的紧张气氛。

在这一过程中,作为管家的王熙凤却不仅先被审问,又知道作为邢夫人耳目的王善保家的常调唆邢夫人生事,对王夫人的自怨不敢多说一语。当凤姐面对王夫人想要趁夜进行抄检的提议时,只得勉强答应。此时的王熙凤不再居于发号施令的中

---

① 冯其庸主编,红楼梦研究所汇校:《脂砚斋重评石头记汇校》,文化艺术出版社 1987 年版,第 4321—4322 页 1811.10—1812.1 栏;曹雪芹:《程乙本红楼梦》下册,中国书店 2011 年影印本,第 501 页。

心，她虽然亦是抄检的实施者之一，却与王夫人、王善保家的具有完全不同的心理活动与言行表现。

抄检正式开始于怡红院中，王善保家的前往下人处搜检，身处这一剧场性语境中而又性格刚烈的晴雯，反应十分激烈：

> 只见晴雯挽着头发闯（杨列2本无此字）进来，豁一声将箱子掀开，两手端（杨府戚觉程列乙8本作"提"）着底子，朝天（杨觉程乙4本无此2字，府戚3本作"朝上"）往地下尽情一倒（乙本作"一倒"），将所有之物尽都倒出。王善保家的也觉没趣（程乙2本作"没趣儿"，后接"便紫胀了脸，说道：'姑娘，你别生气。我们并非私自就来的，原是奉太太的命来搜察；你们叫翻呢，我们就翻一翻，不叫翻，我们还许回太太去呢。那用急的这个样子！'晴雯听了这话，越发火上浇油，便指着他的脸说道：'你说你是太太打发来的，我还是老太太打发来的呢！太太那边的人我也都见过，就只没看见你这么个有头有脸大管事的奶奶！'凤姐见晴雯说话锋利尖酸，心中甚喜，却碍着邢夫人的脸，忙喝住晴雯。那王善保家的又羞又气，刚要还言，凤姐道：'妈妈，你也不必和他们一般见识，你且细细搜你的；咱们还到各处走走呢。再迟了，走了风，我可担不起。'王善保家的只得咬咬牙，且忍了这口气，细细的"），看了一看，也没有什么私弊之物。　庚①

---

① 冯其庸主编，红楼梦研究所汇校：《脂砚斋重评石头记汇校》，文化艺术出版社1987年版，第4325页1813.4—1813.6栏；曹雪芹：《程乙本红楼梦》下册，中国书店2011年影印本，第501页。

面对搜检，怡红院的袭人等都打开箱子，任由搜检。同样是丫头，晴雯却用行动予以反击。

"闯进来"较"进来"动作幅度更大，更能表现晴雯的勇敢刚烈。

8本"提着底子"较他本文字更准确；"朝天"较"朝上"更形象；"尽情一倒"的"尽情"强化了晴雯对搜检行为的不满和不屑之情。

程乙2本在写王善保家的觉得没趣后，还有一节晴雯、王善保家的和王熙凤三人之间的对话描写。这节文字中，王善保家的先是声称奉王夫人之名前来搜检，却被晴雯尖酸地讽刺一番，转而又羞又气；与邢夫人不睦的王熙凤此时心中窃喜，催促王善保家的尽快离开，以免走漏风声，显然是"话中有话"，暗含对王善保家的嘲讽之意。王善保家的只得咬牙忍住不还一言。这一过程中，三人各不相同的话语情感逻辑，尤其是晴雯性格的刚烈得到更为形象直观的体现，不同人物的心理冲突得以强化。故程乙2本一节文字更好。

当搜检进行至探春处，早已得知消息的探春，不仅视这场搜检为丑态，且早有准备，命人秉烛开门而待。虽同样是愤怒、不满，但不同于晴雯言语的刻薄，探春听到对方谎称是要访察失物时，先是有意自贬，说自己的丫头自然都是贼，而自己便是头一个窝主，主动要求从自己搜起，又不许搜丫头们的，并声称，如若不依，只管去回王夫人，要去自领处治。这让王熙凤、周瑞家的都不得不赔笑应对。另外，透过搜检一事，探春还看到了一个大家族走向衰败的预兆：家族的一败涂地必然是先从家族内部自杀自灭而起。以上情节诸本文字略同。

最为精彩的笔墨，出现在描写王善保家的欲作脸献好，故意掀起探春衣襟，结果被探春打了一巴掌并遭痛骂一节。此时探春骂道：

> "狗仗人势，天天作耗，专管生事（程乙2本作'在我们跟前逞脸'）。如今索性不得了。你打谅（程乙2本前接'你索性望我动手动脚的了'）我是同你们姑娘一样（杨程乙3本作'那么'，府戚觉列5本作'那样'）好性儿，由着你们欺负，你可就（杨戚觉4本作'他就'，府本作'他'，程列乙3本作'你就'）错了主意了！" 庚①

程乙2本"在我们跟前逞脸"较"专管生事"贬义色彩更为浓郁；相比较庚杨府戚觉列7本多出的"你索性望我动手动脚的了"一语，更强化了对王善保家的责备之情。因探春素日便与众不同，故"你打谅我是同你们姑娘一样"，较他本在语境中带上了针对自己的褒义色彩和针对王善保家的贬义色彩。

"你可就"较"他就"和"他"指向更明确，较3本的"你就"指责的语气也更重。

王善保家挨打，王熙凤一方面安抚探春的愤恨，另一方面也得以直接表达对王善保家的不满。王善保家的由搜检一开始

① 冯其庸主编，红楼梦研究所汇校：《脂砚斋重评石头记汇校》，文化艺术出版社1987年版，第4339—4340页1818.6—1818.8栏；曹雪芹：《程乙本红楼梦》下册，中国书店2011年影印本，第503页。

的威风和逞脸，反而成为被探春等人厌恶、呵斥的对象。程乙2本文字更能强化这一落差，且进一步拉大王熙凤与王善保家的心理差距。

只见王熙凤先喝止王善保家的道：

"快出去，不要提起了（程乙2本作'别再讨脸了'）。"庚①

再宽慰探春：

又劝探春休得生气。（程乙2本作"又忙劝探春：'好姑娘，别生气，他算什么，姑娘气着倒值多了。'"）　庚②

"别再讨脸了"较"不要提起了"反感、厌恶的感情色彩更鲜明。程乙2本文字突出对探春的褒义、亲切的感情色彩，同时亦强化了对王善保家的贬斥，较庚杨府戚觉列7本仅以简单叙述带过的文字更好。

当听到王善保家的说要回老家去等语时，探春让自己的丫头还嘴：

待书等听说，便出去说道："果然回老娘家去（程本前接'妈妈，你知点好歹儿，省一句儿罢'，乙本前接'妈妈，你知点道理儿，省一句儿罢'），倒是我们的造

---

① 冯其庸主编，红楼梦研究所汇校：《脂砚斋重评石头记汇校》，文化艺术出版社1987年版，第4340页1819.1栏；曹雪芹：《程乙本红楼梦》下册，中国书店2011年影印本，第503页。

② 冯其庸主编，红楼梦研究所汇校：《脂砚斋重评石头记汇校》，文化艺术出版社1987年版，第4340页1819.1栏；曹雪芹：《程乙本红楼梦》下册，中国书店2011年影印本，第503页。

化了。只怕舍不得去（程乙2本后接'你去了，叫谁讨主
子的好儿，挑唆着察考姑娘，折磨我们呢？'）。" 庚①

在探春处，王善保家的一味逞脸，被探春打了一巴掌之后
仍要回嘴，此处程乙2本中待书斥责时的"省一句罢"使行文较
为连贯。有所区别的是，程本的"你知点好歹儿"较乙本"你
知点道理儿"更口语化，既符合待书的身份，口气也更重。

先以"妈妈"这一带有尊敬色彩的称谓语称呼王善保家
的，待书的态度先软后硬，较合情理。"你去了，叫谁讨主子
的好儿，挑唆着查考姑娘，折磨我们呢？"虽是疑问句，但接
近反问。待书的言外之意是讽刺王善宝家的讨好主子、生事调
唆。庚杨府戚觉列7本中"只怕舍不得去"一句虽讽刺的力度
较程乙2本文字来说弱一些，但却简洁有力，因此7本与2本文
字各有优点。

在惜春处，发现其房中的入画箱中所藏贾珍赏给其兄的物
品。虽然入画跪着哭诉了实情，胆小的惜春却不为所动，仍然
要求：

"二嫂子，你要打他，带（杨府戚觉程列乙8本前接
'好歹'2字）他出去打罢，我听不惯的。" 庚②

---

① 冯其庸主编，红楼梦研究所汇校：《脂砚斋重评石头记汇校》，文
化艺术出版社1987年版，第4342页1819.6—1819.7栏；曹雪芹：《程乙本
红楼梦》下册，中国书店2011年影印本，第501页。

② 冯其庸主编，红楼梦研究所汇校：《脂砚斋重评石头记汇校》，文
化艺术出版社1987年版，第4346页1821.1—1821.2栏；曹雪芹：《程乙本
红楼梦》下册，中国书店2011年影印本，第504页。

"好歹"带有恳切的感情色彩，更能突出惜春的胆小怕事和对自己丫头的冷漠。有此2字，惜春的情感逻辑就与探春形成了鲜明对比，故此处8本文字为好。

当王熙凤提出若入画说出谁是接应就饶了她时，惜春却一再表示不必饶恕，还主动说出传递之人。王蒙曾这样分析惜春的独特情感逻辑："惜春胆小，比凤姐等还要偏执过激，胆小的人的被动的激烈程度超过了胆大包天的人的主动的激烈，倒也是人性奇观。"[1]惜春的固执利己到了冷漠狠心的程度，这在搜检一事过后其与尤氏的对话中得以体现。面对尤氏，惜春说道：

> "昨儿我立逼着（觉本作'要'，程乙2本作'叫'）凤姐姐带了他去，他只（觉程乙3本作'又'）不肯……我今日正要送过去（觉程乙3本无此8字），嫂子来的恰好，快带了他去……" 庚[2]

"立逼"较"要""叫"在语境中带有更强烈的急切感情色彩。越是表现惜春希望带走入画的迫切，越能体现惜春的冷漠。

觉程乙3本的"又"带有无奈的感情色彩，较他本为好。

庚杨府戚列6本中，惜春直言"正要送过去"。对于并无严重过错的入画，"正要送过去"在语境中带上了厌恶的感情

① 王蒙：《〈搜检大观园〉评说》，载《文学遗产》1990年第2期。
② 冯其庸主编，红楼梦研究所汇校：《脂砚斋重评石头记汇校》，文化艺术出版社1987年版，第4360—4361页1826.4—1826.6栏；曹雪芹：《程乙本红楼梦》下册，中国书店2011年影印本，第505页。

倾向，更能体现惜春的狠心。

面对入画苦苦的哀求和尤氏等人试图让惜春留下入画的劝说，惜春的反应却是：

> 谁知惜春虽然年幼，却天生的一种百折不回的廉介孤高固执的僻性，任人怎么说，他只以为丢了他的体面，咬定牙断乎不肯（觉程乙3本作"天性孤僻，任人怎说，只是咬定牙，断乎不肯留着"）。 庚①

庚杨府戚列6本"百折不回的廉介孤高固执的僻性""只以为丢了他的体面"等语较3本的"天性孤僻"，用来形容惜春的性格特点更准确形象。而越是具体形象地刻画惜春的冷漠，其与尤氏的心理差距就越大。

当惜春听闻尤氏形容自己此时作起大和尚讲起了悟来之后，说道：

> "我有不了之事，也像入画了（府戚觉列5本作'我不了悟，我也舍不得入画了'，程乙2本作'我也不是什么参悟。我看如今人一概也都是入画一般，没有什么大说头儿！'）。" 庚②

府戚觉列5本"我不了悟，我也舍不得入画了"是对尤氏

---

① 冯其庸主编，红楼梦研究所汇校：《脂砚斋重评石头记汇校》，文化艺术出版社1987年版，第4362页1826.9—1827.1栏；曹雪芹：《程乙本红楼梦》下册，中国书店2011年影印本，第505页。

② 冯其庸主编，红楼梦研究所汇校：《脂砚斋重评石头记汇校》，文化艺术出版社1987年版，第4366页1828.6栏；曹雪芹：《程乙本红楼梦》下册，中国书店2011年影印本，第506页。

"了悟"之说的承接，较庚本的"我有不了之事，也像入画了"更为准确。惜春越是强调自己对入画毫无不舍之情，就和尤氏的心理冲突较庚本和程乙2本文字更为强烈。另外，后文中惜春引述古人的话"不作狠心人，难得自了汉"，已经带有程乙2本文字此处表达出的对他人亦了无牵挂之意。故5本文字为好。

尤氏评价惜春道：

> "可知你是个冷口冷心的人（杨本作'你是个心冷口冷心狠意狠的'，府本作'你是个心冷口冷的人'，戚觉3本作'你是心冷口冷的人'，列本作'你是个口冷心冷心狠意狠的'，程乙2本作'你真是个心冷嘴冷的人'）。" 庚[①]

庚府戚觉程乙7本的表述语意并无差别，杨列2本较7本多出"心狠意狠"4字，但结合前后文，惜春并没有表现出"心狠意狠"的性格特征，而是一个"心冷"之人，故杨列2本文字不准确；在7本文字中，程乙2本"你真是个心冷嘴冷的人"中的"真"字起到加重语气的作用，较庚府戚觉本文字更好。

然而，当"抄检大观园"进行至迎春住处时，一开始存心卖弄、想拿别人的错的王善保家的，却意外搜出了自己的外孙女司棋与其表弟潘又安有私情的字帖等物。卜键曾这样分析

---

① 冯其庸主编，红楼梦研究所汇校：《脂砚斋重评石头记汇校》，文化艺术出版社1987年版，第4366页1828.6—1828.7栏；曹雪芹：《程乙本红楼梦》下册，中国书店2011年影印本，第506页。

此处情节之妙："对读者来说，当不难联想到司棋偷情一节，却很难想到这王善保家的是其外祖母；对凤姐、周瑞家的诸人来说，早已有心让王家的出丑，却不知偷情之前科，未承想有如此大收获；对王家的来说，更是意外之意外，既不知外孙女儿的故事，亦不知王、周等人之衔恨，先发威发狠，次遭斥遭打，终自找难看。"① 各版本在此处呈现的人物不同修辞策略如下：

> 周瑞家的四人又都问着他："你老可瞧见了？明明白白，再没的话说了。如今据你老人家，该怎么样？"（程乙2本作："周瑞家的四人听见凤姐儿念了，都吐舌头，摇头儿。周瑞家的道：'王大妈听见了！这是明明白白，再没得话说了！这如今该怎么样呢？'"） 庚②

庚杨府戚觉列7本中，众人听完王熙凤念出字帖内容后询问王善保家的话中，故意用"你老""你老人家"两个表示尊敬的称谓语来称呼王善保家的，在语境中带上了讽刺的感情倾向。而"你老可瞧见了？"一句的询问语气又强化了讽刺，"该怎么样"流露出对王善保家的出丑的窃喜。相比之下，程乙2本中"王大妈听见了！"和"这如今该怎么样呢？"所传达的感情色彩信息较为模糊。故以7本文字为好。

① 卜键：《是谁偷换了搜检的主题——关于"抄检大观园"的思考》，载《红楼梦学刊》2003年第2期。
② 冯其庸主编，红楼梦研究所汇校：《脂砚斋重评石头记汇校》，文化艺术出版社1987年版，第4355页1824.3—1824.5栏；曹雪芹：《程乙本红楼梦》下册，中国书店2011年影印本，第505页。

乙本值得肯定的艺术效果，在于"都吐舌头，摇头儿"一语形象生动地描摹出众人此时的惊讶。凤姐的反应是：

> 凤姐只瞅着他嘻嘻的笑（程乙2本作"抿着嘴儿嘻嘻的笑"），向周瑞家的笑道："这倒也好。不用你们作老娘的（程乙2本作'他老娘'）操一点儿心，他鸦雀不闻的给你们弄了一个好女婿来，大家倒省心（程本作'鸦雀不闻就给你们弄了个好女婿来了'，乙本作'雅雀不闻，就给他们弄了个好女婿来了'）。" 庚①

程乙2本"抿着嘴儿嘻嘻的笑"较"嘻嘻的笑"更具形象色彩。

乙本中王熙凤是用戏谑的反语，向周瑞家的转述司棋与潘又安之事，讽刺王善保家的目的较为明显。而在庚杨府戚舒觉列8本中，王熙凤的言语更能显出其心计："你们作老娘的"和"给你们弄了一个好女婿来""大家倒省心"之语，不仅反语的表达效果更强，还刻意将周瑞家的拉入共同语境中，既表达了讽刺，又让王善保家的羞愤无处宣泄，造成更为强烈的喜剧效果。故7本文字为佳。

王善保家的出了丑，无地自容，自打自骂。司棋的反应则是："低头不语，也并无畏惧惭愧之意。"② 第七十七回，王夫

---

① 冯其庸主编，红楼梦研究所汇校：《脂砚斋重评石头记汇校》，文化艺术出版社1987年版，第4355—4356页1824.5—1824.7栏;曹雪芹:《程乙本红楼梦》下册，中国书店2011年影印本，第505页。

② 曹雪芹著，无名氏续，程伟元、高鹗整理，中国艺术研究院红楼梦研究所校注：《红楼梦》，人民文学出版社2008年版，第1034页。

人命人将司棋带走，"语言迟慢，耳软心活"①的迎春，面对司棋的哀求，其反应在庚杨府戚觉列7本中略同，较程乙2本则有异：

> 迎春含泪道："我知道你干了什么大不是，我要十分说情留下你，岂不连我也完了。（程乙2本作："迎春手里拿着一本书，正看呢，听了这话，书也不看，话也不答，只管扭着身子，呆呆的坐着。周瑞家的又催道：'这么大女孩儿，自己作的，还不知道？把姑娘都带的不好，看你还敢紧着缠磨他！'迎春听了，方发话道："你瞧入画也是几年的人，怎么说去就去了。自然不止你两个，想来这园里几个大的都要去呢。依我说，将来终有一散，不如你各人去罢。"）　庚②

7本中的迎春不为司棋说情，是担心连自己也"完了"，这就与惜春赶走入画一样，是为维护自己的体面。虽然同样是对自己丫鬟的哀求无动于衷，程乙2本却把迎春的表现与惜春的"心冷口冷"拉开了距离。面对司棋被逐这一紧张情势，2本中的迎春看书、呆坐，反应是麻木而又迟钝的。而此时加入周瑞家的催促，使得迎春迟慢的言语及其"终有一散"的悲观与读者的期待产生距离，同时更为情境增添了一重悲剧氛围。

---

① 曹雪芹著，无名氏续，程伟元、高鹗整理，中国艺术研究院红楼梦研究所校注：《红楼梦》，人民文学出版社2008年版，第1076页。

② 冯其庸主编，红楼梦研究所汇校：《脂砚斋重评石头记汇校》，文化艺术出版社1987年版，第4536—4537页1898.10—1899.1栏；曹雪芹：《程乙本红楼梦》下册，中国书店2011年影印本，第523页。

故此节文字以程乙2本为好。

总体而言，"抄检大观园"这一场剧烈冲突，并未因为搜出了司棋物品中所谓的"赃证"就简单地宣告结束。在《红楼梦》第七十七回，晴雯、司棋以及唱戏的女孩子们纷纷被驱逐出园，而这一切，则是因为王夫人要让儿子贾宝玉能够身处就道德标准而言是"干净"的环境。但这一过程，在宝玉看来却是"除美务尽"[①]。"抄检大观园"之后发生的晴雯之死，更是给其带来了情感上的痛苦。在作者营造的不同于道德叙事的另一种审美经验平台之上，人物之间心理距离的拉开，使得剧场性语境中晴雯、探春、惜春、迎春等面对搜检所表现出的刚烈、悲愤、冷漠等情感逻辑特殊性也得以凸显，这又与对"美"进行无情冲击的王夫人、王善保家的等构成冲突。相比"宝玉挨打"情节，"抄检大观园"有更鲜明的"美""丑"对立审美修辞话语，这是《红楼梦》之前的作品所不具备的。

二、增写："二尤之死""晴雯之死"情节的审美修辞

尤二姐与尤三姐，为尤氏继母尤老娘的两个女儿。姐妹二人自出场至自尽而亡的相关情节，集中于《红楼梦》第六十三至六十九回。其中，各个版本在描写尤二姐这一形象时略同，即一方面指出她曾经的"淫"，另一方面又表现她对贾琏之情。如第六十四回，写尤氏姐妹"与贾珍贾蓉等素有聚麀之

---

① 王蒙：《〈搜检大观园〉评说》，载《文学遗产》1990 年第 2 期。

诮"①；第六十五回，尤二姐说自己无品行，然而与贾琏结为夫妻之后，二姐"倒是个多情人，以为贾琏是终身之主了，凡事倒还知疼着痒"②。各本的修辞效果有差异的异文，主要集中在尤二姐被王熙凤诱骗入府后遭受折磨，在绝望中吞金自尽一节。晴雯作为怡红院服侍宝玉的丫鬟，与"二尤"身份不同，她抱病被逐，临终前唯有宝玉前去探视。下文将重点比较二人诀别这一悲剧语境相关异文。

（一）尤二姐之死

第六十九回，尤二姐住进贾府后，王熙凤心怀别意，放任挑唆秋桐等欺侮尤二姐，而贾琏在二姐身上也逐渐不再用心。为人心痴意软的尤二姐气病后，又遭庸医误诊导致流产。在众人中，唯有平儿对尤二姐抱有同情和关怀。庚卯杨府戚觉列程乙10本在描写尤二姐自尽当晚与平儿的一节对话时，存在异文：

> 晚间，贾琏在秋桐房中歇了，凤姐已睡，平儿过来瞧他，又悄悄劝他："好生养病，不要理那畜生。"尤二姐拉他哭道："姐姐，我从到了这里，多亏姐姐照应。为我，姐姐也不知受了多少闲气。我若逃的出命来，我必答报姐姐的恩德，只怕我逃不出命来，也只好等来生罢。"平儿也不禁滴泪说道："想来都是我坑了你。我原是一片

① 格非：《血隐鹭鸶——〈金瓶梅〉的声色与虚无》，译林出版社2014年版，第290页。
② 曹雪芹著，无名氏续，程伟元、高鹗整理，中国艺术研究院红楼梦研究所校注：《红楼梦》，人民文学出版社2008年版，第910页。

痴心，从没瞒他的话。既听见你在外头，岂有不告诉他的。谁知生出这些个事来。"尤二姐忙道："姐姐这话错了。若姐姐便不告诉他，他岂有打听不出来的，不过是姐姐说的在先。况且我也一心要进来，方成个体统，与姐姐何干。"二人哭了一回（觉程乙3本作"平儿过尤二姐那边来劝慰了一番，尤二姐哭诉了一回"），平儿又嘱咐了几句，夜已深了，方去安息。　　庚①

平儿与尤二姐死前最后一番对话，是尤二姐剖白心迹之笔。庚卯杨府戚列7本强化了平儿对二姐之怜之愧，尤其凸显了尤二姐的善良懦弱，而正是这一性格特征，反被王熙凤利用。有此一节文字，读者不仅得以进入尤二姐深层次的情感世界，更为悲剧氛围的进一步营造提供了条件。而觉程乙3本文字只用平静的叙述将其一笔带过，其与平儿毫无情感交流，自然难以达到他本文字的感染力。

当晚，尤二姐思及病重流产等事，决意自尽。各本是这样描写尤二姐自尽的种种动作的：

> 想毕，拆挣起来，打开箱子，找出一块生金子，也不知多重，恨命含泪便吞入口中（程乙2本作"哭了一回，外边将近五更天气，那二姐咬牙狠命，便吞入口中"），几次恨命（程乙2本无此2字）直脖子，方咽了下

---

①　冯其庸主编，红楼梦研究所汇校：《脂砚斋重评石头记汇校》，文化艺术出版社1987年版，第4015—4017页1692.9—1693.6栏；曹雪芹：《程乙本红楼梦》下册，中国书店2011年影印本，第467页。

去。 庚①

程乙2本"哭了一回，外边将近五更天气"，突出了尤二姐自尽前经历的内心长时间挣扎和痛苦。同时，2本的"咬牙狠命"较他本"狠命含泪"，以及他本有而2本无的"狠命直脖子"的"狠命"，也都为尤二姐吞金的动作增加了痛苦的感情色彩和形象色彩。

面对尤二姐之死，贾琏的态度是悲痛的。小说写道：

> 那里已请下天文生预备，揭起衾单一看，只见这尤二姐面色如生，比活着还美貌。贾琏又搂着大哭，只叫"奶奶，你死的不明，都是我坑了你！"
>
> 贾蓉忙上来劝："叔叔叹着些儿，我这个姨娘自己没福。"说着，又向南指大观园的界墙，贾琏会意，只悄悄跌脚说："我忽略了，终久对出来，我替你报仇。"（觉程乙3本无此节文字） 庚②

庚卯杨府戚列7本表现出贾琏因尤二姐之死而产生的悲痛和对王熙凤的仇恨，而该节文字在觉程乙3本中不存。欧阳健认为，贾琏此处的表现与其人品不符。③但依据小说前文贾琏

① 冯其庸主编，红楼梦研究所汇校：《脂砚斋重评石头记汇校》，文化艺术出版社1987年版，第4018页1693.9—1694.1栏；曹雪芹：《程乙本红楼梦》下册，中国书店2011年影印本，第467页。

② 冯其庸主编，红楼梦研究所汇校：《脂砚斋重评石头记汇校》，文化艺术出版社1987年版，第4022—4023页1695.4—1695.8栏；曹雪芹：《程乙本红楼梦》下册，中国书店2011年影印本，第467页。

③ 欧阳健：《〈红楼梦〉探佚方法辨误》，载《贵州师范大学学报》（社会科学版）1994年第1期。

在尤二姐患病期间的表现，此时贾琏的悲痛并非突兀之笔。7本文字有保留必要，能够有效强化王熙凤的暗算在尤二姐之死中起到的重要作用，也就淡化了尤三姐托梦一事给尤二姐之死营造的因果报应色彩。故此处7本文字为佳。

面对尤二姐的死，贾母的态度则显得更为平静，甚至冷漠：

> 贾母道："信他胡说，谁家痨病死的不烧了一撒（觉程乙3本无此2字），也认真的开丧破土起来……停五七日抬出来，或一烧或乱葬地上埋了完事。"　庚①

"一撒"更显漫不经心，较贾琏欲为二姐开丧破土的郑重形成反差，与句末的"一烧""完事"带有的随意较为统一。故7本此处的"一撒"2字应予以保留。

当贾琏向王熙凤索要银子置办丧事时，凤姐的反应则是：

> 凤姐只得来了，便问他："什么银子？家里近来艰难，你还不知道？咱们的月例，一月赶不上一月，鸡儿吃了过年粮（觉程乙3本无此7字）。昨儿我把两个（府戚觉4本无此2字）金项圈当了三百银子，你还做梦呢。这里还有二三十两银子（觉程乙3本作'用剩了还有二十几两'），你要就拿去。"　庚②

在王熙凤的日常交际话语中，经常出现俗语、歇后语，

---

① 冯其庸主编，红楼梦研究所汇校：《脂砚斋重评石头记汇校》，文化艺术出版社1987年版，第4024—4025页1696.5—1696.7栏；曹雪芹：《程乙本红楼梦》下册，中国书店2011年影印本，第468页。

② 冯其庸主编，红楼梦研究所汇校：《脂砚斋重评石头记汇校》，文化艺术出版社1987年版，第4025—4026页1696.8—1696.10栏；曹雪芹：《程乙本红楼梦》下册，中国书店2011年影印本，第468页。

如"推倒油瓶不扶""吃着碗里看着锅里""黄鹰抓住了鹞子的脚，两个都扣了环了""耗子尾巴上长疮——多少脓血儿"等①。此处"鸡儿吃了过年粮"这一俗语的使用，更符合王熙凤的言语风格。故依庚卯杨府戚列7本保留此处文字为好。

"用剩了"三字，后接较"二三十两"更显数量之少的"二十几两"，更显王熙凤的刻薄无情，故3本文字为好。

（二）尤三姐之死

与尤二姐不同，尤三姐的性格特征在诸本中差异较大。程乙2本中尤三姐之性格前后一致，从始至终都贞洁、刚烈，2本文字略同。三姐"虽向来也和贾珍偶有戏言，但不似他姐姐那样随和儿"②，当听闻贾琏向她与贾珍道喜之语，更是大骂贾琏、贾珍，使得二人不敢再招惹她。但在庚卯杨府戚觉列8本中，尤三姐的形象却截然不同。8本写道，三姐曾与贾珍"挨肩擦脸，百般轻薄"③，举止暧昧。后来，三姐苦等柳湘莲前来之时，虽安分守己地过活，却也"夜晚间孤衾独枕，不惯寂寞"④。可见她虽对柳湘莲十分痴情，其言行却曾经有"淫

---

① 曹雪芹著，无名氏续，程伟元、高鹗整理，中国艺术研究院红楼梦研究所校注：《红楼梦》，人民文学出版社2008年版，第205、206、408、948页。

② 曹雪芹：《程乙本红楼梦》下册，中国书店2011年影印本，第434—435页。

③ 曹雪芹著，无名氏续，程伟元、高鹗整理，中国艺术研究院红楼梦研究所校注：《红楼梦》，人民文学出版社2008年版，第905页。

④ 曹雪芹著，无名氏续，程伟元、高鹗整理，中国艺术研究院红楼梦研究所校注：《红楼梦》，人民文学出版社2008年版，第920页。

奔女"的特征。结合小说下文，按程乙2本中尤三姐的形象特点，尤三姐人格败坏之语的存在似有失合理，柳湘莲的坚信不疑也令读者感到费解。8本中"先淫后贞"的尤三姐形象就避开了2本中情节的不合理处，且尤三姐曾与男性逢场作戏，最终却能对柳湘莲一人忠贞，不惜付出生命代价，更能引发读者感叹。

柳湘莲将祖传鸳鸯剑赠予尤三姐作定礼后，从贾宝玉口中听到二尤之事，遂怀疑尤三姐的清白。他的反应是：

> 湘莲听了，跌足道："这事不好（列本作'这事不好了'），断乎做不得了（程乙2本作'做不得'）。你们东府里除了那两石头狮子干净，只怕连猫儿狗儿都不干净。我不做这剩忘八（程乙2本作'罢了'）。" 庚①

庚卯杨府戚觉7本"这事不好"相比列本"这事不好了"，更笃定有力，更显柳湘莲误解之深。同理，程乙2本"做不得"更好。

柳湘莲因为尤三姐与东府有关联，怀疑其清白，此时话语接受者是贾宝玉，柳湘莲尽管怀疑尤三姐，措辞也应当含蓄。8本中"你们东府里除了那两石头狮子干净，只怕连猫儿狗儿都不干净。我不做这剩忘八"一语，相比2本中"你们东府里除了那两石头狮子干净罢了"，相对委婉地表达了自己的顾虑和难处。

---

① 冯其庸主编，红楼梦研究所汇校：《脂砚斋重评石头记汇校》，文化艺术出版社1987年版，第3774页1606.2—1606.4栏；曹雪芹：《程乙本红楼梦》下册，中国书店2011年影印本，第444页。

当柳湘莲将悔婚的打算告知贾琏时，贾琏及时进行了劝止：

> 贾琏听了，便不自在，还说："定者，定也（乙本作'二弟，这话你说错了。定者，定也'）。原怕反悔所以为定。岂有婚姻之事，出入随意的？还要斟酌（程乙2本作'这个断乎使不得'）。"湘莲笑道："虽如此说，弟愿领责领罚，然此事断不敢从命。"贾琏还要饶舌，湘莲便起身说："请兄外坐一叙，此处不便（杨本作'请兄外叙，此处不便'）。" 庚[1]

乙本在"定者，定也"之前还有"二弟，这话你说错了"一语，以及"这个断乎使不得"，都加重了贾琏说话的语气，显得劝说更有说服力。8本中的柳湘莲表示"愿领责领罚，然此事断不敢从命"，更显其悔婚想法的坚决。这些描写使得情节显得更加曲折，也更具紧张感。另外，越是表现柳湘莲态度的决绝，越能够对正偷听二人对话的尤三姐造成更为强烈的心理刺激，进一步激化尤三姐、柳湘莲二人感情上的冲突，悲剧氛围更趋于饱和。

尤三姐听到二人对话后，已经知道柳湘莲怀疑自己并意图悔婚，此时她心中已做好了自刎的打算。小说写道：

> 一听贾琏要同他出去，连忙摘下剑来，将一股雌锋隐在肘内（卯杨觉程乙5本作"肘后"，府戚3本作"身

---

① 冯其庸主编，红楼梦研究所汇校：《脂砚斋重评石头记汇校》，文化艺术出版社1987年版，第3777—3778页1607.4—1607.7栏；曹雪芹：《程乙本红楼梦》下册，中国书店2011年影印本，第444页。

后",列本作"衣底"),出来便说:"你们不必出去再议,还你的定礼(列本后接'便了')。"一面泪如雨下(府本作"一面说,一面泪如雨下"),左手将剑并鞘送与湘莲,右手回肘只往项上一横。 庚①

"衣底"表述不明。另外,尤三姐若把雌剑藏在"身后",则无法"回肘"。相比之下,"肘内""肘后"都更为合理。

列本"还你的定礼便了"中的"便了"2字,举重若轻,与三姐内心巨大痛苦形成反差,故更佳。

府本"一面说"3字使情节紧张的节奏有所停顿,而他本在尤三姐话语之后紧接"一面泪如雨下"及自刎的动作描写,使情境更富有动态连贯效果,也对尤三姐的情感有所强化。

眼见尤三姐自刎,柳湘莲方明白自己误解了尤三姐。越是突出柳湘莲后悔、悲痛的感情程度之深,也就与其先前悔婚时的坚决反差越大,各版本异文的表达效果有高下之分。柳湘莲此时的表现是:

湘莲反不动身,泣(程本作"拉下手绢拭泪")道:"我并不知是这等刚烈贤妻,可敬,可敬(杨戚3本作'刚烈贤妻,可敬',府本作'刚烈人,可敬',程乙2本作'这等刚烈人,真真可敬,是我没福消受')。"湘莲

---

① 冯其庸主编,红楼梦研究所汇校:《脂砚斋重评石头记汇校》,文化艺术出版社1987年版,第3779—3780页1607.10—1608.2栏;曹雪芹:《程乙本红楼梦》下册,中国书店2011年影印本,第444—445页。

反扶尸（杨戚列4本作"湘莲反伏尸"，乙本无此5字）大
哭一场。等买了棺木，眼见入殓，又俯棺（列本作"倚
棺"，乙本作"抚棺"）大哭一场，方告辞而去。　　庚①
"泣"较"拭泪"表达柳湘莲悲痛程度更深。

程乙2本与他本一样，都体现出柳湘莲对三姐刚烈品性的
赞美，但2本独有的"是我没福消受"一语，更能充分表达柳
湘莲此时对自己悔婚一举的后悔，更有感染力。故程乙2本文
字更好。

"伏尸"较"扶尸"以及"俯棺"较"倚棺""抚棺"，动
作幅度都更大，能更好地表现柳湘莲此时的悲痛之情。

（三）晴雯之死

凤姐、王善保家的带领众人抄检大观园之后，王夫人疑
心丫头们会勾引坏了宝玉，又因王善保家的谗言，就将病得已
经"四五日水米不曾沾牙"②的晴雯赶出了大观园。第七十七
回，住在姑舅哥哥家的晴雯病重，宝玉偷偷来探视，与之诀
别。描绘二人诀别一幕的文字，庚杨府戚觉列程乙9本存在诸
多异文，其中程乙2本与其他7本的差异尤为突出。

第七十七回，宝玉同一个老婆子前来晴雯住处，进门就看
到晴雯凄凉的景况。庚本文字在这一节重复混乱，故引列本的

---

① 冯其庸主编，红楼梦研究所汇校：《脂砚斋重评石头记汇校》，文
化艺术出版社 1987 年版，第 3781—3782 页 1608.7—1608.8 栏；曹雪芹：
《程乙本红楼梦》下册，中国书店 2011 年影印本，第 445 页。

② 曹雪芹著，无名氏续，程伟元、高鹗整理，中国艺术研究院红楼梦
研究所校注：《红楼梦》，人民文学出版社 2008 年版，第 1079 页。

文字为例，在异文处，罗列他本文字进行对比：

> 只剩下晴雯一人，在外间房内爬（府戚3本作"卧"）着。宝玉命那婆子在院门外瞭哨（府本作"在院内瞭高"，戚本作"在院内瞭望"，觉程乙3本作"在外瞭望"），他独掀起草帘（杨程乙3本作"布帘"）进来，一眼就看见晴雯睡在芦席土炕（觉本作"芦席"，程乙2本作"一领芦席"）上，幸而衾褥（杨府戚4本作"衾枕被褥"，觉程乙3本作"被褥"）还是旧日铺（觉程乙3本作"铺盖"）的。心内不知自己怎么才好，因上来含泪伸手轻轻的拉他，悄唤两声（杨本作"因上来含泪轻轻的伸手拉他，悄悄的唤两声"，府戚3本作"因上来含泪轻轻的拉他，悄悄唤两声"）。 列①

据小说下文内容可知，晴雯被宝玉唤醒后就拉住他的手，与之对话，还有坐起喝茶等一系列动作。如果此时晴雯的状态是"爬"着，尚未翻身，则无法做出上述动作。故"卧"较"爬"更为合理。

从词义来看，"瞭哨"一词具有"瞭高""瞭望"所不具备的"警戒"义，为情境增添了一重紧张气氛，故"瞭哨"更好。

晴雯居住的外间房屋挂"草帘"，而非比"草帘"挡风更

---

① 冯其庸主编，红楼梦研究所汇校：《脂砚斋重评石头记汇校》，文化艺术出版社1987年版，第4578—4579页1914.8—1915.2栏；曹雪芹：《程乙本红楼梦》下册，中国书店2011年影印本，第527页。

严密的"布帘",以及"一领芦席"的"一领",都极言晴雯病中所处环境条件的恶劣,较他本文字更佳。同理,"被褥"为好;"铺"较"铺盖",突出仅有可以"铺"的"被褥"而已,也更能表现晴雯被逐出后令人心酸的境况。

描写宝玉唤醒晴雯的"伸手拉"和"唤两声"两个动作,各本异文在修饰成分上有所区别。其中,杨本"轻轻的""悄悄的"皆为双音节重叠形式,能够更好地修饰出宝玉此时对晴雯关切而又疼惜的情态;"伸手轻轻的拉他"较"轻轻的拉他"多"伸手"这一动作描写,更显细腻。故此处依杨本文字为好。

晴雯此时——

忽闻有人唤他,强展星眸(觉程乙3本作"强展双眸"),一见是宝玉,又惊又喜,又悲又痛,忙(杨觉程乙4本无此字)一把拉住(杨府戚觉程列乙8本作"死攥住")他的手。哽咽了半日,方说出半句话来(觉程乙3本作"方说道"):"我只当不得见你了(杨本作'我只当今生不能见你了',府戚3本作'我只当今生不得见你了',列本作'我只当不得见你了',觉程乙3本作'我只道不得见你了')。"接着便嗽个不住。 庚[1]

晴雯见到宝玉时,又惊喜又悲痛,可知其一直盼望能再与

---

[1] 冯其庸主编,红楼梦研究所汇校:《脂砚斋重评石头记汇校》,文化艺术出版社1987年版,第4579—4580页1915.3—1915.5栏;曹雪芹:《程乙本红楼梦》下册,中国书店2011年影印本,第527页。

宝玉见面。"星眸"相比"双眸"更能表现出晴雯见到宝玉时双眼焕发出的神采，故"强展星眸"为好。

"忙"凸显晴雯思念宝玉的急切之情。"死攥住"较"拉住"动作幅度更大，更能体现晴雯见到宝玉时"又惊又喜，又悲又痛"的心理。

"方说出半句话来"比"方说道"，更显晴雯病体沉重，对话困难，表意效果更佳。

晴雯见到宝玉说出的第一句话，杨府戚4本较他本多出"今生"2字，更能强化晴雯对宝玉的期盼之情。杨本与府戚3本的唯一区别在于"不能"和"不得"，而"不得"较"不能"强调自己难以如愿，具有更强烈的遗憾感情色彩。故府戚3本"我只当今生不得见你了"为好。

宝玉为晴雯倒茶、晴雯喝茶，也被作者写得一波三折：

晴雯道："阿弥陀佛，你来的好（杨府戚4本作'你来的很好'），且把那茶倒半碗我喝。渴了这半日，叫半个人也叫不着。"宝玉听说，忙拭泪问："茶在那里？"晴雯道："那炉台子上就是。"宝玉看时，虽有个黑沙吊子，却不像个茶壶。只得摁起来（杨府戚觉程列7本作"桌上去"），拿了一个碗，也甚大甚粗（杨觉2本作"也甚大粗"，府戚3本作"也大也粗"，程列乙3本无此4字），不像个茶碗（程列乙3本无此5字），未到手内，先就闻得膻嗅之气。宝玉只得拿了来，先拿些水洗了两次，复又用水汕过（杨府戚4本作"后又用水汕了两遍"，程乙2

本作"复用自己的绢子拭了，闻了闻，还有些气味，没奈何"），方提起沙壶斟了半碗。看时，绛红的，也太不成茶（杨本作"绛红的颜色，也太不成茶"，府戚3本作"绛红颜色，也太不成茶"，觉本作"绛红的，也大不成茶"，列本作"绛红的，也不大成茶"，程乙2本作"绛红的，也不大像茶"）。晴雯扶枕道："快给我喝一口罢！这就是茶了。那里比得咱们的茶！"宝玉听说，先自己尝了一尝，并不是清茶，且无茶味，只一味苦涩，略有茶意而已（杨府戚4本作"并无清香，只一味苦涩，略有茶意而已"，列本作"并无清香，只有些茶味，只一味苦涩，略有茶意而已"，觉程乙3本作"并无茶味，咸涩不堪"）。尝毕，方递与晴雯（觉程乙3本作"只得递与晴雯"）。只见晴雯如得了甘露一般，一气都灌下去了。宝玉心下暗道："往常那样好茶，他尚有不如意之处。今日这样，看来，可知古人说得'饱饫烹宰，饥餍糟糠'，又道是'饭饱弄粥'，可见都不错的（程乙2本作'宝玉看着，眼中泪直流下来，连自己的身子都不知为何物了'）。" 庚①

就晴雯的身份地位而言，面对前来探视的宝玉，带有强烈褒义、赞美色彩的"你来的很好"不够得体，"你来的好"为佳。

---

① 冯其庸主编，红楼梦研究所汇校：《脂砚斋重评石头记汇校》，文化艺术出版社1987年版，第4580—4583页 1915.5—1916.6栏；曹雪芹：《程乙本红楼梦》下册，中国书店2011年影印本，第527页。

宝玉为晴雯倒茶，作者从宝玉的视角，越是突出茶壶、茶碗、茶水的不堪，越能烘托蒙冤的晴雯又遭环境折磨的悲剧氛围。

"掇"指"用双手拿"[1]。"掇起来"较"棹上去"对动作的描写更为细腻，且与其后的拿碗、洗碗等动作构成连贯动态的画面。写宝玉拿茶碗，程度副词"甚"较"也"更能体现这茶碗"不像个茶碗"。程乙2本中，宝玉用自己的绢子拭碗后，"还有些气味"，极言茶碗的粗劣程度，且"拭碗"较"汕碗"更显宝玉对晴雯的体贴入微。写宝玉眼中之茶色，觉程列乙4本中"绛红的"不仅能够形容出茶水颜色，且较府戚3本的"绛红颜色"和杨本"绛红的颜色"都更简洁。"也太不成茶"较"也大不成茶""也不大像茶"语意程度更深，语气更重，贬义色彩亦更浓郁。写宝玉为晴雯尝茶，觉程乙3本形容茶的味道，不仅没有"茶意"和"茶味"，并且"咸涩不堪"，不合情理。即便是平常人家，茶也该"略有茶意"，不至于"咸涩不堪"。而庚列2本文字表意有重复拖沓之处，杨府戚4本"并无清香，只一味苦涩，略有茶意而已"为好，不仅合理，且能够突出表现晴雯此时所处环境的恶劣程度。

觉程乙3本中，宝玉在递茶给晴雯之前，自己先尝过了茶，觉得"一味苦涩"。但晴雯此时口渴，且别无选择，"只得递与晴雯"中的"只得"2字，透露出宝玉此时的无奈，较庚

---

[1] 中国社会科学院语言研究所词典编辑室编：《现代汉语词典》，商务印书馆2016年版，第336页。

杨府戚列6本"方递与晴雯"更好。

宝玉从"拭泪"到为晴雯尝茶，构成一气呵成的动态画面。庚杨府戚觉列7本，写宝玉目睹晴雯喝下如此不成茶的茶，忆起古人之语，会拖缓情节的紧凑感。7本可取之处在于"往常那样好茶，他尚有不如意之处"一语。晴雯作为宝玉的丫鬟，从未在如此恶劣的环境中生活过，面对如此不堪的一碗"茶"，竟能一气灌下去。这与先前对好茶尚且不如意的晴雯形成鲜明对比。可见，重病又受哥嫂冷遇的晴雯，已全然丧失了曾经的心高气傲，这也让宝玉此处的眼泪更多了一重悲哀，情节描写更加动人。而程乙2本的可取之处则在于写出宝玉此时的神态——"眼中泪直流下来"，过于心痛以至于"不知自己的身子为何物"，宝玉对此时晴雯病势之沉重的痛惜得到了更具直观感的体现。

之后，宝玉与晴雯有一段对话：

> 晴雯呜咽道："……只是一件，我死了也不甘心的：我虽生的比别人略（觉程乙3本无此字）好些，并没有私情密意勾引你怎么样（杨本作'私心密意勾引你怎么'，府戚3本作'私情密意勾引你怎样'，觉本作'私情密约勾引你如何怎么'，程乙2本作'私情勾引你怎么'），如何一口死咬定了我是个狐狸精！我太不服（觉程乙3本无此4字）。今日既已担了虚名，而且就要死了，不是我说一句后悔的话，早知如此，当日也另有个道理。不料痴心傻意，只说大家横竖是在一处。不想平空生出这一

节话来，有冤无处诉。"说毕又哭（程乙2本作"'我当
日——'说到这里，气往上咽，便说不出来。两手已经冰
凉。宝玉又痛又急又害怕，便歪在席上，一只手攥着他的
手，一只手轻轻的给他捶打着，又不敢大声的叫，真真万
箭攒心。两三句话时，晴雯才哭出来"）。　庚①

晴雯提到自己外表的出众时，表现出谦虚的态度，更为
合理，且"略好些"较"好些"口语色彩更突出，"略好些"
为好。

庚列2本"私情密意"较他本"私心密意""私情密约"和
"私情"，更准确适切，且"怎么样"较"怎么""怎样""如
何"更口语化。

"我太不服"似多余。晴雯在之前的话语中的态度已经
表达得很鲜明，且斩钉截铁。此时用"我太不服"重复心中不
满，不符合晴雯性格明快的特点。故觉程乙3本不存此4字的处
理更好。

程乙2本在"我当日"后留下了空白，但结合后文晴雯与
宝玉互赠内衣之事，宝玉完全可以推断出晴雯"我当日——"
背后的意思，即"我当日就应该与你发生私情"。对读者而
言，也可依据此空白将其背后的意思补出。而他本此处的"当
日也另有个道理……有冤无处诉"不仅缺乏空白，且表意并

① 冯其庸主编，红楼梦研究所汇校：《脂砚斋重评石头记汇校》，文
化艺术出版社1987年版，第4583—4585页1916.7—1917.3栏；曹雪芹：《程
乙本红楼梦》下册，中国书店2011年影印本，第527—528页。

不明确，不符合晴雯的用语特点。晴雯此时的悲愤，在程乙2本中因有"气往上咽""两手已经冰凉""两三句话时……才哭出来"等动作、神态描写的存在而愈加强烈。在情感强烈冲击下，身体虚弱的晴雯又引发宝玉的心理反应："又痛又急又害怕""万箭攒心"。这就较他本仅以晴雯"说毕就哭"作结，更有震撼人心的艺术感染力。

随后，作品又对晴雯断甲及与宝玉换衣的动作、二人相对哭诉进行了大段的叙述与描写。该处情节，程乙2本文字略同，庚杨府戚觉列7本略同，但2本与7本之间的差异较大。在此列出庚本和乙本此节文字，进行对比分析：

> 晴雯拭泪，就伸手取了剪刀，将左手上两根葱管一般的指甲齐根铰下；又伸手向被内将贴身穿着的一件旧红绫袄脱下，并指甲都与宝玉道："这个你收了，以后就如见我一般。快把你的袄儿脱下来我穿。我将来在棺材内独自躺着，也就像还在怡红院的一样了。论理不该如此，只是担了虚名，我可也是无可如何了。"宝玉听说，忙宽衣换上，藏了指甲。晴雯又哭道："回去他们看见了要问，不必撒谎，就说是我的。既担了虚名，越性如此，也不过这样了。"　　庚[①]

程乙2本此处文字不仅篇幅更长，而且对晴雯、宝玉二人此时的语言、动作、神态的描写都更加详尽细腻：

[①] 曹雪芹著，无名氏续，程伟元、高鹗整理，中国艺术研究院红楼梦研究所校注：《红楼梦》，人民文学出版社2008年版，第1086页。

晴雯拭泪，把那手用力拳回，搁在口边，狠命一咬，只听"咯吱"一声，把两根葱管一般的指甲，齐根咬下，拉了宝玉的手，将指甲搁在他手里。又回手扎挣着，连揪带脱，在被窝内，将贴身穿着的一件旧红绫小袄儿脱下，递给宝玉。不想虚弱透了的人，那里禁得这么抖搂，早喘成一处了。

宝玉见他这般，已经会意，连忙解开外衣，将自己的袄儿褪下来，盖在他身上，却把这件穿上；不及扣钮子，只用外头衣裳掩了。刚系腰时，只见晴雯睁眼道："你扶起我来坐坐。"宝玉只得扶他。哪里扶得起？好容易欠起半身，晴雯伸手把宝玉的袄儿往自己身上拉。宝玉连忙给他披上，拖着胳膊，伸上袖子，轻轻放倒，然后将他的指甲装在荷包里。晴雯哭道："你去吧！这里腌臜，你那里受得？你的身子要紧。今日这一来，我就死了，也不枉担了虚名！" 乙[①]

晴雯的生命即将走到尽头，已不惧怕对宝玉表达情感，才有断甲、换袄等一系列动作。同样是描写这一过程，程乙2本动作描写更为细腻传神、生动形象：如"'咯吱'"一声咬下指甲，脱袄时是"连揪带脱"，同时"用力拳回""狠命一咬""回手扎挣""早喘成一处"等，都极言晴雯此时身体的虚弱与内心的悲愤，以及对宝玉情感的强烈与真诚。相比之下，7本的情节描写在具体、充分的程度上远不及2本。另外，2本

---

① 曹雪芹：《程乙本红楼梦》下册，中国书店 2011 年影印本，第 528 页。

中二人互赠内衣，并没有依靠晴雯提醒，而是宝玉"会意"，心灵的沟通都隐藏在细腻的动作中，更有感染力。庚本中的晴雯最后说："回去他们看见了要问，不必撒谎，就说是我的。既担了虚名，越性如此，也不过这样了。"言语中流露出愤怒。而2本最后晴雯除了关心宝玉的身体，更是强调"我就死了，也不枉担了虚名"，在愤怒之外还有哀怨之情，表达的情感更为丰富。故该节文字以程乙2本为好。

通过对相关异文进行比较研究，强化了晴雯之死语境中的悲苦、无奈的感情色彩。晴雯在贾府从未与宝玉发生越轨行为，在其弥留之际，反以互赠内衣表达对遭谗言陷害一事的不满，也表达出对宝玉的真挚感情。此处描写，程乙2本文字的用笔之险更胜于他本，也强化了"抄检大观园"一事对晴雯和宝玉二人心灵的冲击。

宝玉、晴雯诀别之际，晴雯嫂子突然出现，为情境增加一重新的曲折。该人物的情感特征在庚杨府戚觉列7本与程乙2本中存在较大差异。7本中晴雯的哥哥，也就是第二十一回首次出现的不成器的厨子"多浑虫"，而晴雯的嫂子"灯姑娘儿"，是同样在第二十一回中介绍过的"多姑娘儿"。然而，小说曾交代"多浑虫"酒癆死了，这个角色不应在第七十七回重新出现。程乙2本文字略同，且都避开了这一矛盾，用另一个小人物吴贵作为晴雯的哥哥。晴雯的嫂子也不再是"多姑娘儿"，但也"有几分姿色""妖妖调调"①，与7本中"美貌

---

① 曹雪芹：《程乙本红楼梦》下册，中国书店2011年影印本，第527页。

异常，轻浮无比"①的"多姑娘儿"仍有相似之处。值得注意的是，7本中"多姑娘儿"见"多浑虫"一味好酒，不免颇有寂寞之感，似有值得读者同情之处。7本中文字曾形容道："这媳妇遂恣情纵欲，满宅内便延揽英雄，收纳才俊，上上下下竟有一半是他考试过的。"②其中，"延揽英雄""收纳才俊"皆为褒义贬用的反语辞格，以戏谑的嘲讽表达对晴雯嫂子的贬斥；而程乙2本形容吴贵"胆小老实""无能为"，媳妇"妖妖调调"，赖大家人"如蝇逐臭"，和她做出"风流勾当"③，贬斥、厌恶色彩更为鲜明。越是突出晴雯哥嫂的不堪，越能反映出晴雯被逐又在病中时生活的无依无靠和所处环境的恶劣。

宝玉本就是偷偷来探视晴雯，程乙2本晴雯嫂子引诱宝玉、误解晴雯与宝玉二人关系的描写，尽管较7本中文字有粗鄙之处，却使情节险象环生，更重要的是构成了三人情感逻辑审美话语的动态交织。在同一语境中，不仅人物感情层次的数量多，且不同人物的话语情感修辞的差距得以强化。同时，突出晴雯之嫂的风流淫荡，就从侧面强化了晴雯所处环境的恶劣及人情的淡漠。结合小说上文，就在晴雯刚刚被逐时，袭人尚认为晴雯回到家中便可静养。但在宝玉眼中，晴雯被赶出后住在哥嫂家的景况的确如他先前所述："如同一盆才抽出嫩箭来

---

① 曹雪芹著，无名氏续，程伟元、高鹗整理，中国艺术研究院红楼梦研究所校注：《红楼梦》，人民文学出版社 2008 年版，第 286 页。

② 冯其庸主编，红楼梦研究所汇校：《脂砚斋重评石头记汇校》，文化艺术出版社 1987 年版，第 4577 页 1914.4—1914.5 栏。

③ 曹雪芹：《程乙本红楼梦》下册，中国书店 2011 年影印本，第 527 页。

的兰花送到猪窝里去一般。"[①] 程乙2本中晴雯听到其嫂勾引宝玉之言，气晕过去，宝玉幸得柳五儿母女解围才得脱身。总体而言，程乙2本的文字在铺垫晴雯步入死亡的氛围浓度方面，相比7本，显然是更具审美价值的修辞策略。

---

① 曹雪芹著，无名氏续，程伟元、高鹗整理，中国艺术研究院红楼梦研究所校注：《红楼梦》，人民文学出版社 2008 年版，第 1081 页。

结语：终点也是起点

本书借鉴修辞诗学研究方法，通过还原"才子佳人""女管家"人物范型塑造、"家法惩戒""女性死亡"母题情节创作修辞策略演进历程坐标系，探寻《红楼梦》在上述历程中体现出的创新修辞策略，为13个版本《红楼梦》相关重要异文的比较研究确定标准。在此基础上，把异文语料视为不同修辞策略，深入辨析更能彰显《红楼梦》经典意义和审美价值的文字。通过研究，本书最后得出三个主要结论：

一、鲁迅所谓"有意为小说"的时间节点或可上推至西汉

鲁迅将唐代看作"有意为小说"的时间起点，且没有对何为"有意"做明确阐释。笔者从小说文体审美规范的演进入手，回溯小说创作的源头，发现在鲁迅写作《中国小说史略》时还未出土的北京大学藏西汉竹简收录的《妄稽》中，已经出现小说文体审美规范的萌芽——运用想象、夸饰、对话等创作手法，侧重审美价值取向，使人物情感逻辑超越实用、功利逻辑，并与之发生"错位"。在女主人公妄稽的身上，可以看到

《红楼梦》中笑里藏刀的王熙凤的雏形。由此,《妄稽》对于中国古代小说创作史的意义或应重新评估。笔者认为,《妄稽》的修辞策略或可视为"女管家"人物范型与"女性死亡"小说情节建构历程的起源。

经进一步梳理,笔者发现,"才子佳人""女管家"范型塑造修辞策略的发展进程总趋势为:人物独特性格逻辑话语逐渐改造偶然时间语境与历史文化语境。这种改造并非严格依照时间线性顺序演进,有的小说文本在更早的时期就"异军突起",意外地显示出比同时期作品更完善的小说修辞策略,显示出某种超验性。如突出人物形象彼此间话语冲突,并打破了才子佳人的协助者平面化形象的《情史·王娇》,以及塑造了具有怪异快感形式的男主人公铁中玉的《好逑传》,还有个别情节审美效果堪比"王熙凤计赚尤二姐"的《金云翘传》。上述文本的作者敢于对小说创作进行探索,甚至引领小说修辞策略革新,但这些作者及其作品在目前学界关注度尚不高。如以"情史·王娇"为主题词在中国知网进行检索,未见研究成果;以"金云翘传"为关键词在中国知网进行检索,自1958年至今(2019年8月),仅有论文73篇,其中包含9篇文字学与翻译学领域成果,尚无对《金云翘传》编次者"青心才人"的考证成果。

二、修辞诗学化语境观的建立，提供了更具学理性的《红楼梦》"优文"择取标准

"语境"来自西方语用学范畴，学者索振羽通过考察"语用学"定义的产生和发展，将"语用学"表述为："语用学研究在不同语境中话语意义的恰当表达和准确理解，寻找并确立使话语意义得以恰当表达和准确理解的基本原则和准则。"①语用学中的"语境"，强调的是"恰当"和"准确"。其中的"民族文化传统语境"，旨在研究不同民族的历史文化、社会规范、价值观差异，以避免交际障碍，但并不包括特定民族的语言（包括汉语）文本修辞策略对民族文化传统语境的改造。然而，通过本书对一系列小说文本修辞策略的探究，笔者发现我国古代小说文体审美规范，是在对民族文化传统语境，尤其是实用、功利的社会规范和习俗、价值观念的超越过程中不断演进的，这也正是小说作者为这一文体争取独立审美空间而"有意"为之的必然结果。经典古代小说人物对话并不追求"恰当表达和准确理解"，反而通过矛盾冲突甚至层层误会获得审美价值。索振羽曾以下图②呈现西方语用学中"语境"的研究内容：

---

① 索振羽：《语用学教程》，北京大学出版社 2014 年版，第 13 页。
② 索振羽：《语用学教程》，北京大学出版社 2014 年版，第 21 页。

```
                    ┌ 口语的前言后语
         上下文语境 ┤
                    └ 书面语的上下文

                    ┌ 时间
                    │ 地点
                                        ┌ 身份
                    │ 话题             │ 职业
语境 ┤   情景语境 ┤ 场合             │ 思想
                    │                 │ 教养
                    └ 交际参与者 ┤   └ 心态

                            ┌ 历史文化背景
         民族文化传统语境 ┤ 社会规范和习俗
                            └ 价值观
```

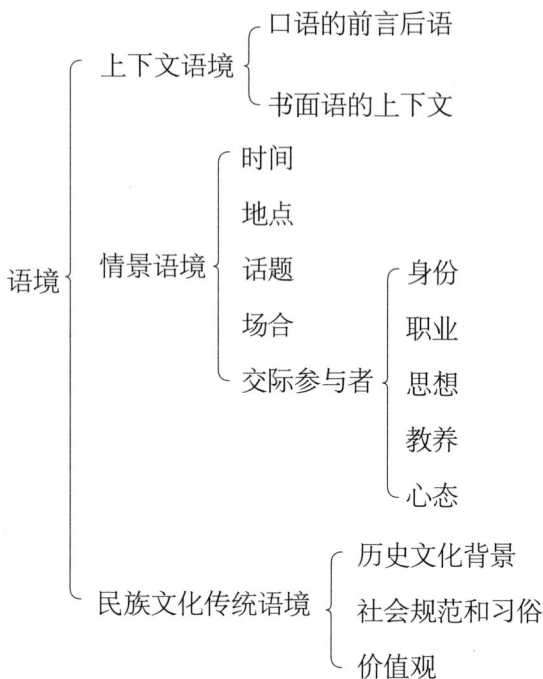

　　笔者认为，不同语体、文体的言语作品，受到语境各个层面要素制约的方式与程度不尽相同，同时又对语境施加反作用。修辞策略顺应传统现实语境，审美规范固化的同时又有僵化风险。文本修辞策略不完全是对语境要素的依从，更是特定文体、语体积极审美功能不断提升的产物。通过对特定文本进行修辞诗学研究，不再以西方语境观"贴"中国技巧，突破"概念—例证"的研究模式，把言语作品作为修辞策略，能够揭示出作为交际参与者的人物范型和母题情节等修辞元素"如何共同促成一种有意义的修辞文本或文体的建构"①。

①　朱玲：《中国古代小说修辞诗学论稿》，人民出版社 2016 年版，第33 页。

本书第一章分别从角色设置、角色性格、角色话语模式维度，对我国古代包括《红楼梦》在内的多部经典小说中"才子佳人"爱情故事话语进行梳理。梳理后发现，作为交际参与者的才子与佳人，虽然身份、外部特征等主体条件未有重大变动，但其独特的性格逻辑（具体呈现为思想、心态、价值观等）却在不断超越偶然性时空语境与封建传统历史文化语境的制约，又不断突出语境的"剧场性"，并充分呈现不同角色话语模块的差异性与冲突性。《红楼梦》作者塑造出宝黛钗这一最重要"才子佳人"角色群，且在情节中不断强化具有特异性的情感逻辑、性格逻辑以及彼此在剧场性语境中多彩的话语冲突模块，因而获得相比前人笔下的"才子佳人"更高的审美价值。

在本书第二章，笔者又通过梳理古代小说"女管家"范型创作历程，认为王熙凤作为"女管家"范型中的"翘楚"，其魅力的来源主要来自"恶"与"美"的"错位"，而非二者的统一或背离。

本书第三章着重归纳"家法惩戒""女性死亡"母题情节建构修辞策略对实用的、传统的道德语境的改造，揭示出这种改造主要是通过突出剧场性语境及内部不同人物"心心错位"的审美奇观实现的，是一种修辞重构。基于此，能够更好地实现这一修辞策略革新的《红楼梦》版本异文即为优文。

笔者认为文艺美学与修辞诗学的共同前沿地带，便是某一文体特定的审美规范对语境各个层面的顺应与改造。本书最终确立《红楼梦》异文中优文择取标准，也正是以梳理《红楼梦》对前代作品修辞策略的改造为前提的。本书择取出的《红楼梦》异文中的优文，作为一个集合，有助于更好地揭示《红楼梦》在中国古代小说创作历程中的经典地位。荣格[①]曾经把包括小说创作在内的艺术创作模式分为心理模式和幻想模式两类，并指出前者占据多数，其中包括所有涉及爱情、家庭环境、犯罪和社会题材的小说。荣格还指出：心理模式的特殊之处，在于其传递的经验与运用的艺术形式渗透着情欲及其命运的因果逻辑；幻想模式却有所不同，它更需要艺术家的主观能动性，而不再是进入心理创作模式时需要的生命表层的经验。荣格将作者强大的艺术表现力说成"仿佛是来自前人类时代的深渊，又好像是来自光明黑暗差别明显的超人世界"[②]。他再三强调，幻想模式的作品与日常生活不一致，并以若干作品中崇高又低俗的形象为例来说明作者须苦心经营方能营造超越日常实用逻辑的幻象。我们认为，《红楼梦》之所以经典，正是因为它的创作突破了心理模式，走向了幻像模式，找到了二者间微妙的平衡。

[①] 卡尔·古斯塔夫·荣格（Carl Gustav Jung，1875—1961），瑞士心理学家，曾与西格蒙德·弗洛伊德合作，研究、推广精神分析学说，后创立分析心理学。其学术思想至今影响深远。

[②] ［瑞士］卡尔·古斯塔夫·荣格：《人、艺术与文学中的精神》，姜国权译，国际文化出版公司 2011 年版，第 113 页。

三、审美价值更高的《红楼梦》版本出现具备可行性

目前，由中国艺术研究院红楼梦研究所校注的以庚本为底本的人民文学版《红楼梦》，是国内最畅销的《红楼梦》版本。但学者孙柏录就曾在《红楼梦版本异文考》一文中指出，人民文学出版社编者在1981年依据庚本校订《红楼梦》时，列本还未影印出版，冯其庸主编的《脂砚斋重评石头记汇校》也未问世。在没有对各个版本文字进行全面比较的前提下，该部以庚本为底本的《红楼梦》留有诸多遗憾。

本书第二、三、四章的研究，覆盖流传至今的13个版本《红楼梦》前八十回共计445处重要异文。笔者从文本修辞功能这一修辞诗学研究层面出发，依据第一章提出的优文择取标准进行了比较研究，发现其中有多达141处文字不以庚本文字为优。其中，或是某个或某几个版本文字优于庚本，或是与庚本不相上下。比如在本书第四章进行过比对分析的"晴雯之死"一节异文，在描写晴雯"断甲"一节，程乙2本文字就明显优于包括庚本在内的其他版本。本书比较研究的异文尽管已有445处之多，但在目前所能见到的一百二十回《红楼梦》全部异文文字中，仅是冰山一角。可以推测，还有更多他本优于或不逊色于庚本的文字存在。通过本书的细致比对汇总得出的优文，已经能够提升《红楼梦》在古代"才子佳人""女管家"范型塑造史与"家法惩戒""女性死亡"母题情节建构史中的经典地位。

当然，从评判优本到评价优文的一小步，是在《红楼梦》版本学领域诸多专家对版本的辛勤考证和严谨校勘基础上迈出的。应当承认，《红楼梦》现存所有版本将长期共存，且都是文学史的宝贵遗产。但如果从修辞诗学的视角出发，现存13个版本的确各有优长，又都有遗憾。甄别出13个版本的所有具有更高审美价值的异文文字，需要修辞诗学的指引，同时也离不开版本校勘学的辅助。这将是一项艰巨的工程，但的确可行，并且会对作品的经典价值产生重要影响。

由于种种原因，本书仍有一些不足之处，主要表现在：

首先，《红楼梦》版本异文数量庞大，本书虽尽量关注重要异文，但因篇幅及研究范围的限制，并未涉及后40回的异文比较，也没有涉众多非主要人物塑造的异文比较。实际上，要形成一个审美价值更高的《红楼梦》版本，需要漫长的努力，甚至并非一人之力所能实现。

其次，本书为笔者首次从修辞诗学层面研究《红楼梦》版本异文的阶段性成果，呈现出的整体学术话语面貌尚未做到尽善尽美，对修辞诗学理论的掌握、运用水平还有很大的提升空间。

行文至此，或许可以说，本书的研究虽然来到了终点，但也走向了新的起点。

参考文献

一、历史文献

［1］北京大学出土文献研究所. 北京大学藏西汉竹书. 第四册. 上海：上海古籍出版社，2015.

［2］曹雪芹著，无名氏续，程伟元、高鹗整理，中国艺术研究院红楼梦研究所校注. 红楼梦. 北京：人民文学出版社，2008.

［3］曹雪芹，高鹗. 红楼梦. 北京：人民文学出版社，1957.

［4］曹雪芹. 程乙本红楼梦. 北京：中国书店，2011.

［5］曹雪芹著，脂砚斋重评，周祜昌，周汝昌，周伦玲校订. 石头记会真. 郑州：海燕出版社，2004.

［6］陈曦钟，侯忠义，鲁玉川辑校. 水浒传会评本. 北京：北京大学出版社，1981.

［7］冯梦龙. 醒世恒言. 北京：线装书局，2007.

［8］冯梦龙. 警世通言. 北京：线装书局，2007.

［9］冯梦龙. 情史. 南京：凤凰出版社，2011.

［10］冯其庸主编，红楼梦研究所汇校. 脂砚斋重评石头

记汇校. 北京：文化艺术出版社，1988.

［11］兰陵笑笑生著，刘心武评点，张青松、邱华栋点校. 刘心武评点全本《金瓶梅词话》. 台北：台湾学生书局，2015.

［12］李渔. 十二楼. 杭州：浙江古籍出版社，2012.

［13］刘斧撰，施林良校点. 青琐高议. 上海：上海古籍出版社，2012.

［14］鲁迅校录. 唐宋传奇集. 北京：朝华出版社，2018.

［15］蒲松龄. 聊斋志异. 北京：华夏出版社，2013.

［16］青心才人，佚名. 金云翘传. 哈尔滨：黑龙江美术出版社，2015.

［17］孙逊、孙菊园. 中国古典小说美学资料汇粹. 上海：上海古籍出版社，1991.

［18］许仲琳. 封神演义. 北京：中国文史出版社，2003.

［19］许慎. 说文解字. 南京：凤凰出版社，2004.

［20］中国艺术研究院红楼梦研究所. 红楼梦研究稀见资料汇编. 北京：人民文学出版社，2001.

二、学术专著、合著、论文集

［1］曹虹等. 清代文学研究集刊. 第四辑. 北京：人民文学出版社，2011.

［2］陈维昭.红学通史. 上海：上海人民出版社，2005.

［3］常金莲. 红楼人物百家言·王熙凤. 北京：中华书局，2006.

［4］杜永道. 说话的技巧：解读《红楼梦》言语交际. 北京：语文出版社，2013.

［5］范田胜. 中国古典小说艺术技法例释. 杭州：浙江古籍出版社，1989.

［6］冯其庸. 石头记脂本研究. 北京：人民文学出版社，1998.

［7］冯其庸. 论庚辰本. 上海：上海文艺出版社，1978.

［8］傅礼军. 中国小说的谱系与历史重构. 北京：东方出版社，2006.

［9］高彬. 长篇小说创作经验谈. 长沙：湖南人民出版社，1981.

［10］郭豫适.《红楼梦》研究文选. 上海：华东师范大学出版社，1988.

［11］格非. 雪隐鹭鸶：《金瓶梅》的声色与虚无. 南京：译林出版社，2014.

［12］胡文彬. 红楼梦人物谈：胡文彬论红楼梦. 北京：文化艺术出版社，2004.

［13］蒋和森著，栖花编. 名家图说林黛玉. 北京：文化艺术出版社，2006.

［14］贾文昭，徐召勋. 中国古典小说艺术欣赏. 合肥：安徽人民出版社，1982.

［15］赖瑞云. 文本解读与语文教学新论. 北京：北京师范大学出版社，2013.

［16］赖瑞云. 混沌阅读. 福州：福建教育出版社，2003.

［17］李泽厚. 美学三书. 合肥：安徽文艺出版社，1999.

［18］刘世德. 红楼梦版本探微. 上海：华东师范大学出版社，2003.

［19］刘梦溪. 红学三十年论文选编. 天津：百花文艺出版社，1984.

［20］林冠夫. 红楼梦版本论. 北京：文化艺术出版社，2007.

［21］凌建侯，杨波. 词汇与言语：俄语词汇学与文艺学的联姻. 北京：北京大学出版社，2011.

［22］鲁迅. 中国小说史略. 上海：上海古籍出版社，1998.

［23］刘心武. 刘心武揭秘古本《红楼梦》. 北京：人民出版社，2006.

［24］刘再复. 红楼梦悟. 北京：生活·读书·新知三联书店，2009.

［25］刘梦溪等. 红楼梦十五讲. 北京：北京大学出版社，2007.

［26］刘再复. 红楼梦人三十种解读. 北京：生活·读书·新知三联书店，2009.

［27］刘再复. 性格组合论. 合肥：安徽文艺出版社，1999.

［28］刘毓庆，柳杨. 中外文学史对照年表. 太原：山西

教育出版社，2009.

　　［29］刘叔新. 汉语描写词汇学. 北京：商务印书馆，2005.

　　［30］梅兰. 巴赫金哲学美学和文学思想研究. 武汉：华中科技大学出版社，2005.

　　［31］马瑞芳. 从《聊斋志异》到《红楼梦》. 济南：山东教育出版社，2004.

　　［32］宋广波. 胡适红学研究资料全编. 北京：北京图书馆出版社，2005.

　　［33］宋广波. 胡适批红集. 北京：北京大学出版社，2009.

　　［34］孙绍振. 文学性讲演录. 桂林：广西师范大学出版社，2006.

　　［35］孙绍振. 审美阅读十五讲. 北京：北京大学出版社，2013.

　　［36］孙绍振. 文学创作论. 福州：海峡文艺出版社，2007.

　　［37］孙绍振. 美的结构. 北京：人民文学出版社，1988.

　　［38］孙绍振. 演说经典之美. 福州：福建教育出版社，2009.

　　［39］沈治钧. 红楼梦成书研究. 北京：中国书店，2004.

　　［40］童庆炳. 文学理论教程. 北京：高等教育出版社，2008.

［41］谭学纯，朱玲. 广义修辞学. 合肥：安徽教育出版社，2008.

［42］王蒙. 双飞翼. 北京：生活·读书·新知三联书店，2006.

［43］王蒙. 红楼启示录. 贵阳：贵州人民出版社，2013.

［44］吴组缃等著，王翠艳编. 名家图说贾宝玉. 北京：文化艺术出版社，2007.

［45］夏志清. 中国古典小说导论. 合肥：安徽文艺出版社，1988.

［46］杨振兰. 动态词彩研究. 济南：山东人民出版社，2003.

［47］杨振兰. 现代汉语词彩学. 济南：山东大学出版社，1996.

［48］一粟. 红楼梦书录. 上海：上海古籍出版社，1981.

［49］俞平伯. 红楼梦辨. 长沙：岳麓书社，2010.

［50］俞平伯. 红楼梦研究. 北京：人民文学出版社，1988.

［51］俞平伯等著. 栖花编. 名家图说薛宝钗. 北京：文化艺术出版社，2006.

［52］俞平伯等著. 王翠艳选编. 名家图说王熙凤. 北京：文化艺术出版社，2007.

［53］余秋雨. 艺术创造工程. 上海：上海文艺出版社，1987.

［54］张爱玲. 红楼梦魇. 上海：上海古籍出版社，1995.

［55］郑庆山. 红楼梦的版本及其校勘. 北京：北京图书馆出版社，2002.

［56］朱玲. 中国古代小说修辞诗学论稿. 北京：人民出版社，2016.

［57］周汝昌. 红楼梦真貌. 北京：华艺出版社，1998.

［58］周汝昌. 红楼梦新证. 北京：华艺出版社，1998.

［59］周思源. 探秘集——周思源论红楼梦. 北京：文化艺术出版社，2006.

［60］周思源. 周思源正解金陵十二钗. 北京：中华书局，2006.

［61］周思源. 周思源看红楼. 北京：中华书局，2005.

［62］朱淡文. 红楼梦论源. 南京：江苏古籍出版社，1992.

［63］朱光潜. 西方美学史. 南京：凤凰出版社，2008.

三、译著

［1］［美］勒内·韦勒克，［美］奥斯汀·沃伦著，刘向隅等译. 文学理论. 北京：文化艺术出版社，2010.

［2］［法国／捷克］米兰·昆德拉著，董强译. 小说的艺术. 上海：上海译文出版社，2004.

［3］［苏］巴赫金著，钱中文译. 巴赫金全集. 石家庄：河北教育出版社，1998.

［4］［美］萨丕尔著，陆卓元译. 语言论：言语研究导论

. 北京：商务印书馆，1985.

四、期刊论文

［1］卜键. 是谁偷换了搜检的主题——关于"抄检大观园"的思考. 红楼梦学刊，2003（2）.

［2］曹明. 从《红楼梦》联句异文看修订者文学思考. 明清小说研究，2016（1）.

［3］陈炳熙，刘督宽. 论《红楼梦》的文字究竟何本优. 文艺理论研究，1993（5）.

［4］陈毓飞. 从脂本尤三姐形象看曹雪芹的创作心理. 名作欣赏，2014（8）.

［5］陈家生. 同为写"死" 变幻多姿——谈《红楼梦》中关于人物"死"的描写. 红楼梦学刊，1988（1）.

［6］陈民镇. 中国早期"小说"的文体特征与发生途径——来自简帛文献的启示. 中国文化研究，2017（4）.

［7］方平. "清宝玉"还是"浊宝玉"——《风月宝鉴》是初稿？还是底本？红楼梦学刊，1990（3）.

［8］蒋传光. 中国古代的家法族规及其社会功能——"民间法"视角下的历史考察. 东方法学，2008（1）.

［9］孔昭琪，孔见.《红楼梦》高潮的积累与延伸. 泰山学院学报，2009（7）.

［10］胡强. 中国古代小说"情欲与死亡"母题阐释——以《金瓶梅》为中心. 作家杂志，2011（9）.

［11］洪涛.《红楼梦》的语域、"立体感"与"平常

化"——从"侬俺奴娣"和异文看小说的艺术效果. 红楼梦学刊,
2015（3）.

［12］李交发. 论古代中国家族司法. 法商研究, 2002
（4）.

［13］梁彩琴.《红楼梦·宝玉挨打》蓄势写法赏析. 写
作, 2011（Z1）.

［14］林海霞. 论尤二姐悲剧形象的审美价值. 湖北师范
学院学报. 哲学社会科学版, 2013（4）.

［15］刘荣林. 小说创作美学之一端: 确立小说的核心
矛盾——以"宝玉挨打"为例. 海南师范大学学报. 社会科学
版, 2009（2）.

［16］刘宝霞. 程高本《红楼梦》异文与词汇研究. 红楼
梦学刊. 2012（3）.

［17］欧阳健. 脂本辨证. 贵州大学学报. 哲学社会科学
版, 1991（1）.

［18］欧阳健.《红楼梦》"两大版本系统"说辨疑——
兼论脂砚斋出于刘诠福之伪托. 复旦学报. 社会科学版, 1991
（5）.

［19］欧阳健. 程甲本为《红楼梦》真本考. 淮阴师专学
报. 1992（4）.

［20］欧阳健.《红楼梦》探佚方法辨误. 贵州师范大学
学报. 社会科学版, 1994（1）.

［21］乔惠全, 曲海勇. 贾宝玉的罪与罚: 宝玉挨打的法

律分析——以《大清律例》和《刑案汇览》为视角. 江苏警官学院学报，2012（9）.

［22］曲沐. 庚辰本《石头记》抄自程甲本《红楼梦》实证录. 贵州大学学报，1995（2）.

［23］曲沐. 从文字差异中辨真伪见高低——与蔡义江先生讨论脂本程本文字问题. 明清小说研究，1994（2）.

［24］曲沐. 从文字差异中辨真伪见高低. 续完——与蔡义江先生讨论脂本程本文字问题. 明清小说研究，1994（2）.

［25］曲海勇，乔惠全. 《大清律例》视野下"宝玉挨打"之法律解读. 长春大学学报，2010（1）.

［26］孙柏录. 《红楼梦》版本异文考. 文史哲，2009（3）.

［27］沈新林. 《红楼梦》原作者非曹雪芹论. 明清小说研究，2018（1）.

［28］汪道伦. 脂评"情不情"与"情情"新解. 南都学坛. 人文社会科学学刊，2002（3）.

［29］王颖卓. 论《红楼梦》死亡描写的形式. 黑龙江社会科学，2004（1）.

［30］王颖卓，梦红. 论《红楼梦》死亡描写的艺术表现手法. 红楼梦学刊，2008（3）.

［31］王蒙. 《搜检大观园》评说. 文学遗产，1990（2）.

［32］伍大福. "越礼"与"越理"之辨——兼谈《红楼

梦》尊礼攘理的思想倾向. 红楼梦学刊，2014（2）.

［33］伍联群. 论杜十娘与茶花女的文化悲剧意蕴. 西北民族大学学报. 哲学社会科学版，2007（4）.

［34］魏崇新，陈毓飞. 中国古代小说的色诱母题. 明清小说研究，2007（4）.

［35］徐泽春. 小说欣赏基础：小说分析的钥匙——孙绍振教授访谈之一. 语文学习，2012（5）.

［36］叶志新. 从"宝玉挨打"看《红楼梦》的细节描写艺术. 文学界. 理论版，2010（6）.

［37］赵炎秋《红楼梦》的叙述层与叙事者. 湖南城市学院学报，2009（2）.

［38］赵奎英. 试论文学语言的惯性与动势. 山东大学学报. 哲学社会科学版，1992（3）.

［39］张润泳. 略论《红楼梦》的"不写之写"——以秦可卿之丧为考察中心. 红楼梦学刊，2012（5）.

［40］朱萍，麻永玲.《红楼梦》中的"听"戏与看"戏"及其异文考辨. 红楼梦学刊，2015（2）.

五、硕士、博士学位论文

［1］李依玲. 中国古代家族司法及其功能分析. 硕士学位论文，烟台大学，2012.

［2］栾妮.《红楼梦》中的修辞造词研究. 博士学位论文，山东大学，2009.

［3］闵庚旭.《三国志演义》早期文本研究. 博士学位

论文，复旦大学，2009.

[4] 杨冰郁. 唐诗异文研究——以李白诗歌异文为例. 博士学位论文，陕西师范大学，2009.

[5] 张夏. 《红楼梦》词汇研究. 博士学位论文，山东大学，2009.

[6] 郑昀. 《红楼梦》各版本异文比较解读. 博士学位论文，福建师范大学，2015.

六、辞典、字典

[1] 谭学纯，濮侃，沈孟璎. 汉语修辞格大辞典. 上海：上海辞书出版社，2010.

[2] 王力. 王力古汉语字典. 北京：中华书局，2000.

[3] 中国社会科学院语言研究所词典编辑室. 现代汉语词典. 北京：商务印书馆，2016.

后 记

　　写作这篇后记时，《哪吒之魔童降世》正在全国影院热映。黑眼圈、大牙缝的"问题儿童"哪吒，又皮又丧，颠覆了所有人脑海中固有的哪吒形象。

　　红学领域出了太多的名家大家，当《红楼梦》的"样子"在我们心中固化后，研究再要往前一步都很艰难，并且会伴随许多争议。记得最初决定要从修辞诗学视角研究《红楼梦》多达13个版本的异文时，我的内心也是十分忐忑不安的。

　　我的博士后合作导师徐林祥教授鼓励我，他认为我作为扬州大学中国语言文学博士后科研流动站语言学及应用语言学专业的一名博士后，总要寻找到突破口，写出符合专业要求的博士后出站报告，同时也不应该放弃自己硕博期间就已经擅长的微观文本解读研究。徐老师是我在2015年应聘扬州大学文学院语文教学法教研室教师时的面试官之一，是我现今所在教研室的学科带头人。徐老师性格很温和，非常耐心，潜移默化地改变了我急躁的性格，甚至改变了我看待世界的方式。他是我过往人生中见过的最严谨、最纯粹、最乐观、最坚忍的学者。毫不夸张地说，徐老师不仅在学术上引领我、培养我，也重塑了我的人格。因为徐老师，我才没有止步于自我怀疑，而是试着跳出舒适圈，不管不顾地去学习一切有利于自己转型的语言学及应用语言学领域的知识，试着坚信偏见决定不了命运。最终我找到了修辞诗学，但我并没有仅仅依赖这一种理论，也没有做简单的贴标签式的呈现，而是真正立足《红楼梦》13个版本重要异文本身的实际情况，努力把《〈红楼梦〉版本异文修辞诗学比较研究》做出原创风格与个人特色。

从2013年开始写作博士毕业论文《〈红楼梦〉各版本异文比较解读》，到2019年8月博士后出站报告《〈红楼梦〉版本异文修辞诗学比较研究》定稿，6年的时间过去了。6年当中也有感到无力的时候，比如博士毕业求职时屡屡受挫，比如工作后要在语文课程、教材、教法的研究模式与修辞诗学研究模式之间痛苦地来回切换，比如每个新学期都要花费大量时间、精力，根据自己最新的语文学科研究成果全面更新本科生、硕士生课程内容，比如要作为各类国培班的班主任去管理学员，陪同学员奔赴各地访学、观摩。我同时也明白，这些是我必须经历的，所幸我成长了，并且没有长成自己讨厌的模样。

如今，我看这本书，就像电影中哪吒的父亲看着自己的孩子——他不完美，但作父母的还是会竭尽所能用爱和努力去浇灌他。

感谢福建师范大学文学院我的恩师赖瑞云先生、潘新和先生、孙绍振先生、涂秀虹女士、余岱宗先生、谭学纯先生、朱玲女士。远离故土在福州的六年求学之路，因你们的存在而倍感温暖，老师们的教诲让我受益终生。尤其感谢我的硕士生导师和博士生导师赖瑞云先生，最初正是赖老师，在博士一年级时对我谈起《红楼梦》里贾芸去舅舅家借钱的情节，在各版本中存在有趣的异文，并鼓励我对各个版本再仔细寻找，比对更多的异文。在赖老师的指引下，才有了博士毕业论文《〈红楼梦〉各版本异文比较解读》。

用殷殷关爱浇灌过这本书的，还有许多人。我还要特别感谢南京大学文学院徐兴无教授和扬州大学文学院钱宗武教授、田汉云教授、柳宏教授、于广元教授、朱岩教授，同时还要感谢扬州大学文学院黄强老师、戴健老师、石任之老师、倪晋波老师和于淼老师。从我于2016年6月扬州大学文学院敦复青年学者论坛作了题为《〈红楼梦〉各版本异文比较解读：以第六十八回中的王熙凤形象为例》的报告起，一直到本书写成，你们都一直关心着我的研究，给予我很多细致指导，在关键时刻为我答疑解惑。感谢扬州大学文学院语言学及应用语言学专业博士研究生冯永玲老师、闫淑慧老师、毛澄怡老师、马磊博士、邵克金博士，你们的拼搏精神一直感召着我继续努力，我的研究工作离不开你们的大力协助。感谢每一个在我背后默默关注我、支持我的扬州大学文学院学科教学（语文）专业的研究生和汉语言文学（师范）专业的本科生们，你们都是我快乐的源泉。感谢扬州大学文学院2017级古代文学专业硕士研究生朱德印同学。至今记得2018年夏天，机缘巧合，得以和朱同学就《红楼梦》进行了简短的讨论，本书的写作思路也得益于他

271

当时推荐的明清小说研究专著。感谢山东教育出版社领导和编辑朋友的支持与厚爱，他们愿意给我这样一个新人宝贵的出版机会。

33岁，在如今牛人辈出的学术圈已经不年轻了，但内心还是葆有一份孩童式的对知识、对人生的敬畏与好奇。深深感谢出现在我生命里的每一个人，他们都让我得以在这个纷繁复杂的世界里更好地沉淀自己，一直坚持着自己的梦想，没有逃离学术圈。

郑　昀

2019年8月